JN200012

吉屋信子研究
The Study of Yoshiya Nobuko

竹田志保
Shiho Takeda

翰林書房

吉屋信子研究◎目次

序章　吉屋信子再考

1 吉屋信子の評価をめぐって

今日、吉屋信子といえば、『花物語』に代表される〈少女小説〉の作家としてのイメージが中心であるだろう。吉屋の没後三〇年にあたる二〇〇三年頃、ゆまに書房と国書刊行会によって、吉屋信子の〈少女小説〉作品が多く復刻された。まず、ゆまに書房からは「吉屋信子少女小説選シリーズ」として、『暁の聖歌』、『返らぬ日』、『紅雀』、『三つの花』、『毬子』の五冊が、国書刊行会からは『花物語』が三巻本で刊行された。続く国書刊行会による「吉屋信子乙女小説コレクション」と題された三冊[1]には、嶽本野ばらの監修によって、若い読者に向けた解説・脚註も付された。

中原淳一に代表される当時の挿絵・装幀を使用して、大正〜昭和風のレトロモダンな雰囲気を強調したこれらの復刻版は好評を博し、かつての愛読者たちに懐かしまれるだけでなく、現代のガーリー・カルチャーの文脈に接続されて、新たな読者を獲得している。

また、河出書房新社は、吉屋の個人雑誌として発行された『黒薔薇』を二〇〇六年に新たに書籍化し、以降、同社は吉屋信子のムック本発行[2]の他、『花物語』をはじめとする〈少女小説〉作品の文庫化[3]を行っている。こうした廉価な書籍の登場によって、新たに吉屋を知り、その耽美でロマンチックな雰囲気や、大正期の少女たちの会話や生活、服装などに魅力を見出した若い世代もいるだろう。

また、吉屋の〈少女小説〉は、少女漫画や、ジュニア小説、ライトノベルの源流としても注目され、特に少女同士の友愛を描く「百合」というジャンルの祖としての関心も集めているようである。

だが気になるのは、現在の市場で読むことのできる吉屋作品が、ほぼ〈少女小説〉の諸作に集中していることである[4]。再刊されたこれらの〈少女小説〉がかつて人気を博していたものであることは確かだが、吉屋はそうした〈少女小説〉の執筆を経て、昭和初期には新聞や婦人雑誌の世界でも大きな成功を収め、流行作家として一時代を築いていた。むしろ彼女の作家としてのピークは、あらゆる主要媒体で同時に連載小説を抱えていた昭和一〇年代の方であるのではないだろうか。しかし、現在定本となっている朝日新聞社版全集にも、この時代に書かれた長篇連載小説の多くが未収録であり、それらは現在のリバイバル展開のなかでも顧みられることがない。また、これらの小説は、図書館等への所蔵も少なく、テクストへのアクセスすら難しいというのが現状である。

そもそも吉屋信子という作家は、当時からその人気や知名度に比して、〈文学〉としての評価の低い作家であった。吉屋の小説には、しばしば展開の強引さや表現の過剰さへの拒否反応が示され、これらは単純で類型的な〈通俗小説〉に過ぎないと位置づけられ、長らくまともな〈文学〉とは見なされてこなかった経緯がある。また、一時に爆発的に流行したものは、価値の下落や風化のスピードも速い。死後、彼女の名は急速に忘れ去られ、いまや一部の愛好者だけの作家となってしまっている印象がある。

2　吉屋信子研究史[5]

［1］〈少女〉論

こうした状況のなかにあって、かろうじて〈少女小説〉系統の作品が現在でも価値を置かれているのは、八〇年代から九〇年代にかけて盛んになった〈少女〉論の活性化を受けてであるだろう。

横川寿美子[6]は、八〇年代から「少女」を冠した書籍の刊行が目立つようになったことを指摘している。当然、その内訳としては少女読者を対象とした実用的なものも多いが、男性著者による性的客体としての〈少女〉を語るもの増加が認められるという。横川はこうした状況を象徴するものとして、一九七二年発表の澁澤龍彦『少女コレクション』の言説を置いている。そこでの〈少女〉とは「一般に社会的にも性的にも無知であり、無垢であり、小鳥や犬のように、主体的には語り出さない純粋客体、玩弄物的な存在をシンボライズ」するものであり、それゆえに「男の性欲の本質的な傾向にもっとも都合よく応える」ものである。フェミニズムの台頭による現実の女性に恐れをなして、「男たちの反時代的な夢は、純粋客体としての古典的な少女のイメージをなつかしく追い求める」[7]のだという。

そうした「純粋客体」としての〈少女〉にエロティシズムを見出すものの増加に対して、もう一方には、やや異なる〈少女〉論の動きも現われている。その背景にはもちろん少女漫画の興隆があり、一方には大塚英志がいうような消費社会が実現した〈少女〉的なものの勃興を何とか捉えていこうとする機運があったのだろう[8]。それらの研究は、〈少女〉たちのあやつる独特の言葉づかいや文字、ファッションやファンシー・グッズなどの「かわいい」ものへの執着など、少女たちが自ら生み出してきた〈少女文化〉を調査・分析することによって、これらの文化を作ってきた〈少女〉たちとは、いかなる条件の下に誕生したのかを明らかにし始めた。そこには「純粋客体」として幻想を投影され、一方的に眺められたきた〈少女〉という存在を、歴史的・社会的存在として捉え直していこうという問題意識がある。

これらの〈少女〉論の嚆矢となった本田和子の「「ひらひら」の系譜」、および「「少女」の誕生」[9]では、〈少女〉なるものが明治期からいかにして成立していったのかが論じられる。そして、そこで本田が重視したものこそ吉屋の『花物語』であった。

それまでは児童文学の文脈でわずかに言及されるのみであり、なおかつ、そこにおいてもただ感傷的で非論理的なものとして貶められていた[10]『花物語』の文体について分析し、本田は父権的な価値観や、〈良妻賢母〉的な女性規範からも逸脱する〈少女〉という存在の価値を再発見したのである。

本田論の登場は、〈少女〉論だけでなく、吉屋信子研究の活性化にも貢献した。また、〈少女〉論においても、吉屋信子の名は重視されることとなる。以降、新しい角度から吉屋を読み直そうとする研究が登場していくことになる。

たとえば、川崎賢子はその著書『少女日和』および『蘭の季節』[11]で吉屋信子を取り上げ、『花物語』や「屋根裏の二処女」のなかに性別分化以前の汎エロス的な存在としての〈少女〉を見出した。

あるいは黒澤亜里子は、明治末から大正期にかけての〈少女〉文化を「屋根裏」のイメージとともに捉え、「「現実」のどこにもその場所を与えられなかった奇妙な存在は、この時期、その生の狭められた地平にふさわしく、みずからの「過剰」を〈家族〉の外側の「どこにもない夢」としてひそかに築き上げた[12]」のだという。そして〈同性愛〉性も含めた「秘密結社」的な〈少女〉たちの結びつきに「逸脱や不当さ、理不尽さもふくめて、この波瀾ぶくみのエネルギーが、少女たちの「個」としてのアイデンティティ獲得のための手探りであった[13]」と、その可能性を評価する。

その他、直接吉屋への言及はないものの、読者欄に見られる女性読者の共感の共同体を指摘した川村邦光の『オトメの祈り[14]』なども、この時期の〈少女〉論の代表であるだろう。

これらの〈少女〉論は、男性中心主義的な文学や強制的〈異性愛〉制度に対する、オルタナティブな可能性をもつものとしての〈少女〉の意義を発見したが、ただし、こうした〈少女〉論が、澁澤的な〈少女〉への欲望とどこまで距離をとることができていたかは疑わしいところがある。当時から、〈少女〉に抵抗や反秩序の幻想を強め、ロマンチックに周縁化することへの批判があったことは強調しておくべきだろう。[15]これはのちに安藤恭子や久米依子が指摘しているように、「支配的文化に対する抵抗が、自らの階級的アイデンティティに対する保守的感情を育て、それが結果として既存の階級、性差、少数民族差別の構造を再生産してしまう[16]」こと、「分割と階層化のシステムの温存と強化、延命に手を貸すこと[17]」にもなりかねない。

また同時に、〈少女文化〉自体が商業的に一定の需要をもつものとなっていたことを考慮すれば、〈少女〉的であることは、ただ逸脱や抵抗としてあるとは言いがたい。ましてや今日においては、若年女性の「アイドル」が乱立し、彼女たちをあえて不自由な抑圧と脅迫の状況においてその葛藤を見世物化する娯楽の形態すら登場している。そのような状況で〈少女〉たちは抵抗の（ただし根本的には体制を変えることなど叶わないことを織り込み済みの）幻想を提供し、鑑賞者を慰安するイメージとして酷使されている。こうした期待はすでに〈少女〉たちにも自覚的に看取されるものとなって積極的に内面化されてもいるだろう。〈少女〉を抵抗の主体として語る〈少女〉論を消費することが、また違うかたちで〈少女〉なるものの規範を再生産するものであることは見逃してはいけない。

こうした〈少女〉論の出現と、吉屋信子の再評価はまさに期を一にして起こっていた。それゆえに、今日の吉屋信子評価はまずこの時期の〈少女小説〉評価によって裏打ちされていると言える。だが、そのため、同様の問題が吉屋信子評価にも生じているのではないだろうか。そしてそれは、吉屋信子の市場的価値が〈少女小説〉に偏っていることにもつながっているはずである。吉屋信子の可能性を開いていくことは、もちろん重要であるが、それはその限界や問題点を問うことなしにはあり得ないだろう。

［2］フェミニズム批評

これら、九〇年代頃の〈少女〉論からの盛り上がりの他に、吉屋信子については、伝記的研究を中心としたフェミニズム批評も重要な系譜を作っている。最初期のものには、板垣直子『明治・大正・昭和の女流文学[18]』がある。板垣は、通俗作家として活躍してきた吉屋が、つねに抱いていた「純文学」への志向を指摘し、戦後においてそれが結実したと評価している[19]。その後、吉屋の死去（一九七三年七月に死去）ののち、巌谷大四による『物語女流文壇史』[20]では、吉屋の生涯がまとめられ[21]、また一九七五年刊行の全集には門馬千代による年譜が付された。ここから本格的な吉屋信子研究が始まっていくことになる。最初のエポックとなったのは、駒尺喜美「吉屋信子――女たちへのまなざし」[22]であるだろう。本論は、これまでの吉屋信子への過小評価を排して、「女が女をいつくしむ立場」、「女の眼で女をいとおしむ立場」で小説を描き続けた吉屋の価値を強く支持するものであった。のちに駒尺は『吉屋信子――隠れフェミニスト』[23]を刊行して、「フェミニスト」としての吉屋論の基礎を形作っている。

続く重要な研究としては、吉武輝子による『女人　吉屋信子』[24]が挙げられる。本書では、吉屋の日記や、門馬千代をはじめとする女性たちとのあいだに交わされた手紙が公開され、そこでは自覚的な〈同性愛者〉としての吉屋信子を確認することができる。ただし、吉武の記述には、独自に改変・加筆があることも指摘されており[25]、これらの資料が改めて公開されることが待たれる。

吉屋の伝記的研究は、田辺聖子による『ゆめはるか　吉屋信子』[26]によって大成する。一九九三年の『月刊Ａｓａｈｉ』（のちに『アサヒグラフ』へ移行）に始まった連載は、六年にもわたり、吉屋信子の誕生から、その死までが詳細に描きだされた。田辺の想像や、主張も織り交ぜられた作品でもありながら、渉猟された資料の充実と、幅広くかつ微細にゆきわたる省察は、今以て参照すべきところが多い。

これらのフェミニズム系の評価は、吉屋信子の現在的価値を高めることに貢献したものであるが、ここでの問題は、駒尺が提示するような「女が女をいつくしむ立場」といったときの、〈女〉とは、それほど自明のものであるのか、ということである。たしかに、吉屋が常に女性読者を意識し、その小説ではいつも女性にまつわる問題を取り上げ続け、また女性の地位の向上を願い続けた作家であったことは疑いようがない。そうした女性への愛情は、女性たちの〈シスターフッド〉の関係として描かれ、ときには〈同性愛〉としても展開された。そうしてみれば、吉屋信子とは、女による、女のための作家であるといえるのかもしれないが、しかし改めてテクストを読んでみたとき、その〈女〉には、はっきりとした階層関係が設けられていることがわかる。たとえば性風俗産業に従事する女性や、教育の機会を得られなかった女性に対しては、はっきり差別的な視線も認められ、この階級性を無視して、いま単純に吉屋の〈シスターフッド〉を称揚することは難しい。

また、吉屋の〈同性愛〉表象には、当時の性別二元論のなかで、〈異性愛〉のモデルを参照して構想されているところが否めない。もちろん今日ではブッチ／フェムのような〈女性同性愛〉の関係は、必ずしも〈異性愛〉の模倣ではないという理解がなされているが、吉屋のテクストの〈同性愛〉表象においては、やはり〈異性愛〉モデルの拘束力が強く働いているように思われる。これを素朴に〈女〉と〈女〉の関係として読むことには、少し留保が必要であるように思われるのである。

［3］戦争協力批判

前述のような評価の一方で、吉屋の戦時下における従軍作家としての戦争協力についての批判も多く提出されている。吉屋は日中戦争開始後の一九三七〔昭和一二〕年、専属契約を結んでいた『主婦之友』の特派員として、同誌に従軍ルポルタージュを寄せている。翌年九月には内閣情報部派遣従軍文士海軍班として漢口に赴き、その後も繰り返し戦地を訪問・取材している。この『主婦之友』を中心とした特派記事は、当時の最も成功した女性作家である吉屋に〈女性代表〉として、銃後の女性たちと戦地をつなぐ役割を担わせ、総力戦体制へと向かう国家に女性を動員していく重要な推進力となったのである。

戦時下の吉屋信子については、亀山利子の論を筆頭に、高崎隆二などの論の他、[27]二〇〇二年のゆまに書房のアンソロジー「戦時下の女性文学」などでも、全集未収録であった当時の仕事が検証されている。

鈴木裕子や加納実紀代らが指摘しているように、戦時下の女性たちは、実際の戦闘に携わることはなくとも、銃後で積極的に戦争を推し進めることに貢献していた。[28]そして女性の主体的な戦争協力が一面では、女性の社会的地位の向上を実現したという皮肉は、フェミニズムの大きな難題の一つである。こうした時代に、多くの女性読者を支持母体とし、女性への啓蒙的発言によって影響力のあった吉屋の果たした意味は決して少なくない。そこでの吉屋の言辞は、女性賛美の姿勢を貫きながらも、それゆえに進んで戦争に女性を参加させていくことに貢献したことは間違いないだろう。

この問題は〈少女小説〉系統の研究ではほとんど言及されることはなく、駒尺らの作家論においてはやや言葉を濁しながら擁護されるか、不問とされていたところである。男性社会への抵抗や逸脱を示した作家としての評価と、体制に順応し、戦争協力に貢献した作家としての批判との間で、吉屋の評価は分裂している印象がある。

この問題について、〈少女小説〉とのあいだに連続性があること指摘しながら、そこに単なる戦争協力として単純化することのできない重層性を抽出した久米依子や、菅聡子の論は、次なる吉屋評価の段階を切り開いたものとして重要であるだろう。(29)

3　忘れられた大衆長篇小説

〈少女小説〉や報告文、これらの各時代の仕事についての個別の検討も、さらに重ねられるべき問題であることは確かだが、今改めて必要なのは、この二つの時代のあいだを問うてみることではないだろうか。

吉屋信子研究において、大きく欠落しているのは、大正末から昭和期にかけての大衆長篇小説の分析である。どの作品も常に話題となり、劇化や映画化も絶え間なく行われていた社会現象的な人気を博していたこの時代の吉屋については、長らく通俗的、類型的の烙印が押されたまま問題化されてこなかった。いくつか単発的に論じられる機会は皆無ではないが、この時代の吉屋についての研究は、吉屋の残した膨大な小説群に比していまだ部分的なものである。そのなかにあって、久米依子が「吉屋信子――〈制度〉の中のレズビアン・セクシュアリティ[30]」において示した議論は、今後の研究において必ず参照されるべき重要なものであるだろう。

久米は、〈少女小説〉から戦前期までの吉屋の小説を網羅して、吉屋信子の特質と、その問題とを厳しく見定めている。特に、現在吉屋について最も関心を持たれるところである〈同性愛〉表象の変遷を辿りつつ、大衆長篇小説の時代に達成されたものを「最終的には家庭の回復と強化で終わり、強制的異性愛体制と家父長制に忠実に見える物語が、公認されない女性同盟を秘め、ホモソーシャル社会の男性優位性を骨抜きにしようとする。既成の価値観に同調する優等生的なストーリーと、体制を脱臼させる反秩序的な指向」という「面従腹背性」があると評する。〈同性愛〉表象が、それ自体では単純に体制に対する抵抗的なものではあり得ないという限界を見据えつつ、その可能性を最大に引き出したものとして注目される。

ただし、テクストの持つこうした両義性が、「面従腹背」というような吉屋の意識的な戦略の成果であったかどうかには疑問がある。吉屋の大衆長篇小説においては、しばしば登場人物の口を借りて、はっきりとしたメッセージが述べられる。また、吉屋の小説については、吉屋自身が多く創作の意図を明らかにしていることも多く、対談やインタビューになどおいても、自身の考えを明確に表していることが散見される。もちろん、こうして表明されている〈作者の意図〉が、あくまで世間に対する体裁であり、巧みな偽装であるという可能性はないわけではない。しかし、それらを見れば、そこには常に男性中心の社会を批判し、女性の地位と、精神の向上をうたう啓蒙的な意識がある。それらのメッセージは、やはり吉屋にとっては本気で信じられ、本気で目指されていたものではなかったのだろうか。吉屋の意識的戦略のレベルでは、こうした志向が結局は体制に回収され、むしろ積極的な推進力にもなってしまうというジレンマから逃れることは難しいように思われるのである。

しかし小説テクストには、必ずしもそうした単純な〈作者の意図〉だけに回収することのできないような多くの轧みがある。それらは登場人物の性格的矛盾としてあらわれることもあれば、展開上のご都合主義的な強引さとしてあらわれることもある。こうした破綻は、単なる失敗なのではなく、現実において解決困難な問題に、必死で解答を与えようとした葛藤が生み出す歪みであるのではないか。このとき、矛盾や飛躍、過剰といった失敗は、その問題についての批評的視点を提出しうるものとしての意味をもつだろう。

このような吉屋の大衆長篇小説の特徴を考えるとき、参照軸としたいのは〈メロドラマ〉の概念である。〈メロドラマ〉とは、厳密な定義の難しい語であるが、〈通俗性〉の指標でもあり、「お涙頂戴」などの語と合わせて、女性向けの恋愛ドラマを指して、差別的な意味で使われることが多い。しかし、七〇年代のピーター・ブルックスの研究を嚆矢として、〈メロドラマ〉概念は再検討され、近代に特有の物語形式として重要視されている。

ピーター・ブルックスは〈メロドラマ〉とは、フランス革命以後の物語形式であり、「象徴的にも、現実的にも、伝統的〈聖性〉とそれを表象する制度（教会と王政）が最終的に役目を終え、キリスト教世界の神話が解体し、階層秩序をもった社会制度が崩壊し、こうした社会に依存していた文学形式としての悲劇や風俗喜劇が意味を喪った」時代において、「メロドラマこそは、聖なるものが喪われた時代に、本質的道徳を提示し、機能させるための主要なモード[31]」として発展したのだという。

またブルックスは、〈メロドラマ〉の特徴を、「強い感情への耽溺、道徳の分極化と図式化、極限的な存在状態、状況、行動。あからさまな悪行、善なる者たちへの迫害、そして、最後に美徳の勝利。誇張された表現。いわくありげなプロット、サスペンス、息をのむような運命の急変」と列挙する。物語の基本構造は、善悪のはっきりした二元論的対立を示し、そこでは迫害された徳高い犠牲者が、苦難を経て最終的に美徳を提示することが目指される。類型的な人物描写、誇張された表現などによって、観客の感情や感覚に訴えながら、一目瞭然に理解しうるものとして美徳の提示が行われるのである。このような物語形式は、広く大衆を動員して、フランス革命以後の社会の混乱に物語的な秩序を与える問題解決装置として機能するものであったが、「混乱がひとわたり鎮まると、今度は社会制度と道徳において保守的な側にまわり、なによりもまず家庭の美徳をイデオロギー的に顕彰するものとなった[32]」ともされる。

このように〈メロドラマ〉は、既存の道徳や規範を再確認し、強化するものとして人々を惹きつける強い力を発揮するのであるが、トマス・エルセサーは〈メロドラマ〉が、そもそも「ブルジョワ的良心の、封建主義的残滓に対する闘争」としてあったことを重視し、そこには根源的に秩序転覆的な力が秘められていることを強調している[33]。あるいはジェフリー・ウェル－スミスは、〈メロドラマ〉における「ハッピー・エンド」は「法によって押しつけられた障害を生きぬく」という「虚勢の受容」であり、「抑圧という代償を払ってしか手に入れられない」のだという。しかし「問題を並べ立ててみせることはつねに、リアリズムのレヴェルにおいて収容不可能な過剰を発生させる」。その「過剰」は、フロイトの「転換ヒステリー」のように、〈メロドラマ〉のリアリズムの枠組みを崩壊させるようなものとして噴出する。そして〈メロドラマ〉の重要性とは、「それ自体の問題を現在の現実においても、理想の未来においても処理しきれず、恥知らずにも矛盾だらけの形で開示すること」という「イデオロギー的失敗[34]」にこそあると結論する。馬鹿馬鹿しい〈通俗性〉の証明とも見做されてきた〈メロドラマ〉の過剰さは、このような物語と現実との抗争によって生じているのであり、そこには道徳や規範の強化と同時に、そのイデオロギーを穿つ批評的可能性を見ることができる。

また別の側面からも、〈メロドラマ〉は両義的なものである。たとえばローラ・マルヴィは、女性観客を主な観客として想定した〈メロドラマ〉とは、それまで軽視され沈黙させられていた女性の欲望を具現化するものであり、そこに重要なイデオロギー転覆の意義があることを認めている[35]。しかし同時に、それを見て涙を流す観客の「逃避幻想」が、イデオロギーにとって安全弁の機能を果たしてしまうという困難に言及している。

ここまでに挙げた〈メロドラマ〉分析は、主に映画という固有の技術に基づいた表現形式について展開されたものであるので、そのまま小説の分析や受容に敷衍することはできないであろうが、しかし多くの示唆を与えてくれるものである。吉屋の小説にも、単純な二元論的図式化、また陶酔的な「お涙頂戴」描写や、飛躍や偶然に満ちたご都合主義的展開は顕著である。吉屋の小説は、こうした〈メロドラマ〉性ゆえに広く女性たちの支持を集め、またそうした特徴ゆえに貶められてきたのだともいえる。これまで不当に看過されてきたそれらの大衆長篇小説は、仔細に読んでみれば、波瀾万丈なドラマと装飾過多な文体のなかに、さまざまな欲望と矛盾、葛藤が孕まれた複雑なテクストであることがわかる。女学校卒業後の女性同士の関係、男性との恋愛、そして結婚や出産、あるいは女性の地位や職業について。積極的に時代性を取り入れ、時には挑発的な問題設定もしてみせたこれらの小説は、特に当時の女性が直面していたいくつもの苦悩を明らかにする。そして最終的には涙の大団円を作り出すことで、読者に穏当な「逃避幻想」を提供し、規範の再強化に落ち着くかのように見えるテクストには、そこに至るまでにさまざまなゆらぎや軋みが刻まれている。

これまでの研究においては、吉屋の意図の方が重んじられ、そのノイズになるような叙述にはあまり関心が払われてきていなかったように思われる。しかし、吉屋が啓蒙的なコンセプトのもとに提示したものよりも、むしろ〈無意識〉に描いてしまったもの、物語上の破綻や不整合のように見える過剰な細部の方にこそ、道徳や規範に対する根本的な破壊力が秘められているのではないだろうか。もちろん、この〈無意識〉には、逆に制度に協力的にはたらくものも多分にあるだろう。だからこそ、細部に目を向けながら、それらと同時代言説がどのような位相で接続しているのかを計りながら、当時の言説状況のなかで、吉屋が書きたかったもの、書けなかったもの、書いてしまったものを、改めて読み解いていく必要があるのである。

4　本論の構成

本論では、大正期から戦中期にかけての長篇連載小説を読むことで、吉屋信子という作家を再考していく。さらに、小説に描かれたモチーフや問題意識を、可能な限り同時代の言説のなかに位置づけながら、読み解くことを試みたい。

第一章では、『花物語』について考察する。〈少女小説〉の代表作とも目される本作は、吉屋信子研究においても、最も取り上げられることの多い小説である。このとき培われた方法は、以降の吉屋の小説にもある程度引き継がれていくものであり、彼女の作家的出発点として欠かすことはできないものだろう。本章では、まず『花物語』の特徴的文体や、〈共感〉の構図、〈感傷性〉などといった〈少女小説〉的特徴を抽出しながら、この時期成立した〈少女〉という存在について考察する。また、連載半ばから変質していく『花物語』のなかから、当時の〈少女〉に求められていた規範の変化を捉えていきたい。

第二章では、『大阪朝日新聞』の懸賞小説として応募された「地の果まで」について考察する。これまで本作は類型的な大正期特有のモード、特に〈大正教養主義〉の枠組みに捕らわれた小説と考えられてきた。しかし本作にはそうした同時代モードに回収し得ない問題が多く書き込まれている。登場する二人の姉弟には、それぞれのジェンダー／セクシュアリティをめぐってさまざまな齟齬が生じている。こうした問題は、最終的に〈教養主義〉的な〈人格〉の向上によって解決されたかのようであるが、それまでの葛藤から完全に切断された空疎な大団円は、むしろ〈教養主義〉の欺瞞を明らかにして、それを相対化するものとなっているだろう。

第三章では、前述の「地の果まで」の直後に書かれた「屋根裏の二処女」を取り上げる。本作は、吉屋が正面から〈同性愛〉を描いた革新的テクストとして評価されてきたものである。しかし、本論では、結末に描かれる〈自我〉の称揚のあり方に疑問を呈したい。また、そこで同時に行われている序列化や排除も見逃すことはできない。吉屋本人の実生活での実践とは別に、小説で描かれた〈同性愛〉の問題点を抽出していきたい。

第四章では「女の友情」を読んでいく。本作は『婦人倶楽部』誌上で大きな人気を博して、昭和期からの吉屋の快進撃の端緒となったものである。本作には「女には真の友情がない」という通説に対して、「女の友情」の強さを提示することが期待され、また今日までその点が評価されてきたといえるだろう。しかし、小説自体の展開や結末は、決してポジティブな解答を示し得てはおらず、読者欄には若干の戸惑いも伺える。このズレは、主人公・由紀子の〈友情〉が〈同性愛〉に限りなく接近したものとしてあることによって生じている。特に、由紀子の〈同性愛〉が〈男性性〉を指向するものであることは重要である。小説内に描かれる〈異性愛〉の強力な制度と、そこにいかに抵抗することが可能／不可能であるかを考察する。

第五章では、「良人の貞操」を取り上げる。吉屋信子の戦前最大のヒット作である「良人の貞操」は、連載時から大きな反響を呼び、映画や舞台などにおいてもブームを巻き起こした小説である。だが、この小説は、広く流通するほどに、小説テクスト自体を離れて読まれてしまっていたのではないだろうか。広告等では、登場人物について、「良妻」や「未亡人」といった類型的なカテゴライズがなされているが、小説テクストには、彼女たちが他者から期待される像に対してどのように応え、あるいは抵抗していたかという葛藤が描かれている。特に、主人公・邦子が〈母〉となっていく結末には、当時の〈良妻賢母〉思想、特に〈母性〉イデオロギーの影響が顕著である。邦子がそれを過剰に信じ、自己同一化していく過程の異様さには、当時の女性に与えられていた規範への亀裂となりうるものが隠されているのではないだろうか。

第六章では、小説テクストを離れて、周辺の新聞・雑誌記事から作家〈吉屋信子〉の像を追いかけてみることを試みたい。これらの記事には、嫉妬と揶揄の入り交じった苛烈な視線があり、当時の吉屋信子が置かれていた場所の厳しさがうかがえる。しかし、そうした侮蔑的な評価のなかにこそ、吉屋信子の怪物的な可能性が眠っているのではないだろうか。これまでの研究における〈吉屋信子〉像では、触れられることの少なかった側面を抽出することを目指したい。

第七章では、大衆小説家として成功した後に書かれた〈少女小説〉について考察しておきたい。具体的には「あの道この道」を取り上げる。これまで、吉屋の〈少女小説〉は、制度からの逸脱的側面や、〈少女〉主体の抵抗的意識の側面から論じられることが多かった。しかし、この時期の〈少女小説〉には、それらとはまた異なるかたちで〈少女〉の規範が示されていたように思われる。子供の取り替えに始まるこの物語は、〈生まれ〉と〈育ち〉の対立を借りて〈少女〉の〈幸福〉がどのように決定されるのかを描いていくが、最後にはいずれの議論もなし崩しにするような決定的な限界に達している。

第八章では、翻案小説「母の曲」について考察する。オリーブ・ヒギンス・プローティの「ステラ・ダラス」を原作として翻案された本作は、吉屋信子研究史上では、ほとんど言及されることのなかった小説であるが、〈母もの〉と呼ばれる映画ジャンルの誕生において、重要な原型を提供したものである。ここでは〝無教養な母が、娘を強く思いながらも、その将来の幸福のために敢えて別れる〟という母の自己犠牲が描かれており、娘はより望ましい〈代母〉へ委譲される。しかし、この吉屋版のテクストでは、娘の能力が高く設定されていることが特徴である。この娘の設定には、〈母〉の価値の無根拠性を暴露し、家族制度への疑義に至る危険性すら秘められているが、この物語の背後にある〈家族国家観〉言説がそれを覆い隠していく。また、吉屋版翻案に基づく映画版も、また別の問題を提示している。原作、翻案、映画に描かれる母と娘の関係について、比較考察を行っていく。

第九章では、日中戦争期に発表された小説「女の教室」について分析する。本作は、吉屋の戦争協力問題を考えるためには、避けられない小説である。戦地への取材、報告を経て書かれたものであるが、七人の女性医師たちを主人公として、彼女たちの怒濤の人生を描く本作は、報告文と直接の対応関係をもつわけではない。しかしそこには、明確に〈戦争〉が書きこまれ、さらにその主張には「東亜新秩序」の〈聖戦〉イデオロギーが顕著である。しかし、本作における〈戦争〉肯定とは、単に時局の反映として描かれているわけではない。〈戦争〉には、それまで抑圧されてきたものたちの願いの実現が託されている。吉屋信子がこれまで抱えてきた困難が、皮肉なかたちで解消されようとすることを指摘して、本論のまとめとしたい。

本論では、大衆長篇小説の分析を中心としながら、吉屋信子という作家の、新たな像を提示することを目指している。しかし、単純な称揚を示すだけでは不充分であるだろう。吉屋信子が抱え込まざるを得なかった、さまざまな問題を明らかにしつつ、その上でなお吉屋信子を読み直すことの意義を提示したい。

吉屋は、よく時代に迎合した、それゆえに流行作家であった人物であるかもしれない。現在の感覚からは、逆に古めかしく、普遍性を持たない小説と見なされるかもしれないし、時代性を強く反映したがゆえに、その時代的限界も露わであるだろう。しかし改めて読んでみれば、彼女の小説には、奇妙なところが多くある。これは単なる失敗や短絡、技術の不足としては片付けられないものである。そこには〈無意識〉にある不満や、怒り、恐怖、解決できないさまざまな欲望が徴候としてあらわれているのではないだろうか。当時の読者には、そして吉屋本人にも認識されなかったであろう綻びを拾い上げて、その力を目覚めさせることが本論の目的である。

注

（1）吉屋信子『わすれなぐさ』、『屋根裏の二処女』、『伴先生』（二〇〇三年、国書刊行会）

（2）ＫＡＷＡＤＥ道の手帖シリーズ『吉屋信子――黒薔薇の處女たちのために紡いだ夢』（二〇〇八年一二月、河出

書房新社）

（3）文庫版『花物語』上・下（二〇〇九年五月）、文庫版『わすれなぐさ』（二〇一〇年三月）、文庫版『小さき花々』（二〇一〇年七月）すべて河出書房新社。

（4）もちろん、〈少女小説〉以外の再刊がない訳ではない。ゆまに書房による戦時下の諸作の復刻版、『鬼火・底のぬけた柄杓　吉屋信子作品集』（二〇〇三年三月、講談社文芸文庫）、東雅夫編『文豪怪談傑作選　吉屋信子集　生霊』（二〇〇六年九月、ちくま文庫）など、戦後の仕事への注目は、吉屋が〈少女小説〉イメージに集約される状況を相対化するものである。

（5）研究史については、吉川豊子「研究動向　吉屋信子」（『昭和文学研究』一九九七年七月）を参照している。

（6）横川寿美子『初潮という切札――〈少女〉批評序説』（一九九一年三月、ＪＩＣＣ出版局）

（7）澁澤龍彦『少女コレクション序説』（初出は『芸術生活』一九七二年九月、のちに一九八〇年、中公文庫）

（8）大塚英志『少女民俗学』（一九八九年五月、光文社）、同「解説」（『少女雑誌論』、一九九一年一〇月、東京書籍）などを参照。

（9）初出「「ひらひら」の系譜」（同人誌『舞々』第三号、一九八〇年）、「「少女」の誕生」（同誌第四号、一九八一年）、のちに『異文化としての子ども』（一九八二年六月、紀伊國屋書店）に所収。

（10）鳥越信「児童文学史概説　大正」（『国文学　解釈と鑑賞』一九六二年一一月）、上笙一郎「現代日本における〈花物語〉の系譜――女流児童文学の一側面」（『児童文学研究』第五号、一九七五年秋季）などを参照。

（11）川崎賢子『少女日和』（一九九〇年四月、青弓社）、同『蘭の季節』（一九九三年一〇月、深夜叢書社）

（12）黒澤亜里子「恋愛の政治学――「屋根裏の少女たち」――」（『変貌する家族2　セクシュアリティと家族』一九九一年八月、岩波書店）

（13）黒澤亜里子「大正期少女小説から通俗小説への一系譜――吉屋信子の「女の友情」をめぐって――」（『沖縄国際大学文学部紀要（国文学篇）』一九巻一号、一九九〇年八月）

（14）川村邦光『オトメの祈り―近代女性イメージの誕生』（一九九三年一二月、紀伊國屋書店）
（15）前掲、横川論などを参照。
（16）高橋重美「夢の主体化――吉屋信子『花物語』初期作の〈抒情〉を再考する――」（『日本文学』二〇〇七年二月）での、本橋哲也「訳者あとがきにかえて」（P・ストラリブス、A・ホワイト『境界侵犯――その詩学と政治学』（一九九五年三月、ありな書房）よりの引用。
（17）久米依子「少女の世界――二十世紀「少女小説」の行方」（小森陽一他編『岩波講座文学6　虚構の愉しみ』二〇〇三年一二月、岩波書店、のちに『「少女小説」の生成――ジェンダーポリティクスの世紀』二〇一三年六月、青弓社に所収）
（18）板垣直子『明治・大正・昭和の女流文学』（一九六七年六月、桜楓社）
（19）吉屋の作家的完成を戦後の作に置く評としては、他に辻橋三郎「近代女流作家の肖像　吉屋信子」（『国文学　解釈と鑑賞』一九七二年三月）などがある。
（20）巌谷大四『物語女流文壇史』（一九七七年六月、中央公論社）
（21）のちに巌谷は朝日新聞社版全集の月報で、「吉屋信子略伝」も手がけている。
（22）駒尺喜美「吉屋信子――女たちへのまなざし」（『思想の科学』一九七五年九月。のちに『魔女の論理』一九八四年六月、不二出版に所収）
（23）駒尺喜美『吉屋信子――隠れフェミニスト』（一九九四年一二月、リブロポート）
（24）吉武輝子『女人　吉屋信子』（一九八二年一二月、文藝春秋）
（25）田辺聖子『ゆめはるか　吉屋信子』（一九九九年九月、朝日新聞社）においても、同様の資料が参照されており、吉武が部分的に手紙の言葉を補っていることを指摘している。
（26）田辺聖子『ゆめはるか　吉屋信子』（一九九九年九月、朝日新聞社）
（27）亀山利子「吉屋信子と林芙美子の従軍記を読む――ペン部隊の紅二点」（『銃後史ノート』復刊二号、一九八一年）、高崎隆二『戦場の女流作家たち』（一九九五年八月、論創社）、渡邊澄子「戦争と女性――太平洋戦争前半期の吉屋信子を視座として」（『文学史を読みかえる4　戦時下の文学』二〇〇〇年二月、インパクト出版会）、渡邊澄子「戦争と女性――吉屋信子を視座として」（『大東文化大学紀要』第三八号、二〇〇〇年三月）、神谷忠孝「従軍女性作家――吉屋信子を中心に」（『社会文学』第一五号、二〇〇一年六月）、北田幸恵「解説」（『〈戦時下〉の女性文学1　吉屋信子　戦禍の北支上海を行く』二〇〇二年五月、ゆまに書房）、北田幸恵「女性解放の夢と陥穽――吉屋信子の報告文学」（岡野幸江他編『女たちの戦争責任』所収、二〇〇四年九月、東京堂出版）、金井景子「報告が報国になるとき――林芙美子『戦線』、『北岸部隊』が教えてくれること」（『国文学解釈と鑑賞別冊　女性作家《現在》』二〇〇四年三月、至文堂）、飯田祐子「従軍記を読む――林芙美子『戦線』『北岸部隊』」（島村輝他編『文学年報2　ポストコロニアルの地平』所収、二〇〇四年、世織書房、のちに『彼女たちの文学――語りにくさと読まれること』二〇一六年三月、名古屋大学出版会に所収）など。

（28）鈴木裕子『フェミニズムと戦争』（一九八六年八月、マルジュ社）、加納実紀代『女たちの〈銃後〉』（一九八七年八月、筑摩書房）

（29）久米依子「少女小説から従軍記へ――総力戦下の吉屋信子の報告文」（飯田祐子他編『少女少年のポリティクス』二〇〇九年二月、青弓社。のちに『「少女小説」の生成――ジェンダー・ポリティクスの世紀』二〇一三年六月、青弓社に所収）。菅聡子「〈女の友情〉のゆくえ――吉屋信子『女の教室』における皇民化教育」（『人文科学研究』二〇一〇年三月、のちに『女が国家を裏切るとき――女学生、一葉、吉屋信子』二〇一一年一月、岩波書店に所収）など。

（30）久米依子「吉屋信子――〈制度〉の中のレズビアン・セクシュアリティ」（『国文学解釈と鑑賞　別冊　女性作家《現在》』二〇〇四年三月、至文堂）。のちに『「少女小説」の生成――ジェンダー・ポリティクスの世紀』（二〇一三年六月、青弓社）に所収。

（31）ピーター・ブルックス『メロドラマ的想像力』（原著：一九七六年、邦訳：四方田犬彦・木村慧子訳、二〇〇二年、産業図書）。

（32）四方田犬彦「解題　メロドラマの研究史とブルックス」（前掲、『メロドラマ的想像力』）。その他、鷲谷花「映画と文学――越境するメロドラマ的想像力」（白百合女子大学言語・文学研究センター編『アウリオン叢書一三　文学のグローカル研究』二〇一四年三月、弘学社）などを参照。

（33）トマス・エルセサー「響きと怒りの物語　ファミリー・メロドラマへの所見」（初出：一九七二年、邦訳：『「新」映画理論集成　①歴史／人種／ジェンダー』所収、石田美紀・加藤幹郎訳、一九九八年、フィルムアート社）

（34）ジェフリー・ウェルｰスミス「メロドラマとは何か？」（初出：一九八五年、邦訳：『イマーゴ』、米塚真治訳、一九九二年一一月）

（35）ローラ・マルヴィ「ファスビンダーとサーク」（初出：一九七四年）「サークとメロドラマについての覚書」（初出：一九七七年）、邦訳は斎藤綾子「サーク／ファスビンダー／マルヴィ　メロドラマの誘惑――ローラ・マルヴィの二本のメロドラマ論　翻訳と解説――」（『明治学院大学芸術学研究』一八号、二〇〇八年三月）を参照した。

第一章　『花物語』の誕生――〈主体化〉する〈少女〉たち

1　吉屋信子と〈少女〉

今日、吉屋信子の名は、何よりも『花物語』の作者として知られているだろう。『花物語』は、現在の若い読者には、〈少女〉や〈乙女〉の精神を謳った原点として崇められるものであり、また少女時代にその作に接した者にとっては、当時のときめきを呼び起こすような特別な作品であるだろう。

この吉屋の代表作『花物語』は、一九一六〔大正五〕年七月、『少女画報』に送った「鈴蘭」の採用に始まる。ここから、途中『少女倶楽部』などへ場を移しながらも、一九二四〔大正一三〕年までの約十年近くにわたって、花の名を題に冠した五四編の物語が、発表されていくこととなる。[1] またその単行本ははじめ一九二〇〔大正九〕年洛陽社から二巻が出版され、一九二四〔大正一三〕年には交蘭社から三巻本として出版される。そして一九三七〔昭和一二〕年の『少女の友』再連載を経て、一九三九〔昭和一四〕年には実業之日本社から、中原淳一の装幀・挿画を施して再版され、ここで再び人気となっている。戦後は、一九五一〔昭和二六〕年にはポプラ社から、一九八五〔昭和六〇〕年には国書刊行会から実業之日本社版の三巻を再現した復刻版が刊行されて好評を博している。近年では二〇〇九〔平成二一〕年に、河出文庫から文庫版が刊行され、現在まで多くの人に長く愛され続けているところである。この『花物語』に熱狂した思い出を語る回想は数多い。あるいは『花物語』再評価の気運を高めた本田和子や田辺聖子などによる論や解説にも、かつての読者としての愛着は確かである。田辺は次のように回想している。

少女たちは熱狂して争って読んだ。／ここにはまちがいなく、少女たちの生活があったのである。荒唐無稽なツクリバナシや、良妻賢母の型にはまった説教読本ではなかった。／かつ、男性が書いた皮相浅薄な女こどものよみものではなかった。／女学生を描いた男性作家の作品も多いが、それらはみなオトナの、男の目からみた、かいなでの表面にすぎない。「花物語」は作者自身、まだ少女の域を脱しないような、世俗の垢にまみれない、澄んだ目で書かれているので、デリケートな思春期の少女の、心のくまのすみずみにいたるまで、みごとに、こまやかに、いきいきとうつし出すことができるのであった。(2)

こうした賞賛の声は、もちろん、従来貶められてきたこのジャンルについて、当事者の側からその価値の復権を図る意図によりいくらか強調・誇張されてはいるものであるだろう。〈少女小説〉は、まともな〈文学〉の問題としては論じられてこなかった長い歴史があるのである。その前史を思えば、こうして『花物語』が現在にも新しい読者を獲得し続けていることは喜ばしいことであるだろう。

ただ、それを否定するにしろ肯定するにしろ、『花物語』は、〈少女小説〉なるもの、〈少女〉なるものの代名詞のようにして扱われてきたということがいえる。近年では、幾多の〈少女小説〉からとりわけ『花物語』だけを取り上げ、また必ずしもこれを共有することの叶わなかった〈少女〉たちの存在を無視して、一概に『花物語』をもって〈少女小説〉と〈少女〉を論じてしまうことへの批判も提出されている。(3) しかし一方で『花物語』は長く圧倒的に支持され続けた大きな作品でもあり、その影響力を考えるならば、やはりその存在は重要であるといえるだろう。つまり、『花物語』とは、先行する〈少女小説〉に習いつつあらわれた無数の投稿作の凝集でもあり、また後続する〈少女小説〉にとってはひとつの基準となっていった、ある典型であったということはいえるのではないか。さらにいえば、『花物語』と〈少女〉とが安易に一括りにされてしまうことこそが、良くも悪くも〈少女〉的とされるようなイメージの形成に、『花物語』が大きく寄与していることを物語ってもいるのではないか。

〈少女〉とは、まさにこの『花物語』が描かれた時代のなかで徐々に成立していった新しい存在であり、その語が持っていた時代性や政治性には、注意が払われて然るべきであるだろう。本章では、まず媒体である少女雑誌と〈少女小説〉の成立を確認し、それらが『花物語』にどのように接続しているのかを検討する。また『花物語』が人気作となって〈少女〉たちの支持を得ていく過程で、小説と読者のあいだにどのような相互作用があったのかを考察していきたい。小説の中で、どのような〈少女〉像が提示されていったのか。またそれを読む〈少女〉たちは、自らをどのような存在としてアイデンティファイしていったのか。そのことの意義と、同時にその危うさについても指摘したい。

2 少女雑誌の〈共同体〉

久米依子の論によれば、〈少女小説〉という呼称がはじめに登場するのは一八九七〔明治三〇〕年の博文館『少年世界』誌上である。[4] それは、男女双方を含む児童向けの雑誌であった『少年世界』の再編にともなって、「お伽噺」、「歴史談」、「冒険小説」などと並ぶかたちで、「少女読者向けの小説」という性質に応じて付されたジャンル名としてあらわれたのである。[5]

この〈少女小説〉というジャンルの発生は、教育制度の改変にともなう女子就学者数の増加によっている。一八七二〔明治五〕年の学制発布は「国民皆学」をかかげ、以来、小学校就学児童の数は増加し、当然、女子就学者も次第に数を増やしていく。そして一八九九〔明治三二〕年に施行された「高等女学校令」によって、女子の就学数は飛躍的に増大する。ここにおいてはじめて女子の中等教育が制度化されることとなったのであるが、しかしいうまでもなくこれは〈良妻賢母〉としての女性が、国家体制の必要のなかに位置付けられたということでもある。こうした教育事情の変化と、読者層の出現という事態も相俟って、明治三〇年代には女性雑誌、そして少女雑誌の創刊が相次ぐこととなる。一九〇二〔明治三五〕年四月の金港堂の『少女界』にはじまり、一九〇六〔明治三九〕年六月に博文館『少女世界』、一九〇八〔明治四〇〕年九月に実業之日本社『少女の友』、一九一二〔明治四五〕年一月には東京社『少女画報』が創刊されている。

少女雑誌は活況を呈し、各誌で募集される投稿創作には、多くの少女たちが殺到していた。そしてそのなかの優れた書き手たちの幾人かは、のちにそこで稿料を得つつ〈少女小説〉を発表するようになっていく。この新たに勃興し需要の高まった〈少女小説〉の執筆は、特に女性の作家志望者たちにとって、〈文壇〉進出への一種の登竜門として、その門戸を開いたのである。

そして吉屋信子も、無数の投稿少女のうちの一人だった。吉屋の投稿の開始は早く、初めての投稿は一九〇八〔明治四一〕年、彼女は高等女学校に入学したてのわずか十二歳であったという。そしてこの早熟な天才少女への読者たちの注目は大きかった。吉屋は、創刊から愛読していたという『少女世界』や『少女界』から投稿を始め、早速、一九一〇〔明治四三〕年には『少女界』の懸賞小説募集に「鳴らずの太鼓」が一等当選、続いて翌年一〇月の『少女世界』では常連投稿採用者に送られる「栴檀賞」メダルを受賞している。もちろん、吉屋の投稿は少女雑誌だけでなく、『文章世界』や『新潮』などに向けても送られており、[6] 発表の場は広く模索されていたと考えられるが、最も好評を得たのが〈少女小説〉であったのだといえるだろう。

しかし、この〈少女小説〉という出自は、投稿少女として出発した者たちの創作には、抜きがたい影響を及ぼしているはずである。それが職業作家への足がかりになり得た者もあれば、あくまで優れた投稿者のままで終わった者、〈少女小説〉外の小説には歩を進められなかった者など、その進路は決して薔薇色ではなかった。逆に、投稿と審査によって〈訓練〉された独特の文体や、モチーフ、世界観などが拘束となることもあっただろう。吉屋信子という作家のその後を考えるためにも、〈少女小説〉という枠組が培わせた素地は看過できないものがある。まずはこの特殊なジャンルの特性を確認することが必要であるだろう。

当初の『少年世界』における〈少女小説〉は、久米依子が明らかにしているように、非常に訓話性の高いものとして出発した。〈少年〉と〈少女〉とは明確に差異化され、〈少女〉にはその分が説かれた。

…その大半が少女を教え諭す教訓物語で有り、外見を飾るオシャレへの戒めや、孝行の奨励が語られた。また〈少女らしくない〉言動が批判される。（中略）そして最も多いのが外出に関わる教訓話である。（中略）／この作品と考え合わせると、「少女欄」の外出失敗物語は、単に家外への移動をのみ禁じたのではなく、保護者＝親の管轄域からの離脱を問題にしていたと捉えられる。即ち「家の娘」とはただ屋内に居て努めに励むだけでなく、生活全体が〈家〉の統括者たる親の管理下にあるべき者なのである。物語が示している無許可外出への厳しい禁止は、それが「家の娘」の最大の逸脱――自己の意思決定による行動――を意味したからだといえよう。／これは雑誌『少年世界』全体から見れば確実に異様な事態であった。同じ雑誌内で、少年と少女の物語のコードははっきりと差異化されていたのである。(7)

最初期の〈少女小説〉は、〈少女〉と名指される対象に、習うべきモデルを提示するものとしてあった。読者はどのようなふるまいが〈少女〉として望ましいのかを、〈少女小説〉の〈少女〉たちの姿からから学びとっていく。しかし、少女雑誌が次第に読者を増やしていくなかで、こうした規範のあり方は少しずつかたちを変えていくこととなる。

明治四〇年頃から強く打ち出されていくのは、〈愛〉である。巌谷小波の論説「愛の光」（『少女世界』一九〇六〈明治三九〉年一一月）は当時の『少女倶楽部』の方針を代表するものである。

…即ち女らしくすると云ふ事は、私に云はせると、取りも直さず、愛を持つと云ふことです。御婦人に愛のあるのは、花に香りのある様なものです。いくら綺麗な花でも、香気の無いものは賤しく見えます。たとひ美しい容貌はあつても、愛の乏しい御婦人は、あまり慕はしいものではありません。／但し茲に愛と云つても、無理に愛嬌を見せたり、腹にも無いお世辞を云ふ事ではありません。愛は人情の最も高尚なもの、即ち同情と云ふ意に過ぎません。／親に対し、師に対し、姉妹に対し、朋友に対し、果は広く世間に対して、この愛の深ければ深いほど、身に段々と光の付いて来るものです。

〈少女〉たちには、ただ親や保護者に従順であるだけでなく、相手への優しさや思いやりを大事にする〈愛〉を発揮することが、「少女らしさ」として重んじられていくのである。しかし前掲の久米は、沼田笠峰の「少女教室」(『少女世界』明治四〇年二月)の論説を経て、ここにはある転倒が起こっていくことを指摘している。

…「女らしく」という行動原則は不変でありながら、それを支える原理に主体的「愛」を置く——そこに〈自主的に選択された女らしさ〉へと少女を追い込む巧妙な論理操作を見ることもできよう。／ところが小波が述べた内面的「愛」の問題はその後、外面的「愛らしさ」へと転換されてしまう。(中略)小波が他者のための「愛」を説いたのに対し、笠峰は他者から「愛される」ことを重視し、そのために「愛らしく」＝「少女らしく」振る舞うよう注意する。「外からも愛らしく見える」ことが少女の条件となったのである。[8]

はじめ〈少女〉たちに称揚されたのは「愛すること」であった。しかし「愛すること」と「愛されること」は巧妙に混同され、そして「愛らしさ」が「少女らしさ」のことになる。久米はここで〈少女〉の主体化の過程の重要な問題を指摘しているだろう。読者たちは「雑誌の誌面を通じて、どのようなまなざしが自分達を「愛らしい」と捉え、尊重するのかを学ぶ」ようになるのであり、そこで提示された理想的少女像を「読者自らが積極的に取り込み、内面化する」ことによって〈少女〉として〈主体〉化していくことになる。しかしここで〈少女〉とは「務めを果たすべき者から愛玩される者」[9]へと価値基準が変容しているのである。少女雑誌は訓話的な不自由さから一見は離脱しつつ、しかし、まなざされる〈客体〉としての〈少女〉、いずれ〈男性〉に選ばれていくためのものとしての価値を高めるべく、彼女たちの意識に〈少女〉らしくあることを働きかけているのである。

〈少女小説〉を読む際に、この側面を忘れることはできないだろう。〈少女小説〉は時代を追うごとに、必ずしも訓話的な教育的意図のみに回収されないような独自の過剰さを生み出してもいくのであるが、〈少女小説〉のなかに理想的モデルを読みとる図式自体は、〈共感〉や〈憧れ〉というかたちで、より強固に、そして〈少女〉たちにとっても歓迎できるものとして継続されている。しかしその理想的少女像には彼女たちを絡め取る罠が潜んでいるのである。

3 『花物語』の特徴——文体と構造

『花物語』はこうした流れのなかで誕生している。まず挙げるべき重要な特徴はその文体であるだろう。本田和子は『花物語』の文体について、「論理的な意味を越え、というより論理の介入する余地もない」、「筋立てやドラマの展開とは無関係な、装飾的な言葉の連なり」[10]という特徴を抽出している。ひとつひとつを取り上げれば、「使い古された常套句」や「歌謡曲まがいの詩句」のような「雑多な美麗字句のよせ集め」であるそれは、しかし縷々と繰り延べられ、紡がれていくことによって魅力を発するのだという。

それは――月見草が淡黄《うすき》の葩《はなびら》をふるわせて、かぼそい愁を含んだあるかなきかの匂いをほのかにうかばせた窓によって佳きひとの襟もとに匂うブローチのように、夕筒がひとつ、うす紫の窓に瞬いている宵でしたの
（「月見草」[11]）

本田はここに王朝文学から泉鏡花にいたる「美文の伝統」と、「アール・ヌーヴォー」的な西洋世紀末芸術の影響などを指摘しているが、これが少女雑誌の読者欄の投稿文と非常に似通ったものであるという指摘も、既に数多くなされている。

少女雑誌は、各社それぞれに特徴をもつものであったが、読者欄の盛況は共通して挙げられる点であるだろう。この読者欄には創作投稿だけでなく、もう少し気軽な読者からの感想、あるいは読者同士の交流のための頁が設けられた。そして少女雑誌においてはそうした読者間のコミュニケーション自体が、雑誌の大きな魅力ともなっていたのである。

たとえば、『少女世界』では、読者欄は「少女会館」と名付けられ、短文を募集・評価する「学芸室」、クイズなどの解答を懸賞として募る「娯楽室」、生活から学問上のことまでの様々な質問を受け付ける「顧問室」、そして読者間交流のための「談話室」が続く構成になっている。参考までに、一九〇七〔明治四〇〕年五月〔第二巻第七号〕の投稿欄を見てみよう。

「学芸室」　乙賞　夕げしき（赤坂　富子）

ふりしきる雨に、こころさへうちしめり、何とはなしに寂しき折から、さつと日彰さしそふ、嬉しとばかり障子開けば、夕日はなやかに露まだ茂き青柳を照し、きのふけふ一ひら三ひらほゝ笑みそめし櫻花の、ことに愛らしく見ゆ。霞こめたる彼方の山々の、ほのかに光をあびて、うらゝかにもえいでし若菜の緑り清し。文作

らましと筆はしらすほどに、あたりの光り薄らぎゆき、西の空のみもゆるばかりに赤し。

評　流麗の筆。（住所を委しくお知らせ下さいな）

「談話室」

▼談話室が毎月々々盛んになつて来るのは、まことに嬉しいではありませんか。左の諸嬢が、皆さんと交際したい、と言つて来られました。お手紙やお写真を送って下さいつて。（記者）

▼皆さん、これから絵ハガキの交換を願います、又皆様の所の状況を知らせて下さい、私もお知らせ致しますよ。（京都市寺町通り今出川上ル、本満寺内、鈴木茂子）

▼札幌愛子様、御姓をおあかし下さいな。私ね、札幌の方ときくと、何となくなつかしいのよ。山田いな子様櫻がお好きですつて、私もよ、ほんとに高尚でございますわねえ。大阪の加茂様、文章がお上手ですこと、紙上で御交際をねがひますわ。（札幌市東四丁目海棠）

▼きのふけふは、いと春めきました、私は淋しい片田舎に、いつも、皆様こいしく明け暮れ、海山はるかに眺めて、日を送つているの、もし御心あらば、どんな、絵葉書でも、かまわないから下さいね、すると、少年、少年世界、少女世界を一冊づゝ。宛は（兵庫県神崎郡鶴居村、後藤俊蔵内にて白露）

そこでは独特の文体を用いながら、さかんに他の投稿読者に呼びかけ合うさまが見てとれる。中村哲也は、『花物語』の文体と、この『少女世界』の投稿文とが酷似していることを例証し、またそうした投稿の場において、選者によって「男性的で漢文調」ではない「柔らかな文章」が〈少女〉たちに奨励されていたことを挙げている。中村は、「「少女らしさ」「少女なるもの」は、まさに美文の表層から立ちのぼる審美的雰囲気によって感覚的、情緒的に定義づけられたものであり、これといった明確なものではなかった[12]」と指摘する。読者欄が活況し、かつての読者たちが書き手の側に進出していくにしたがって、読者欄と小説の世界は接近していく。『花物語』とは読者欄の世界の延長上にあるのであり、〈少女〉の輪郭とは、この「美文調」の文体によってこそ作られているということがいえるだろう。

また、少女雑誌においては読者欄を中心とした読者間のコミュニケーション自体が、雑誌の大きな魅力ともなっていった。永井紀代子は『少女世界』の読者欄の変遷について以下のように指摘している。

…当時の『少女世界』にふれて思うことは、投書欄、投稿欄の紙面においては、創刊からしばらくは、投書者本人は住所、また本名をきちんと明記するのが習わしであった。内容も創刊号の三輪田真佐子の文章を地でいくように「無邪気で自然のままの」傾向があった。（中略）このように話し言葉がそのまま文章化されており、まさに言文一致のスタイルである。他にも、自分の生活をたとえば子守に明け暮れているとか、お屋敷に奉公するなどの現実を率直に編集者に報告したり相談するケースが多かった。ところが、次第に投書欄は本名を名乗らず、「レッド・ローズ」、「ホワイト・リリー」、「星の雫」、「渚の小舟」、「萩の下枝」などのそれぞれの趣向を凝らしたペンネームを用いるようになった。あたかも己の頭上にヴェールでも被るかのように。そして、投書の文面も『花物語』の前駆をなすような美文調で愛読者間のスターを恋い慕うものが多くなっていく。投書欄のみでなく誌面の文章がなんとなく幻想的な様相をおびていくのである。(13)

そこでは、花や風景などといったいくつかのモチーフに象徴させるようにして、ある感性の共有が行われる。たとえば、それは〈なつかしさ〉や〈さびしさ〉といった心境であり、あるいは諸々の〈美しいもの〉に対する感受性であるだろう。

本田和子や川村邦光は、こうした少女雑誌の読者欄に見られる交流に、若年女性読者たちによる「想像の共同体」(=「少女幻想共同体」、「オトメ共同体」)の形成を見ている[14]。共通する「女学生ことば」によって、共通する思いを交わすという「〝物語的〟コミュニケーション」を通じてそれは構築され、そこに「オトメ」―「少女」というアイデンティティが成立するという。本田はこう述べている。

そう、それは、紛れもなく「新しい」まとまりであった。彼女たちは、生身の誰それと手を結ぶのではなく、美しいペンネームという「虚なるもの」と連なり合う。「野菊」から「春波」へ、そして「花陰」へと、ことばの花綵は揺れて繋り、いつか現実とは無縁の、誌上だけのネットワークが出来上がるのだ。そこでは、女学校へ通う山の手良家の令嬢も、店先に坐って小商いを手伝う下町娘も、あるいは電話交換手などの新職業に従事する働く女たちも、すべて少女雑誌上のペンフレンドとして、同じ空気を呼吸していた。「父の力」に依拠する財力や社会階層を無化し、「母の力」で整序された分相応の躾からも自由に、彼女たちだけの塊……。しかもそれは、彼女らの筆の力で凝集化された結晶であった[15]。

こうした「美文調」と〈共感〉とによって形づくられる〈少女共同体〉の存在は、『花物語』のなかにも見出すことができる。まずは初期の作品(大正五~六年頃発表のもの)から検証していこう。

初夏の夕べ。/七人の美しい同じ年頃の少女がある邸の洋館の一室に集うて、なつかしい物語にふけりました。その時、一番はじめに夢見るような優しい瞳をむけて小唄のような柔らかい調でお話をしたのは、笹島ふさ子さんというミッション・スクール出の牧師の娘でした。/――私がまだ、それは小さい頃の思い出でござ

います。(「鈴蘭」(16))

第一作「鈴蘭」をはじめとする最初期の七編(「月見草」・「白萩」・「野菊」・「山茶花」・「水仙」・「名も無き花」)は、あるところに集った七人の少女たちが一夜に語り合う物語として設定されている。それぞれが何らかのエピソードを語り、そしてそれを聞いた皆が共感するというのが、七編全てに共通する流れである。

ひとつの場所に集まって語り合うという舞台設定をもちながらも、そこに登場する少女たちは、たとえば同級生などといったような、同じ環境下にある者として具体的に設定されているわけではない。それぞれが語るエピソードから推察される境遇や生い立ち、またそれらについての説明のアクセントも一様ではない。どこからかひとつ所に集まり、語り合う同じ年頃の少女たちの構図は、むしろ少女雑誌の読者欄によく似た形態であるといえるだろう。いうなればこの形式とは読者欄の集まりを、小説的に転位したというべきものになっているのである。

こうした少女たちの集まりを繋ぐのは、彼女たちのあいだに交わされる〈共感〉である。この〈共感〉には、必ずしも体験として共通するものがあって理解し合えるという条件が必要なのではない。条件があるとすれば、それは同じ〈美意識〉を保持できることであるだろう。

セーラ姉様は、そして私の髪をやさしく撫でて、／『いつまでも、子供でいて頂戴、大きくなっては嫌』／と、じいっと私の小さい手を握っていう。大好きな姉様の仰しゃることだけれども、いつまでも子供でいることは、私は不平でならない。早く大きくなって姉様のように宝石の指輪をはめたり、フレンチの小説や詩集を、すらすら読みたいものと、願っているのを、なぜ大きくなってはいけないのか、私はセーラ姉様の言葉を不思議に思った。(「鬱金桜」(17))

父などといった存在の登場する例外があるにしても、『花物語』にはほとんど〈異性〉は登場しない。あくまで中心的に描かれるのは〈少女〉同士、あるいは〈少女〉とより年長の〈女性〉との関係である。その多くが、美しい人への憧れといったようなかたちで、〈少女〉たちの間には〈恋愛〉めいた感情が抱かれている。ここでの〈共感〉とは、〈私もそうである―そうありたい〉という思いのことでもあり、つまり憧れや理想の対象に自己を〈同一化〉させていくことであるといえるだろう。

また、装飾的な文体は、形容として多くの象徴的なアイテムを呼び入れ、そのイメージを利用する。特に、そこに登場する〈少女〉たちの描写は、フェティッシュなまでに細やかである。髪や瞳、着物、体の線といった具体的な記述から、それらを繋ぐ流麗な文体までをも含めて、それらを全身にまとって憧れの対象は登場する。

その俤人は――柔らかい房々とした黒髪を、さらりと飾らずに、あっさりと大きく三つに編んで結んで、両側から大形の純黒のヘヤーピンを挿しとめて、上品な広い額ぎわに、少し仄かに、ほつれ毛のかざすのも、ひとしお清い面に、なつかしさをますのだった。／心持ち蒼白い、すっきりとした中高な細面に描いたように優しい眉、何かは知らぬ恥じらうごとく伏せられた双の瞳を覆う瞼の下から長い潤んだ睫が眼の下に燻銀のような影を落して、漂う夢のような寂しい風情を添える。／かろく結ばれた紅い小さい唇は、あわれ何の思いを秘むるのか、微かに打ち顫えるようにも思われる。／丈高く、すらりとした背の気持ちよさ、あまりに弱く細やかに過ぎる襟首に、重なる白襟はよく映える紫地の着物の色、胸もとのあたり、ほんのりと嫋らかにふくらんだ、その下を、くっきりと細く結んで落した床しい朽葉色の袴、着物は銘仙のお一対紫地に荒い綾斜形を同じ地色に濃い目に出した上をぱらっと水玉模様を青ずんだ茶で浮かした織模様が、おっとり上品に、その人に似合って美しかった。（「忘れな草」[18]）

『花物語』全編を通じて、こうした容貌についての記述には、毎回かなりの分量が割かれている。こうした表層的な細部、アイテムへの視線と執着もまた〈少女〉文化の重要な面を担っているものであるだろう。そしてこの〈少女〉たちの共感や連帯が何らかの〈モノ〉によって象徴されるという図式は、〈少女小説〉の最たる特徴の一つである。そもそも『花物語』各篇にタイトルとして付されていた花の名前が、物語全体を象徴するものであったことにも明らかであるだろう。

そして、初期の『花物語』には、中心的なエピソードをめぐって二重三重の語りが取りまくという入れ子構造がしばしば見られる。たとえば、「鈴蘭」における中心的なエピソードは、「母」の経験したものである。それを語る「私（ふさ子）」もたしかにその出来事のあった夜、母とともにその場にいたとはいえ、いくつかの状況においては、必ずしも「私」は「母」と一緒にいるわけではなく、やはりエピソード全体についての中心的な視点は「母」にある。しかしこのエピソードを語るのは「私」なのであり、つねに「母は」という主語によって展開はされているものの、そこに伝え聞いたという距離感がほとんどないことに注目される。

同じく「山茶花」でも、中心にあるのは「姉」の体験したエピソードであるはずだが、同様に、そこにいなかったはずの「私」が、ほぼそのまま「姉」の視点から語りを展開していく。

姉はその湖畔の初冬の寂しみある景色を慕って写真機をもっていったのでございます。／それは山茶花の咲く頃の薄日のなつかしい午下がり、ようやく写真機を肩にした少女は湖畔のあたりに姿を現すことができました。／その湖に来て見れば、想像したよりも、はるかに情味の深く趣のある景色でございます。／後ろには南画に描かれたように落葉林を生う山を控えて、その姿を隈なくさかさにうつし、あまれる水面には行く雲の形を心のままに、白く、うす紅く浮かべて水底に沈められた大形の友禅模様のごとく見えるのです。／そして水の汀や、あちこちには薄黄に霜枯れた蘆の、笙の笛を立てたように水の上に、きわ立ってのびていますの。／冬の湖の静寂はかすかなメランコリイを感じさせて冷たく澄み渡って、姉の心に映じたのでございましたろう。（「山茶花」(19)）

中心的なエピソードの外側には、語りの場が置かれ、さらにその外に主にこうした少女たちの語りの場について語る〈語り手〉も存在しており、これほどの短編のなかでありながら〈語り手〉や視点は幾度も交替していくのである。

ふさ子さんのお話はかくて終りました。息をこらして聞きほれていた他の少女たちは、ほっと一度に吐息をつきました。床置電灯の光が静かにさすばかりで、誰ひとり言葉をだすものもなく、たがいに若い憧れに潤んだ黒い瞳を見かわすばかりでございました。（「鈴蘭」）

この複雑な語りの構造は、しかし読み手にそれほど混乱を与えるものではない。このことは、やはりこの物語が個別具体的なものではなく、抽象的なイメージや感性の提示こそが優先されていたことを示しているだろう。語る〈少女〉たちも、聞く〈少女〉たちも、さらにはそれを読む〈少女〉たちも含めて、彼女たちはあたかもそれを体験したのが自分であるかのようにその〈物語〉に没入し、その〈主人公〉と自分とを想像的に混同、ないしは同化することができる。登場する〈少女〉たちは一見多様なようでありながらも、そうした置き換えに支障がないほどに、一種抽象的な均質さを持っているといえる。

4　『花物語』の特徴――〈感傷性〉

「鈴蘭」で、オルテノが亡き母を慕ったように、ふさ子も母との過去の思い出を語っている。注目されるのは、その関係が既に終わってしまったものとして位置づけられていることである。

『花物語』においては、ほぼ全編を通じて〈少女〉間の連帯――〈共感〉関係が描かれるのであるが、その〈少女〉たちの関係は最終的には何らかのかたちで終わることになる。そして彼女たちは失われた関係を偲び、涙する。美しいもの、美しい人に感動する少女たちは、いつもすぐ側に〈感傷性〉をはりつかせているのである。

　妙様、私はこの一週間生れて初めて心の苦しみを味わいましたの、――妙様、私は学校生活から離れてゆくのでございます。それは私が選んだ私の生きてゆく正しい路でございますもの、ああ思いに燃ゆる少女の日を寂しい村落に暮らしてゆく私の気持ちは苦しゅうございます。けれども、亡き母が枕もと私の手を握って、幼い弟妹三人のことを頼むといわれました。母の言葉こそは私の生涯の責めでございます。母の言葉はたとえ無くとも、この朝夕私に慕いまとう三人の幼き者をこの広い世界に育て守るのは私をおいてほかにあるでしょう。私一人……ほんとにそれはただ私一人です。私が学校生活から離れて寂しい日に生くるとも、幼い三人をより幸福に生かすことができるなら、それで私は立派な事業だと思います。（「コスモス」[20]）

〈少女〉たちが恋いこがれる対象はいつも去っていく。むしろその終わりとは宿命的に用意され、必ず終わらなければならないものであるからこそ、〈少女〉たちは刹那的にそこに美を見出すのでもある。そのために、彼女たちの美は悲しみと連続している。

――あわれ、あの日、白芙蓉の咲く庭の面に立ちて凛々しい言葉を発したその人は、床しい花の構えに朝な夕なを玉の腕に掌あげて優しき肩に支し小鼓の面に妙なる韻を響かせた身を、あの小春日のこと可愛い小鳥を乙女心にかばうたばかり、災いは身にかかってお邸仕への父を持つ義理ゆえに、紫匂う袂に小鼓一つを抱いて都を落ちて遠い西の国に、深みゆくこの秋を細りし肩に重たき鼓は、あわれ愁いの音色をたてようものを――。

章子は想いを去りし人の上にかけて、声もなく涙さしぐまれるのだった。(「白芙蓉」)(21)

物語の締めくくりには「あわれ」という言葉が頻出する。こうした一連の別れを悲しむパターンの繰り返しにより、『花物語』は「過剰なまでにセンチメンタル」などとも揶揄されるのであるが、この悲しさや、さびしさ、そして多く涙をともなう〈感傷性〉は、他の〈少女小説〉にとっても重要な要素であるだろう。

こうした〈少女〉たちの別れの悲しみとは、〈少女〉という存在がモラトリアムの産物であることに起因する。〈子ども〉の段階から、結婚・出産に至る〈女性〉までの間、女学校は彼女たちを安全な環境に囲い込み、その準備をさせる。そこに相対的に自由な、〈少女〉という猶予の時間がもたらされるのであるが、当然、いずれ来る卒業や結婚が、確実にこの〈少女〉時代の終わりを告げることを、彼女たちは常に意識していただろう。そうである以上、〈少女小説〉の〈少女〉たちの別れもまた、宿命づけられたものとしてある。〈少女〉のときは必ず終わりを迎えなければならない。だから彼女たちはそこに美を見出しては、悲しまなければならないのである。

ここでその終わりを悲しむだけの〈少女〉たちを単に「感情的」であるとか、「無力」であるとして否定してしまうことはできない。むしろ、彼女たちはそれを他ならぬ悲しみとして感受することによって、〈父権制〉や〈異性愛〉制度の支配・抑圧下にある自らの状況を正しく察知しているのであり、またそこに悲しみをつのらせることは、その自らの状況を変革するために必要な前提にもなっていくはずである。[22]

この〈少女〉という特殊な状況についての問題は、吉屋にとっても、次第に自覚的に意識されていったものであるだろう。大正七～八年頃から、『花物語』は次第にその作風が変わっていったように思われる。このことには、自身の作家的な転機も関わっているかもしれない。吉屋は一九一九〔大正九〕年に、長篇「地の果まで」を『大阪朝日新聞』の懸賞小説に応募して、見事に一等に当選している。こうした外部への投稿にも明らかなように、吉屋は〈少女小説〉に行き詰まりを感じ、そこからの離脱を模索していた様子がある。この模索は、〈少女小説〉の作家という枠から脱するための試みでもあっただろうが、同時に〈少女〉という存在が抱え込んでいる困難をいかに克服するか、という問題とも繋がっていたのではないだろうか。

本作は、大正七～八年頃から、次第に複雑な展開を持つものが多くなり、また多くが数回の連載によって完結するかたちとなっていく。また、物語が長くなるにつれて、〈少女〉主人公が語るという形式はとられなくなり、〈語り手〉による語りに比重が移っている。勿論、その〈語り手〉が〈主人公〉に焦点化して語ることは多いが、〈少女〉本人の視点では得られないような情報が多く物語内にもたらされていることには注目される。

そしてもう一つ、注目すべき変化は、〈少女〉の美意識、あるいは〈少女〉観に関わる変化である。『花物語』中期からは、必ずしも麗しいだけでない〈少女〉が登場するようになる。もちろん、それまで称揚されていたやさしさ、思いやり、美しさといった価値観がなくなったわけではないが、この頃からは〈少女〉たちの強さ―〈自我〉を持ち、〈主体的〉に行動することに、より価値が見いだされるようになっている。

ただし、そうした〈語り手〉の前景化と、〈自我〉をもつことの称揚とは、ある矛盾を生じさせるものであり、ここでの〈少女〉の〈自我〉や〈主体性〉の獲得の仕方には注意が必要である。

5　『花物語』の変化――〈自我〉を持つ少女

この問題について、「日向葵」[23]をもとに考察していく。

「日向葵」では、内務部長の娘である宝木関子という美しい少女を中心として、彼女の出会った横山潮という貧しい下級官吏の娘への〈共感〉に満ちた思いと、彼女たちの別れが描かれている。この時、〈語り手〉は、主に関子に焦点化しているものの、基本的には第三者的な位置にあるといっていいだろう。冒頭部で〈語り手〉は〈少女〉たちを外側から捉える。

『今度いらっした内務部長さんのお嬢さんのお綺麗なこと！　まるで生きたお雛様のようですよ』と、官舎内での井戸端会議の重要問題になって繰り返されるのだった。／さればこそ、さればこそ、新学期の始業式の日、三年の西組の教室へ受持ちの先生に連れられて初めて扉の中へ入られた時――級の総勢鳴りを鎮めて、恍惚として暫時忘我の状態に落ち入った。／中にも烈しいのは、それからの二、三日、頭がふらふらとして足が据らず、妙なお熱に浮かされて時折吐息をついて食欲減退、睡眠不足、心臓の動悸が波打って、顔色蒼ざめて泪さしぐむ君思い草の根なし草、いつまで草のなよなよと、焦れ憧がれ悩むかな……という風情。／『今度三年の西組にいらっした人、とてもすてきよ』／校中にみなぎり溢れ流れる噂！　さても評判じゃ評判じゃ。／『あら、宝木さん、どんなにすてき？　私見たいわ！』／あっちでもこっちでも『私見たいわ！』『私見たいわ』まるでメリー・マクラレンの封切りが××館に来たような騒ぎ。（中略）／後見送りて階段下の総見連中、異口同音、／『まあ！　すてき！　しかして詩的！――』（中略）／ああ美しきかなこの君！／さてもこの君を胸に得るはあれ誰が子ぞ?／『わたし気がもめるワ』／と一年生のちびさんまで元禄袖を胸に重ねて、はるかに天の一角を睨むというありさま……。(「日向葵」)

ここには〈少女共同体〉に対して、それまでとは異なる把握がある。憧れの対象に対して熱狂し、陶酔する〈少女〉たちは、同じ感受性を共有し合う〈少女共同体〉であると捉えることはできるが、彼女たちのふるまいは、ここではむしろカリカチュアされた批評的距離をもって語られている。

「日向葵」においては、〈少女〉たちの〈共同体〉のあり方は、差異化され、序列化されているといえるだろう。より望ましい、理想的な〈少女共同体〉に参入しえる者と、浮薄なだけで、真の美意識を理解しえない者とが、区別・選別をされているのである。

こうした〈少女〉間の区別は、たとえば宝木関子—横山潮—佐伯英子の関係にも顕著にあらわれている。まず横山潮と佐伯英子の比較は、その弟たちに仮託されて宝木関子に眺められる。繊細で病弱そうな少年に対して、頑強だが汚らしい格好をしている少年が意地悪をしているのを見る。関子はこうした子ども同士のやりとりを見ながら「おそらく大人同士の間柄もかくあらんと察する」わけだが、当然、その姉たちの関係もここに示唆されている。同時に、関子はそうした不正を見抜く感受性を保持している存在として差異化されてもいる。その後、宝木関子はその苛められていた方の男の子の姉・横山潮を発見し、興味を惹かれる。

おお、それは関子にとっても少なくも一つの立派な驚異だった。／少女、彼女の顔は、俗に言う美しさではなかったかも知れない。／色の浅黒さ、眼の大きく黒く憂鬱に沈んでいる、唇のきつく張って眉も太く直線的である。形も直線的で飾り気と曲線美をもっていない。／しかし彼女は純粋さを人一倍強く現していた。自我の強い、そしてそれが純に澄んでいることがよく現されていた。／関子はその自我の純粋にはっきりと出ている美しさに胸をひかれた。（「日向葵」）

ここでそれが「一つの立派な驚異」と言われているように、潮の美しさにはそれまでの価値観からの転換があることが強調されている。ここでは単なる容貌の美しさだけでない、精神的な美しさが見いだされている。また同様に、関子がそのことを捉えられる感受性を持つ存在であることも繰り返し提示されている。

後日、関子は潮に再会するが、そこでは図々しくおしゃべりな英子と寡黙な潮が対照的に描かれる。その英子の弟は先に、潮の弟をいじめていた者である。英子は、裕福で先端的な、校内ヒエラルキーにおいても権力をもつ存在であるが、関子のような感受性とは無縁の、鈍感な人物であることが強調される。英子のあり方は、たしかに女学校的な〈少女共同体〉の一つのあり方をよく示しているが、「日向葵」においては、そうした〈少女〉のあり方は批判されており、対比的により高次の〈少女〉像を提示しようとするのである。

海老茶のややさめかかって朽葉色に近く古びた袴のひだは正しい、古いすれた靴ながら磨かれている。幾度か水をくぐったものながら肩の折り目に崩れも見えぬ銘仙の紫じみしもの、色淡けれど姿凛々しくどこやらごつな角があるけれども、それもその人の性格にむしろぴったりと合って表現されているゆえ、澄み切った調和で特徴強い個性の意識を強く与えて気持がよい。（「日向葵」）

潮の服装は、貧しく地味であるが、そうでありながらもよく手入れされたものであることが示される。ただお金にまかせて華美な流行を追い求めるような〈少女〉とは違う、洗練された精神性の表現として潮の姿はある。

ここまでは、関子に焦点化した語りが続いていたが、この後〈語り手〉は関子と潮とのひそやかな〈共感〉を補強するべく、関子の知らない横山潮の生い立ちや境遇をも提示していく。

横山潮は忍従の子だった。／忍従―それは寂しい静かな苦しみである。／潮の故郷はみすずかる信濃の国だった。高原の故郷を離れてから幾年となる、その間に父はあまたの処世上の失敗をしてついに貧しい小役人となった。母は弱い弟を一人残して去った。／年ごとに老いゆく父、病身の弟、一家の行く末を見守るのは、あわれにも潮の肩にかかってきた。／潮は世のすべての少女の如くそのうら若い春の心のままに舞いつ歌う事は運命が許さなかった。（中略）／潮は父を老後安らかにして送らせたかった。病身の弟を守り育ててこの世の光を浴びせてやりたかった。／潮は母に代って家庭にあった、そして学校では勤勉な生徒として成績は主席を占めていた、そして卒業後進んで高等師範へ入るつもりだった。／彼女のなみすぐれての勉学も、それは当然しなければならない事だった。／潮はそれゆえに、いつとはなしに寂しく人を離れる悲しき子となり果てていた。（「日向葵」）

潮のこうした境遇の詳細は、関子の知る情報ではない。関子と潮は直接に深く交流をもつことはないし、関子が周囲から得る潮の情報は風変わりな彼女に対する嘲笑めいたものがほとんどである。しかし〈語り手〉の視点から加えられる情報によって、読者は潮が何故かたくなに孤独を守っているのかを知り、また周囲の〈少女〉たちには理解されない潮と、しかしそれでも潮の心性を感受し、慕う関子とを、周囲から卓越化された特別な存在として位置づけることが可能になるのである。

関子は誕生日の催しに潮を招待し、彼女と友情を深めようと計画するも、横山潮はその日郷里に去ることとなり、その招待を断る。しかし前日、潮は関子のもとに日向葵の花を届けにやってくる。関子の思いと潮の思いとはその瞬間にのみ交感されている。〈語り手〉はこの二人の結びつきを以下のように語って物語を閉じる。

日向葵の花よ、花よ、御身は強過ぎる花と、少女達はあるいは眉ひそめて近よりがたく思うであろう、けれども御身の花のその中に含まれた人知れぬ優しく弱き心の涙を、孤独我れのみ一人生くる如く、陽にくるめきて咲く強き花葩の陰に包むのを、よく知れる美しき少女は一人あるものをその名は宝木関子――そのひとそれより日向葵の花を愛すること世なみならずと伝う。（「日向葵」）

関子の潮への思いに対して、日向葵を送る潮によって、二人の間の〈共感〉関係が成立する。〈語り手〉は、ここでも他の〈少女〉たちと比較しながら、潮の美しさを知る、美しい関子を特化する。ただ華美であること、あるいは軽薄な自己顕示は批判され、内面的な美しさが新たに価値づけられる。それは外面的には地味で非社交的ですらあるが、心のうちに強さや信念を持つことであるとされ、〈少女〉たちに、新たな美の価値観を提示するのである。

初期の語りは、必ずしもそれが一人称ではなくても、ほぼその視点はエピソードの中心人物である〈少女〉と同一のところにあり、そしてそれゆえに彼女たちは自分や相手の不遇の状況についての客観的理解は明確なのではなかった。しかし、〈語り手〉がそこに距離をおくことで、主人公の〈少女〉自身では知り得ないような、彼女を取りまく状況が、読者にはわかりやすく提示されることになる。

そうした外側の視点の設定は、〈少女〉たちに自らがどのような関係のなかに生きているのかを教える。それは〈少女〉という存在が置かれている抑圧的状況を教えもするだろうし、それは同時に自分自身の位置を発見させることでもあるだろう。

しかし、〈少女〉以上に〈少女〉をよく知る外部者が、〈少女〉に向けて、〈少女〉について語るとき、その外部者は〈権威〉として機能するだろう。『花物語』中期以降には、度々〈語り手〉として〈作者〉らしき人物が現れることに注目される。

「釣鐘草」[24]や「ヒヤシンス」[25]では、〈読者〉から送られた手紙を紹介するという体裁が取られている。たとえば、「ヒヤシンス」は、父親の事業の失敗によってタイピストとして働くことになった少女が、同僚である女性について、『花物語』の〈作者〉に書いて送った手紙というかたちで展開される。そのひとはある日、男性社員たちの失礼に対して、女子社員の代表として、支配人に抗議をするのであるが、しかし支配人からその共謀を詰問された女子社員たちは、自分も含めて皆、結果的に彼女を裏切り、彼女一人だけが解雇されてしまうことになる。その苦しみと懺悔の気持を「これでも希望を捨ててはならないのでございましょうか。努力して行かねばならないのでしょうか」、「もしお作の中にこの苦しい心をお掬み取り下さいますなら、寂しい子にはせめてものただ一つの慰めとなりましょうもの――」として、その手紙は終わる。

ともすれば軽い明るい心持で、封を切りやすい未見の方達からのお手紙――これもその一つであったけれど、私はそれを読み終わった後に今まで知らなかったある一つの寂しい灰色の世界をはっきりと知って心重かったのです。（中略）／幾度となく終りの方を読み返すうちにやはり泪ぐんでおりました。――封筒に御住所は無いけれど、スタンプの跡、おぼろげに白金と読まれた、差し出した方は加津甲子さん――甲子さん、そして麻子さん、お二人ともいらしって下さいまし、私の小さい書斎の扉はあなた方のためにいつでも開かれております。お二人の泪の末に私の泪をも加えて御一緒に泣かせて下さいませ。（「ヒヤシンス」）

この場合、実際に吉屋信子がこうした手紙を読者から受け取ったのかどうかは問題ではない。『花物語』の〈作者〉が物語内部に介入しているということが重要なのである。

初期においては〈少女〉たちは共に語り共に聞く存在であり、そうした語りの場で紡がれたものとして『花物語』は設定されていた。しかしここで〈作者〉が現れることは、たとえここで語っているのが手紙を書いた〈読者〉の〈少女〉であるとしても、そこにはまず『花物語』の〈作者〉―〈読者〉という発信―享受の関係が前提にある。そしてこの〈(想像的)読者〉からの問いかけに対して、末尾に〈作者〉が呼びかけることは、このような〈少女〉を『花物語』は理想的な〈読者〉として招き入れるのであるということ、このような〈少女〉こそが『花物語』の〈少女〉として認可されるのであるということの提示に他ならない。

それまで漠然とした悲しみの〈共感〉のもとに集っていた〈少女〉たちはここにきて、果たして『花物語』の、この悲しみの連帯に相応しい存在であるのか否か、改めてその資格を問われているのだといえる。『花物語』を崇拝してきた〈少女〉たちは、当然自分も『花物語』の〈少女〉であることを望むだろう。そして彼女たちは『花物語』によって、理想的な〈少女〉、あるべき〈少女〉の姿を学ぼうとするのである。

そこで目指されるものこそ〈自我〉を持つ〈少女〉である。この頃、他の作においても〈自我〉をもつ、〈主体性〉をもつ〈少女〉が多く登場しており、〈読者〉である〈少女〉たちにもそれが称揚されていったことということがわかる。

たとえば、「ダーリア」[26]に登場する小看護婦道子は、ある豪家の令嬢を救ったことから、その家の一員として望まれる。道子は憧れていた生活と現在の職との間で逡巡しつつ、ついに次のような決断に至っている。

> 今までは、ただ薄汚いとか、気味が悪いとか、陰気くさいとかそういう寂しい情けない気持ちで、接して働

けばこそ、自分の仕事になんの光も幸いも求められなかったのだ。今はそうした観念は風に吹き去られた、木の葉のようにどこか遠くへ去ってしまいました。そうして今はただ、みずから望む献身！　みずから望む努力！　みずから求める満足！（「ダーリア」）

道子は豪家に迎えられ、華やかな暮らしを得ることではなく、看護婦として貧しい人びとのために働いていくことが「一番私の安心して持つことのできる本当の〈幸福〉」であるとして、その申し出を断る。ただ優しく麗しい〈少女〉にだけ価値が置かれるのではなく、意志的、個性的な〈少女〉であることが求められていくのである。

初期の『花物語』に強く保持されていた〈共感〉にも、ある仮構の理想的な〈少女〉像への同一化、模倣の構図は孕まれていたのであるが、しかし、ここで奨励されるのが、回りに流されることのない〈自己〉や〈自我〉といった〈個性〉であるというとき、そこには矛盾が抱え込まれることになるだろう。自ら積極的に理想の存在を模倣し、さらにそれを〈自我〉だと信じることには危うさがある。こうしたアイデンティティ獲得のあり方は、より強力な権威に呼びかけられたとき、その者を最も忠実な従属者としてしまうだろう。

しかも、不遇の状況下を抵抗的、意志的に生きる彼女たちは決してそのことによって報われていく訳ではない。〈少女〉のままで社会に対峙するには、時代の趨勢はまだあまりにも厳しい。むしろ彼女たちの向上的な精神は、現実の前に手折られていくのが常であり、彼女たちの悲しみはより強く刻印されることにすらなっていく。後期の『花物語』が過剰に悲劇的になっていくのは、この相克のゆえでもある。

礼子は、多美子と少し離れて、さきから、このシーンを打ち眺めていた。――ああ何も知らなかった――いつまでも昔の夢の少女の日をそのまま永久に続くものと信じて、はかない望みを持ちつつ、今日まであんなに多美子を恋い慕い――憧れていた哀れな自分は――もう自分への友情などは、今の多美子の胸の中にはあまりに影うすいものなのだ――それが人生の進みゆく路の真実なのかも知れない――礼子のつい、さっきまで抱いていた、多美子との麗しい昔の少女の愛情への光も力も、その瞬間地に落ちて、美事に砕け去ったのだ！／ああ、光りある美わしの灯の君よ！／もう、私にはその灯も消えたのだ！／礼子――は眼の前の世界が真暗になると思えた！（中略）／おお、桐の花、桐の花！／お願いだから、匂って、匂って！／そして、あの方の胸に昔の、私への愛情を呼びかえして！／礼子は梢に祈る気持ちだった。／『思い出の花……そうだったかしら？』／多美子はちょっと首をかしげて、いぶかしげに答えた。／ああ、もうこの人の胸には呼び返す一雫の愛の滴さえ枯れはてていたのだ！／礼子は黙して唇を噛んだ。（「桐の花」）(27)

〈少女〉たちの関係は残酷なかたちで終わる。多くの普通の〈少女〉たちは女や妻、母となって異なる関係性のなかに編入されていくことになる。そこで『花物語』の称揚した自意識を守った〈少女〉の方は、裏切られ、取り残され、孤独や絶望を抱えていくしかないのである。

6 表層への還元

しかし、こうした出口のない不幸に立ち向かえという理想だけでは、読者である現実の〈少女〉たちは物語上では涙のカタルシスは得られても、現実の人生には耐え得ないだろう。現実においては、多くの〈少女〉が理想を曲げて、妥協せざるを得なかったはずである。そこで〈少女〉性への執着は、目指す理想の対象の表層的な〈モノ〉の方に集中していくこととなる。

〈個性〉を標榜する『花物語』は、それだけに、登場する〈少女〉たちの風貌もより微細にバリエーションを増やしていく。表層的なものでない美を示そうとする意図を裏切って、その性質はむしろ表層に還元されていってしまう。

真澄はいわゆる、可愛い子供ではなかった。／言い代えるなら、真澄はけっして少女雑誌の口絵や挿絵の中に描かれるような、眉と眼の間が遠い美しい（？）人形のような少女ではなかったので――。（中略）／丈なす黒髪という通り、それだけは黒い漆黒を帯びた真澄の髪の毛、――しかし、それは波打って縮れていた。／そして最後に忘れてはならないのは真澄の双の眼である。／濃く太い眉のすぐ下に、暗い湖水のように双の瞳が大きく開かれてある。／その湖水の眼には種々の影が映じる――真澄の顔が灰色の砂漠ならその眼は暗い水をたたえた神秘の泉であろう。／けっして美女とは呼び得ぬ真澄の姿――けれども真澄の顔も姿も真澄自身の持っているものを、明らかに強く示していた。／全世界、この地球の中に竹森真澄と言う一人の少女の存在は、ただ一つであった、その一つの自己というものを、力強くはっきりと現し切っていた。／もうそこには、単なる美とか否とかいう問題を、より高く越えて立派に真澄は生きる少女だった。（「浜撫子」）[28]

一般的な美しさとは違う〈個性〉を説明するために、『花物語』の語りは、外見的な特性の描写に筆を尽くし、「自己というもの」を「姿」によって現わしてしまう。あるいは「日向葵」においても、横山潮の精神的な美しさは彼女の外見によってあらわされており、しかも宝木関子もまた、まずその外見によって彼女に注目していたのだった。

表層の描写によってある〈個性〉を象徴させる描き方は、そうした外面的な〈モノ〉の獲得によって〈個性〉が実現されるものであるかのような錯覚を与える。そして、ある〈少女〉の外面的イメージと内面的なアイデンティティはどこかで取り違えられ、そうした表層的な像を倣うことで、〈個性〉を獲得するべく、積極的にそれらは摂取されていくことになるのである。

しかも、大正なかばを迎えたこの頃、〈少女〉たちを取りまく物的な事情も変わっている。〈少女〉たちが何を好むのかを察知した社会は、彼女たちに夢を現実のものとする多くのアイテムを提供しはじめている。必ずしも表面的な美しさだけを標榜するのでない『花物語』ではあっても、その雑誌の誌面には華やかな少女たちを描いた口絵と、美容化粧品の広告とが肩を並べて踊っているのである。外面的な美に対する欲望は煽られ続け、またそれを可能にする〈モノ〉を身に付けることが〈少女〉らしさともなるのである。

〈想像の共同体〉であった〈少女〉とは、幻想の産物でありつづけるのではない。彼女たちを取り巻く経済状況の変化のなかで〈少女〉のイメージは〈商品〉というかたちで実体化していくことになる。〈少女〉らしい〈商品〉に縁取られて〈少女〉は成立する。

大塚英志は、この〈少女〉と〈消費社会〉とを、明確な関連性の中に捉え、大正末から昭和初期にかけて、「少女」的なものの「商品化」の兆しをみている。[29] もちろん、大塚の論の中心は、一九八〇年代の〈少女〉的な文化の分析にあり、またその実体化も八〇年代のバブルを待たなければならないわけだが、つまりそれは〈少女〉文化の問題とは〈消費社会〉の問題であるからにほかならない。

レイチェル・ボウルビーは、〈女性〉と〈商品〉の関係を次のように述べている。

…「一体女は何を欲しているのか」という問に、商品生産者たちは消費社会の最初期からずっと、無数の答えを出そうと知恵を絞り、美の対象／事物として自分自身を飾りたいという女性の願望、ないし必要にうまくとりいってきた。一九世紀後半、女性的主体の支配的イデオロギーが、女としての魅力を増してやろうと言って誘惑する商品のその言い寄りを受け入れるよう、女性たちを完璧に誘導した。互いに誘惑し誘惑され、所有し所有されながら、女性と商品は、恋の眼差しの裡に、互いのイメージを互いにひけらかしあう。この眼差したるや、若い娘が自らうっとりとして鏡をのぞきこむ「自惚れ鏡」の古典的な構図を拡張し、強化するものではあるまいか。自らの閨房でくつろいでいる女性の個人的で唯我的な魅惑、あるいは水面のイメージと一体化したナルキッソスの魅惑が一歩歩みを進めて、宣伝の公然と訴えかける〈広告〉の世俗的、公衆的な魅惑となる。／（中略）消費文化はナルキッソスの鏡を一面のショーウインドーに変える。その前にたたずむ彼女（あるいは彼）の理想化されたイメージを、彼女が買い、なることができそうなモデルという形で〈反射〉してくるガラス、である。このガラスを通して、彼女は彼女が欲している物を見、彼女がなりたいと願うものを見るのである。(30)

〈少女〉たちが憧れの〈少女〉に恋するとき、その対象への欲望とは、その対象を形作っている〈商品〉への欲望にすり替わる。そしてさらにボウルビーは「自ら喜んで買う消費者を生み出すことが、男による女の誘惑（seduction）という有効なイデオロギー的パラダイムにすんなりと当てはまってしまう」ことを指摘している。ここで少女雑誌の読者欄や、〈少女小説〉という場自体が、男性編集者の管理下にあったことは見逃されるべきではない。〈少女〉たちにはやさしさや思いやりといった〈愛〉の美徳が求められ、さらには愛される〈客体〉としてのふるまいが教えられていたのだった。そしてそれは〈少女共同体〉の志向とも矛盾するものではなく、彼女たちは自ら積極的にそれを求めていくのである。〈少女〉という自意識は、彼女たちに拠り所と慰撫を与えもしているが、一方で彼女たちを消費資本主義と絡み合った〈異性愛〉制度に隠微に回収していくものであったといえるだろう。

〈少女小説〉の〈少女〉像とは、あらかじめこうした枠組みのなかに開花していったのであり、こうして見たとき、ここで育まれる〈少女〉たちの逸脱的な〈同性愛〉的関係すら、小平麻衣子が指摘する如く「男性に望まれる女性への同一化の欲望」[31]という「異性愛のレッスン」として位置付けることができてしまう。そこには〈異性愛〉的に〈成長〉するための規範がゆらぎなく、むしろ補強されながら維持され続けているといえるだろう。

同時に重要なのは、「日向葵」で、潮の精神的な美を見いだしそれを慕うのが、誰よりも外見的な美を持っている宝木関子であったということである。特殊な美は、常に表層的な美によって保証されている。そのことは表層的な美の価値をも担保し、むしろ最終的には〈内面の美〉は〈外見の美〉に反映されるものとして目指されもするのである。


その時、御堂の奥、まりあ像のほとりより涼しく優しき一つの声音が起きた。／『小さい娘、お待ちなさい、死んではなりませぬ。お前をそんなに不幸にしたのは、神様のあやまちでした。今宵おまえは美しい子に生まれ変わるのです。さあここへ戻って御恩寵をこいねがってお祈りなさい』（中略）／やがて、時経て乙女は眼覚めた。気づきてあたりをみ廻せば我が身はいつの間にか、聖げに真白きベッドの中、深々と埋められ、枕元には、美しき、気高き尼僧一人、静かに立ちて、乙女の額を優しく掻き撫でつつ、／『びるぜんまりあは、あなたの祈りをおききになって、あなたの罪を、許し給い、今までの不幸に代る生命の光をお恵み下さいました。おおあなたの面は、もう美しく愛らしく、花のようです。』（中略）／おお、心の花、心の花、まことに眼には見えざる心の花、人は胸に持ちて此の世に生まれ出でて、その花の咲く美しさに従いて姿も面も変わりゆくものであったのか。生まれながら眉目美き子が、もうそのみずからのすぐれし姿にのみ頼む時、その胸の心の花は、凋み落ちゆく恐れさえあろうに、眉目かたち人にすぐれず美しからぬとて、いたずらなる嘆きをすてて、身に智慧と愛と信仰を宿す時、おのずと内なる見えざる心の花開きて、その美をも気高く雄々しく飾りゆくものと、神は人の子に正しき奇跡を約し給うたのであった。（「心の花」[32]）

〈少女〉にとっては、変わらず〈外見の美〉への執着が維持され続ける。そしてそのことは、ただ〈少女〉たちによってのみ欲望されるだけでなく、〈男性〉によって望まれるセクシュアリティのあり方とも結びついていることは言うまでもないだろう。

大正期に登場した〈少女〉たちの〈共同体〉は、多くの自由や娯楽を開拓したが、その周囲にはつねに規範や強制がより見えにくいかたちで張り巡らされている。過剰になるばかりの〈感傷性〉は、そうした抑圧の痕跡でもあるが、それ自体が退廃的に快楽化し、また横溢する〈商品〉の愉楽によって慰められることで、いつしか〈少女〉たちの悲しみの根源は覆い隠され、〈少女〉的な〈商品〉のイメージに同一化することで〈少女〉というアイデンティティが獲得されていくようになるのである。このことは、〈少女〉たちの特殊な抑圧状況をより強固に閉塞させていくものである。

多くの〈少女〉らしいモノを身に付けることによって、彼女たちは自らを理想の〈少女〉として達成してしまうことができる。もはやこのとき『花物語』それ自体も一種の〈少女〉のイメージを形作る〈モノ〉と化して、〈少女〉のマスト・アイテムとなっていくのである。

注

（1）『花物語』は初出雑誌の散逸が激しく、いまだに書誌情報の確定できないところがある。現在もっとも詳細な書誌情報として、高橋重美「花々の闘う時間——近代少女表象形成における『花物語』変容の位置と意義——」（『日本近代文学』第七九集、二〇〇八年一一月）に初出一覧がある。

（2）田辺聖子「吉屋信子解説」（『日本児童文学大系』第六巻、一九七八年十一月、ほるぷ出版）

（3）信岡朝子「『花物語』と語られる〈少女〉」（『比較文学・文化論集』、二〇〇〇年二月）、横川寿美子「吉屋信子「花物語」の変容過程をさぐる——少女たちの共同体をめぐって——」（『美作女子大学美作女子短期大学部紀要』、二〇〇一年三月）などを参照。たとえば横川論には、「…「花物語」の場合はあまりにも有名になりすぎて「とりあえず」の位置づけが忘れ去られ、いつの間にかジャンルの代表作であるような印象を人々に与えている感があり、少女小説というものに対する、さらにはかつて少女と呼ばれた人々に対する、さまざまな誤解を広めているようにも思われる。実際には、男性作家たちによって大勢が占められていた大正・昭和前期の少女小説界に「花物語」的表現は決して多くはなく、「花物語」は、ジャンル外部との対比においてのみならず、内部との対比においても、むしろ特異と言うべき作品であった」という指摘がある。

（4）久米依子「少女小説——差異と規範の言説装置」（小森陽一他編『メディア・表象・イデオロギー』、一九九七年五月、小沢書店）、「構成される「少女」——明治期「少女小説」のジャンル形成」（『日本近代文学』第六八集、二〇〇三年五月）などを参照。なお、これらはのちに『「少女小説」の生成——ジェンダー・ポリティクスの世紀』（二〇一三年六月、青弓社）に所収されている。

（5）それ以前にも「少女小説」的なテクストは存在してはおり、一八九五（明治二八）年一月創刊の『少年世界』では、同年九月から「少女欄」という少年雑誌史上では初の〈少女〉向けの記事を扱う欄が設けられており、そこでは既に〈少女〉を主人公とするような物語が登場している。

（6）『文章世界』では、吉屋の投稿は一九一三（大正二）年六月以降、一九一五（大正四年）八月までに頻繁に確認できる。また、『新潮』では、一九一四（大正三）年一一月に「瀆ひし霊」の題で論壇に採用されている。その後も、短歌や書簡文などが繰り返し採用されており、一九一六（大正五）年一月には「私たちの作家を志した動機及び文壇に立たんとする抱負」という小特集にも「幼き芽生えより」という文章を寄せている。
（7）前掲、久米依子「少女小説――差異と規範の言説装置」
（8）同前
（9）同前
（10）本田和子「「少女」の誕生――一九二〇年、花開く少女」（同人誌『舞々』第四号、一九八一年）、のちに『異文化としての子ども』（一九八二年六月、紀伊國屋書店）に所収。
（11）『少女画報』一九一六（大正五）年八月
（12）中村哲也「〈少女小説〉を読む――吉屋信子『花物語』と〈少女美文〉の水脈」（日本児童文学学会編『研究＝日本の児童文学3　日本児童文学史を問い直す――表現史の視点から』一九九五年八月、東京書籍）
（13）永井紀代子「誕生・少女たちの解放区――『少女世界』と「少女読書会」（『女と男の時空――日本女性史再考Ⅴ　鬩ぎ合う女と男――近代』所収、一九九五年一〇月、藤原書店）
（14）本田和子『女学生の系譜―彩色される明治』（一九九〇年七月、青土社）、川村邦光『オトメの祈り――近代女性イメージの誕生』（一九九三年十二月、紀伊國屋書店）
（15）前掲、本田和子『女学生の系譜』
（16）『少女画報』一九一六（大正五）年一月
（17）『少女画報』一九一七（大正六）年四月
（18）『少女画報』一九一七（大正六）年五月
（19）『少女画報』一九一六（大正五）年一一月
（20）『少女画報』一九一七（大正六）年一〇月
（21）『少女画報』一九一八（大正七）年一一月～一二月
（22）J・P・トムキンズ「感傷の力――『トムおじさんの小屋』と文学史の政治学」（原著：一九八五年、邦訳：エレイン・ショーウォーター編『新フェミニズム批評』青山誠子訳、一九九〇年一月、岩波書店）を参照。

(23)『少女画報』一九二一（大正一〇）年七月?～九月

(24)『少女画報』一九二一（大正一〇）年一月～二月

(25)『少女画報』一九二三（大正一二）年一〇月

(26)『少女画報』一九一九（大正八）年八月～九月、初出時のタイトルは「ダーリヤの花束を抱いて」、「さよならダーリヤ」

(27)『少女画報』一九二四（大正一三）年三月～五月

(28)『少女画報』一九二〇（大正九）年八月～一〇月?

(29) 大塚英志「解説」(『少女雑誌論』、一九九一年一〇月二八日、東京書籍）に以下の指摘がある。
…だが〈少女〉論を少女幻想論としてのみ論じようとする時、抜け落ちてしまうのはわれわれの目の前にある無数の〈少女〉的な商品群であり、同時にそれらをまといあたかも〈少女〉の如くふるまう女の子たちの存在である。そこには本来、虚構であったはずの〈少女〉が当然のような顔をして実体化している。／大正の終わりから昭和の始めにかけて、〈少女〉的なるものは一度、現実の側への越境を試みる。大正時代の日本が一度、消費社会化したことは多くの論者たちが指摘するところだが、八〇年代にわれわれが体験した消費社会がそうであったように、この時代、モノに対する付加価値としての〈少女〉が発見されかけた印象をうける。たとえば竹久夢二の仕事にその痕跡がはっきりと見出せよう。だが、それは結果的には第二次世界大戦によって断念され、〈少女〉幻想の本格的な実体化は先送りにされることになる。

(30) レイチェル・ボウルビー『ちょっと見るだけ――世紀末消費文化と文化テクスト』（原著：一九八五年、邦訳：高山宏訳、一九八九年一〇月、ありな書房）

(31) 小平麻衣子「「けれど貴女！　文学を捨ては為ないでせうね。」――『女子文壇』愛読者嬢と欲望するその姉たち――」(「文学」、二〇〇二年一月)。のちに『女が女を演じる――文学・欲望・消費』（二〇〇八年二月、新曜社）

に所収。

（32）『少女倶楽部』一九二五〔大正一四〕年九月

附記　『花物語』本文引用は、初出不明のものもあるため、『吉屋信子全集』第一巻（一九七五年三月、朝日新聞社）に拠った。

第二章　「地の果まで」の転機——〈大正教養主義〉との関係から

1　懸賞新聞小説

一九一九〔大正八〕年は、吉屋信子にとって大きな転機の年であった。当時、既に『花物語』などの〈少女小説〉を発表してはいたものの、より大きな活躍の場を求めていた吉屋は、友人から『大阪朝日新聞』四十周年記念の懸賞小説募集を教えられる。そこで彼女は北海道に住む兄の元に身を寄せ、長篇「地の果まで」を書き上げる。その完成直後に父が急逝し、その喪のなかで、吉屋は一等当選の報を受け取ることになる。

本作は翌一九二〇〔大正九〕年から同紙に連載され、吉屋の名は広く知られるところとなる。また、これが一九二四〔昭和四〕年に新潮社の『現代長編小説全集』に収録された際には、多大な印税を得て、欧州旅行に赴く彼女の姿が華々しく報じられもした。

一等当選の報を受けたとき、吉屋は喜びの気持ち以上に「これで一生文学というものをやるのか[1]」と、文学を生業としていくことへの重い自覚を感じたというが、本作で得た成功が、のちに時代を代表する流行作家にまでなっていく彼女に、大きな指針と基盤を与えたことは間違いないだろう。

「大人の小説[2]」を目指して書かれた本作は、それまでの〈少女小説〉からは意識的な転換が図られている。本作では、主要な登場人物として三人の姉弟が置かれ、その弟の受験や出世をめぐる問題を中心に物語は進行していく。またそれと共に男女の恋愛や結婚について描くことも、吉屋にとっては新たな挑戦であっただろう。

春藤直子、緑、麟一の姉弟は、早くに両親を失って、叔父・浜野隆吉の援助を受けながら、東京に暮らしている。姉たちの期待を受けて麟一は一高受験を目指すが、隆吉から進学を反対され、援助を求めて父母とかつて縁のあった園川家を訪ねる。麟一は同家に書生として住み込んで、受験に備えることとなるが、そこで麟一は園川家の娘・

関子に惹かれると同時に、関子の嫂である千代子にも思慕を抱く。一方、緑には、彼女の通う教会の牧師を通じて、神学校の生徒である坂田との縁談が持ち上がる。しかし緑は麟一を支えるために、これを断る。

その後、周囲の期待に反して麟一は受験に失敗し、また関子との関係を問題視されて、園川家を追い出されることになる。麟一の処遇をめぐって、緑と関子らは口論となり、その責任を感じた麟一は失踪してしまう。またその頃、夫・浩二の転勤にともなって北海道に移っていた直子は、一女を出産するが、産後の病で死んでしまう。こうしたさまざまな困難や不幸を経て、対立していた人々が改心、和解し、新たな人生を見出そうとするというのが、本作のあらすじである。

ただし、一等当選を果たしたとはいえ、評者の選評[3]を見れば、本作は完成度において充分であったとは言いがたいところがある。三名の選者は、それぞれに「筆つきが稚弱」(幸田露伴)、「是と云つて傑出した点は認められない」(徳田秋声)、「ツマラヌ作」(内田魯庵)などと、特に構成や技術については難色を示している。そうした少なくない欠点を指摘されながらも本作が一等となり得たのは、小説としての達成度よりも、多数の読者を惹きつけるための新聞連載として適当であるか否かという基準の方が優先されていたからであろう。この懸賞小説の募集規定には、「時代は現代、新聞連載に適する家庭の読物[4]」という文言があったが、これは当時の新聞連載小説の主流であった〈家庭小説〉への要請とみることができるだろう。〈家庭小説〉のジャンル規定についてはさまざまな研究のなされているところであるが[5]、大正期はある程度そのジャンルイメージが定着した時期であったと言えるだろう。新聞連載の〈家庭小説〉においては、同時代の趣味や風俗を取り入れながらも、なにより「健全」であること、「道徳的」であることが重視される。この選評のなかで、本作が「新時代に可也な理解」(秋声)があることが評価されつつ、同時に「一体の傾向を欹側した趣味の者で無くて善良であること」(露伴)が評価されていることに注目される。他の候補作のなかから「同性の愛」などの「新聞の読みものとして不適当若しくは掲載不可能と認められる」(秋声)

ものは排除されており、「或点に於ては此篇よりも勝れた作もあつたが、まず総体に於て佳作として認めて差支無い」（露伴）、「比較的無疵」（魯庵）といった「家庭の読物」としての無難さゆえに、本作は一等に相応しいという評価を得ているのである。

またそうであればこそ、この小説は時代の産物として急速に忘れられていったのだろう。近年、〈少女小説〉を中心に吉屋の作品の再刊が見られたが、そうした気運のなかにあっても、本作が顧みられることは殆どなかった。[6] 本作は吉屋の作家的転機として位置づけられつつも、その内実については、非常に類型的な「大正中期という時代の空気を濃厚に反映した作品」[7] という以上の把握がなされてこなかったように思われる。

もちろん、本作が、同時代的なモードにうまく乗ったことで、成功した小説であることは間違いないだろう。しかし、同時にこの小説には、そうした時代性に回収してしまえないものが残されているように思われるのである。本論では、この小説の枠組みを作っている同時代的モードとはどのようなものであるのかを確認しつつ、さらにそこから取り残されているものを抽出することで、改めてこの小説の意義を捉え直すことを目指したい。

2　〈修養主義〉と〈教養主義〉

前述のように、物語は弟・麟一の受験問題を中心に展開される。姉の緑が「一高の試験を受けて入つて順々に大学を出てやつて頂戴、ね、高等文官試験を受けて地方の理事官から――知事まで登れてよ、又外交官の方を行つてもいゝわね」[8] などと、繰り返し述べるように、彼には今後、一高から大学へ、そしてゆくゆくは官吏や外交官へとなることが期待されている。この期待の背景には、彼らの両親が不遇のまま亡くなったことがある。

緑は父について、「実力もあり、いくら才気があつたにしても、情けない雇の通訳位で一生を終らねば、ならなかつた」と捉え、父に「立派な学歴がお有りなすつてゐらしつたら」ということを口惜しく思っている。そこで「麟ちゃんにはお父さんの出来得なかった処まで、やらせて見たい[9]」と、麟一が父を越える学歴を得て〈立身出世〉し、春藤家を再興することを願うのである。

大正なかばのこの頃、高等学校の受験志願者は増加の一途にあった。厳しい競争を勝ち抜くための受験雑誌が登場し、また一九一八〔大正七〕年にはこうした状況を受けて、高等学校令の改正があった。高校の増設や、入試方法の改革などによって改善が図られたのだが、竹内洋によれば、そのことはかえって、よりレベルの高い高校を目指す欲求を刺激して、さらなる受験戦争の激化につながったという[10]。

緑たちの一高信仰は、この時代の雰囲気を強く反映した設定になっていることがうかがえるが、注目されるのは、こうした麟一の進路を誰よりも強く推進しているのが、麟一本人よりも姉の緑であることである。緑は「姉さんは麟ちゃんをものにするために、自分の青春なんて犠牲にしてやるつもり[11]」とまで述べ、受験に対して弱気な麟一を叱咤激励し続ける。

しかし、緑は麟一の〈立身出世〉を期待する一方で、次のようにも言うのである。

「独立して一人で御飯を食べるつてことが、そんなに立派な人間の目的でせうか、たゞ一人で食べればいゝのなら、学校なんかへ誰も入る必要はありません、立ン坊にでもなつて独立したらいゝでせう、一人口を糊すということは貴いことでも何でもありません、いくら収入があつても自活して居ても価値のない仕事をして行く生き甲斐の無い人が居ります、いくら人の世話になつて居ても、ちやんと立派な研究や事業をして行く人が居ります、私はそんな程度の低い独立——どうでも御飯が戴ければよいなどといふやうな、そんな卑怯な説には大反対です、麟ちやんには少くとも一人で御飯の料を取る以上に、もつと〳〵貴い仕事をして貰ひたいのです

から。」（一九二〇・二・三［34］）

ここで彼女は、麟一に単に社会的地位や金銭的成功を得るだけではない、「価値ある仕事」、「貴い仕事」を得ることを求めている。緑は単に〈立身出世〉的な成功を目指しているのではない。この価値観は、当時支配的な言説として影響力を持っていた〈教養主義〉と呼ばれる考え方に近似したものである。

〈教養主義〉とは一般に、文学書や哲学書の読書を中心として、人格の向上を目指す考え方のことをいうが、大正期に成立して、旧制高校のエリート文化の中核を担ったものとしてよく知られている。「地の果まで」が執筆された一九一八〔大正七〕年には、一九一四〔大正三〕年に出版された〈教養主義〉の代表的著作である阿部次郎の『三太郎の日記』の合本版が出版されており、また倉田百三の『出家とその弟子』なども前年に出版され話題になっている。こうした〈教養主義〉は、のちにマルクス主義の台頭とともに批判され、変質を経ていくことにもなるのだが、まさにこの時期に勃興した時代のモードであったといえるだろう。

緑が、金銭的成功とは区別される「貴い仕事」を望んだように、『三太郎の日記』には、「創造の欲求はあらゆる経済活動と矛盾する」、「生きるための職業は魂の生活と一致するものを選ぶことを第一とする」、「魂を弄び、魂を汚し、魂を売り、魂を堕落させる職業は最も恐ろしい(12)」などの言説がある。ここでは経済活動の価値が否定され、それよりも純粋な「創造の欲求」、「魂の生活」などといった精神性が重視されているのである。

さらに、緑の思考には、しばしば次のようなものも見受けられる。

努力さへして行けば、行く手の路は開かれる――。緑は、かう考へた。／真心をもつて努力の鍬で、運命を開拓するより他に、人間の生き方はないのだ――と考へた。／そして此の人間の努力と熱誠の上には、人間を越えた或る力強い手――仮に（神）と人々は呼ぶ――が加へられて来る、其の手の前に、自分達は首をうなだれて祈れば、いいのだと――緑は、今はつきり自分の前に、その大いなる見えざる手を認め得た気持が起きて来た。（一九二〇・二・九［40］）

〈努力〉をして、〈運命〉や〈神〉に至るというような思考は、同じくこの頃〈教養主義〉的な評論を多く発表していた和辻哲郎の言説と似通っている。

私たちは未来を知らない。未来に希望をかける事が不都合なら、未来に失望する事も同じやうに不都合です。併し私たちは唯一つ、生が開展である事を知つてゐます。私たちはたゞ未来を信じて、現在に努力すればいゝのです。努力のための勇気と快活とを奮ひ起こせばいゝのです。現在の小ささを悟れば悟るほど努力の熱は高まつて来ます。自分の運命を信じて、今に見ろ〳〵と云ひながら努力する事は、自分に対していゝのみならず、自分の愛する人々を力づけ幸福にする意味で、他人のためにもいゝ事です。何処まで行けるかなどといふ事はこの場合問題ではありません[13]。

〈運命〉を信じて〈努力〉すること、そうすることによって自己を開展し、高次の〈人格〉に至ること、そしてそれこそが人間の〈普遍〉に通ずるというのは、〈教養主義〉の基本的な思考様式である[14]。

こうした大正期の〈教養主義〉について、唐木順三は『現代史の試み』のなかで、明治期の〈修養主義〉との比較から以下のように概括している。

教養派は内面的生活、内生に閉ぢこもる。それは二重の意味に於て外面的なもの、外面生活を主問題としない。一つは我々の身体的、或は行住坐臥的な型、かつて修養がその規範とした形式を問題にしない。その意味で書生的、インテリゲンティア的である。その二つには、社会政治的な外面生活を問題にしない。それは手に負へない俗物共の、即ちブルジョワの、或は叡智のない藩閥者流の、或は判断力なき大衆の関心事ではあつても、インテリゲンティアの、自己優越を自認する教養派の関心すべきことではない。問題は個性と普遍、自我と神にある。さうしてその中心問題の究明は、今日の如き師弟関係の稀薄な、人と人との間に信用のない時代にあつては、古人の書物に頼る外にないといふのである。[15]

唐木は、明治期の〈修養主義〉から、大正期に至って、形式や、身体訓練的な「型」とともに、社会的・政治的・経済的な成功という外面が失われて、純粋に内面的・精神的な向上が問題とされる〈教養主義〉に転換していったと述べている。

〈修養主義〉には、〈立身出世〉主義と結びついた実利的成功を目指す性質があるが、〈教養主義〉においてはこうした実利の側面は否定される。こうした区分においてみると、緑の、弟の〈立身出世〉を望んで、家を再興しようとする〈修養主義〉的側面と、精神性を重視する〈教養主義〉的な側面が併存していることは一見矛盾であるようにも思えるが、この唐木の区分のあり方には今日疑問が呈されている。

筒井清忠は、明治期の〈修養主義〉から大正期の〈教養主義〉への転換というよりも、むしろそれらの連続性を重視している。[16] 筒井は、そもそも〈修養〉の語は、〈努力〉を通じて〈人格〉を向上することを目指すという〈教養主義〉的な意味を持って使用されていたことを指摘している。〈修養主義〉と〈教養主義〉は〈人格主義〉的性格において連続しているのである。しかしこれが大正期に政治・経済的要素を排除して内面的に純化された〈教養主義〉として分離・自立していったという見取り図を、筒井は示している。こうした純粋〈教養主義〉が、文化の享受を中心として、精神的向上を目指すという、知的エリートの差異化のシステムとして機能する一方で、政治・経済的価値との「妥協的形態」である「修養主義的教養主義」もまた、特に実業系の企業家たちなどのなかに継続されていくのである。

こうした変化の背景には、〈修養主義〉が目指した〈立身出世〉や成功が、現実にはそうたやすく達成しえないものであったという困難がある。「煩悶」に陥った青年層に対して、〈修養主義〉は微妙に位相を変えた説得戦略をもって、人々の心性を取り込むように機能したとして、筒井はいくつかの類型[17]を提示しているが、そのなかの一つに「成功否定型」というものがある。それは「「修養」(人格的向上：筆者註)という価値を絶対的な目的とし、「立身出世主義」＝「成功」という価値を否定する」というもので、「「立身出世」からの離脱者の鎮静作用をも営むことのできる強力なイデオロギー」となったものだという。

筒井はこうした心性の発現を講談社系の「大衆小説」などの庶民文化のなかに見ているが、この構図は、政治・経済的要素を排除して、純粋に内的な向上を問題とした〈教養主義〉の態度とも実は相同的であるだろう。このことは〈教養主義〉が、単にエリートの卓越化の作法であっただけでなく、〈修養主義〉的な実利的成功に挫折した者への救済としても必要とされた側面があったことを浮かび上がらせる。その点において、〈教養主義〉的思考はただエリートのためだけのものだったのではなく、時代の心性として大きな意味を持っていたのだといえる。

再びこの小説に立ち戻ってみれば、当初の緑の志向には、成功を望む〈修養主義〉的なものと、精神性を重視する〈教養主義〉的なものが複合的にあらわされていた。しかし次第に小説は〈修養主義〉的な〈立身出世〉を否定して、〈教養主義〉的な価値観の方を強く提示していくようになるのである。

特に、小説の後半、クライマックスにかけて、多くの登場人物がそれまでの自己のあり方を反省して、人格を変えるという展開が頻出する。病身で無為の生活を送っていた吉高、緑たちに非協力的であった隆吉などが、それまでの生活を「改造」して「新たに真の生命を持つて働く」こと、「全き自らの真の生命を育んで[18]」いくことを誓う。あるいは、「今までかぶつていた堅い殻を破つて、ほんとの人間の心が出て来た」、「真人間」に「生れ代つた[19]」といったような、それまでの自己を否定して、高次の「生命」や「人間」を獲得するという認識を次々に示し始めるのである。

こうした展開は、〈教養主義〉の言説に見られる〈自己否定〉を経て〈真の自己〉に至るという態度と基本的なあり方を共有している。高田里恵子は教養派の〈人格〉の向上を目指す態度の必然として「自己批判」があることを指摘しているが[20]、このなかで使用されている「真の生命」や、「ほんとの人間の心」などといった用語は、阿部や和辻の言説にも類似の表現を容易に見いだせるだろう。

…これまでの自分は真実の自己の殻であり表面である。真実の自己は全然顧みられてゐなかった。真実の自己を深く強く伸びさせるためには、これまでの孤立しやうとする自己を捨てなければならない。この意味で自己否定といふ事が自分には切実な問題になつて来た。真実に自己肯定をやるためには、まず自己否定がなければならぬ。(中略)/自己否定は今の自分にとつては要求である。しかしこの要求が達せられた時には、自分は既に自分の頂上に昇つてゐる。/この要求は自分の個性の建立、自己の完成の道途の上に、正しい方向を与へて呉れる[21]。

しかもこのとき獲得される〈真の自己〉においては、学歴や経済的価値とは異なる、〈人格〉の高さが強調されている。たとえば、直子の夫・浩二は、賃上げ要求に加わった後に、会社の命で北海道に転勤している。月給が上がるとの条件ではあったものの、過酷な土地で暮らすことは一面では左遷にも等しく、これが直子の死の遠因にもなっている。「市立の乙種の商業学校[22]」出身で、出世も望めない不遇の状況にあった浩二だが、結末では上司から「浜野君は学歴の上から申せば、確かに僕には及ばないでせう」、「しかし、一個の人間としては確かに僕は多くを学ばねばならぬ、人格の高い人です[23]」などとわざわざ言明されて、救済されるのである[24]。

この小説が〈修養主義〉的な成功を否定して〈教養主義〉的な精神向上に純化していくことの背景にあるものは何であるのか。筒井は〈修養主義〉的なエートスの継続を論じるなかで、住友の経営者達を具体例として分析していたが、ここで注意すべきなのは、〈修養主義〉的な実利的成功の世界が、はっきりと〈男性〉に限定されていることである。緑が、あくまでも麟一が成功することにこだわるのは、どんなにそれを望んでも彼女自身ではそれを為し遂げることができないからである。この小説は、進学や〈立身出世〉に性別の壁があるという明確な認識の上に出発している。そうであればこそ、緑の思考には屈折が刻まれているのである。

緑が、同級生の梅原敏子と、男子学生の受験について会話するなかで、「男に生まれてゐたかつた」という欲望をあらわしていることは重要である。「私なんぞ、もう、いつでも自分が女だからと思つて口惜しくて仕方がない」、「自分が（男）といふ雄々しい性を受けて、此の現世に生れてゐたら、身体中の筋肉に、人間の持ち得べき、力の果の一粒までも、打ちこめて、そして何かして見せるつもりよ[25]」と述べる彼女の性別的限界が麟一への過度な期待となって投影されていることは明らかだろう。

だが、この緑の欲望と同時に、緑と同じ境遇にある梅原敏子が示す虚無的な将来像をともに捉える必要があるだろう。弟の進学という目標に向けて情熱を燃やす緑に対して、敏子は「私などは何んと別に生涯を貫く目的があるのでもなく、たゞこうして二十一まで、ずるずるに引きずられて生きて来た様なもの」、「今の学校へ入つたのだつて、何つて事はありやあしないの、卒業したからつて、どうてこともないのよ、語学の稽古をしたつて、それで私が如何なるつてことも無いんですもの」[26]と答える。敏子がここで示すのは、たとえ進学して、いくら勉強したとしても、自分は何者にもなりえないという暗い認識である。当時、確かに女性の中等教育は拡大していたが、高等教育や出世などといったコースはいまだ女性には閉ざされたままであったことは言うまでもないだろう。

この敏子が示す絶望を、緑は否定しようとするが、そこで彼女が「私だって自分を欺いて空元気をつけてこうして勉強している」、「貴女にそんなことを言われると私のひたかくしにしておく痛いところをつつかれるようでたまらない」[27]と言っていることは見逃せない。自分が何者にもなれないからこそ、彼女は必死に自らに型を与えようとする。そして、弟の〈立身出世〉こそが、何者にもなりえないという彼女の不安を覆い隠してくれるものなのである。自身では実現不可能な欲望を麟一に投影しつつ、同時にそれを支える役割を自らに付与することで、彼女はかろうじて敏子のような絶望から逃れることができたのである。

そうであればこそ、緑の麟一への応援は、ときに麟一を追い詰めるほどに攻撃的なものになってしまう。しかも、麟一もまた男性的な〈修養主義〉的価値観にうまく同一化することができない人物であることが、二人の関係を難しいものにしていく。こうした〈修養主義〉的目標の前には、常に性別の問題―ジェンダー／セクシュアリティの齟齬が噴出し、両者を躓かせている。そのことと、小説が最終的に〈教養主義〉的な価値観の方に大きく転回していくことは決して無関係ではないだろう。さらに、緑と麟一を中心として、社会から求められる規範と、自己の性質や欲望とのあいだの、さまざまなずれを見ていきたい。

3 ジェンダー／セクシュアリティのゆらぎ

この小説においては、男性的な緑、女性的な麟一という図式が繰り返し強調されている。そのなかでも最も象徴的なのは、父に似た緑、母に似た麟一という男性／女性の位置の入れ替えである。

緑は「麟ちゃんはお父さんの跡取りだから、お父さんの持つて居た、野心も志望も後から来た貴方が受け継いで貫くのよ」と、父の写真を麟一の書棚に掲げるが、麟一はその写真に「卒業した中学校の校長の顔に見えたり、又さうした人達から受けた、かなり不快な恐ろしい印象」を感じ、また「緑から受ける様な、苦しい圧迫」をも感じて苦しむ。これらの父に不随する性質に対して、麟一はうまく適応することができず、むしろ「自分に与へられた亡父のよりも姉の持つている亡母の写真の方が欲しかつた[28]」と、むしろ母を「受け継」ぐことを望んでいるのである。

そして先に示したように、緑は自身の女性ジェンダーと欲望との齟齬を抱えている。そうでありながらも、緑には〈逸脱〉や〈異常〉に対する自己規制の意識も強い。そこで彼女はあくまで父の復権を為し遂げるのは弟であると決めて、自らは女性としての位置を甘んじて受け入れようともしている。不満や葛藤をかかえながら〈正常〉化につとめようとする彼女のジェンダー／セクシュアリティの意識は、ねじれを含んだ複雑なあらわれ方をする。

緑のジェンダー／セクシュアリティのゆらぎが最も強く現れるのは、自身の結婚の問題に際してである。彼女の通う教会の牧師を通じて、神学校の生徒である坂田との縁談が持ち上がるが、その際、坂田の側が、「第一に、頭の善いことゝ、気性の勝れたこと、それに健康」などといった条件を提示し、それを「これから我々は人種改善に努めなければならん」、「これからの若い人達の結婚は、優生学に則つてやつて貰ひ度い[29]」などと説明したことに緑は憤慨する。緑はこれを「女を或る道具化した言葉[30]」として批判し、次のようにこれを否定する。

やつぱり、自分は、どうしても、かうしても努力して泥だらけになつても、あらゆる障害と戦つて、姉と弟の手を握つて前進しなければならない、それが（運命）となづける不思議な青白い綱の力である。／此の場合、条件つきであらうとも、なからうとも、結婚とか、恋とか云ふ、普通の女の行くべき路を自分は捨て去らねばならない。／結婚も！／恋も！／自分自身をも捨て〻、一つの目的の前に驀進する自分は一個の機械となればい〻！　緑はこう思ひ切つた。（一九二〇・三・二〇［80］）

この場面は、男性中心主義を批判するものとして少なからず注目されてきた場面である[31]。しかし、ここで緑の論理は混乱しているというべきだろう。女性を「道具化」することと弟のために「一個の機械」となることは、ともに女性が男性の犠牲になる構図であることには変わりない。さらに緑は、麟一と従姉妹の結婚の話が持ち上がった時には、「斯うした近親の結婚の結果は、不具か低能児か碌な子供は生れない」、「牧師さんや坂田さんの言ひ草ではないが、人種改良説から言つたら罪悪の一つでせう[32]」などと、この批判したはずの人種改良説という〈男の論理〉を根拠としてそれを退けたりもするのである。

この緑の発言は、男性批判としては明らかに矛盾している。むしろそれは口実に過ぎないのではないだろうか。緑がこうした批判によって忌避しようとしているのは、「結婚とか、恋とか云ふ、普通の女の行くべき路」という〈異性愛〉秩序に向かって〈成長〉することの方であるように思われるのである。

緑が麟一に投影することで隠蔽しようとしている不安とは、ただ女性に〈立身出世〉が閉ざされているということだけに留まらない。緑は、弟の出世を支える姉という役割だけに固執することで、自身のジェンダー／セクシュアリティのゆらぎを封印しようとしているところがある。だからこそ、緑は自分が描いた構図が危機に面した場合、あるいは自分や弟に〈異性愛〉的な〈成長〉の課題が浮上してきたときには、相手を「悪魔[33]」として強烈に攻撃するのである。このことは、彼女がその自己規定を失っては自分を保つことができないという危うさを示している。

先に示したように、緑は麟一と従姉妹との縁談について厳しい言葉でこれを退けていたが、麟一と関子との恋愛が発覚したときにも、最も強く反発したのは緑であった。ここで「貴女は悪魔です、毒婦です、妖婦です、淫婦です」「貴女の様な腐つた貴婦人は、御自分で勝手に堕落して下さい[34]」などと羅列される関子への罵倒の言葉の過剰さは、単に麟一の受験への影響や庇護の責任という範囲を越えて、弟を誘惑して、彼に〈異性愛〉秩序をもたらす存在を攻撃するものとなっているように思われる。ここには、〈異性愛〉的に〈成長〉することへの緑の拒否反応が噴出しているのではないだろうか。

同時にこうした場面で緑がしばしば示す〈ヒステリー〉的な症状にも注目される。のちに失踪した麟一を探す場面での緑は、ほとんど正気を失い、警官から「狂気女《きちがいおんな》」[35]とまで呼ばれている。このように、緑は、パニックになると失神や、〈ヒステリー〉ともいうべき過剰な身体症状を示すが、これは彼女の内面の葛藤を表すものであると同時に、当時〈ヒステリー〉が女性の病としてイメージ化されていたことを考慮するならば、緑はネガティブなかたちで女性の位置に引き戻されているともいえるだろう。女性的規範からはみ出す欲望と、そこに押し込めようとする力のあいだで、常に緑は苛まれているのである。

一方の麟一にも、同様の問題が指摘できる。麟一は、両親が生前に懇意であった園川家に寄宿することになるが、そこで二人の女性に惹かれることになる。その一人、嫂の千代子に対して麟一は恋愛とも、母親思慕ともつかない感情を抱いている。

> 麟一の千代子に捧ぐる愛慕の念は、聖くもいぢらしいものであつた。／童貞の清い身と心を持つて、――彼は千代子の前に額づき度いと願ふた。／それは、けつして恋と名づくべきでなかつた。さればといつて愛と名けるには言葉の足らない恨みがある。／早くから自分の胸に失はれて行つた母――母性の有する力と心を、おぼろ気ながら、此の千代子の前に描いて崇敬と思慕の念を強く寄せた。／母を通して女性の魂の滴る露を、麟一

は渇した青春期の悩みと悲しみの胸に求めてやまなかった。／その母性を通して、女性の魂の深い湖の中に、浴したいといふ望は、二人の姉の、直子からも、また緑からも求め得られなかったのである。（一九二〇・四・一三［104］）

麟一の千代子への思いは、〈異性愛〉というよりも、子どもが母親との一体感を求めるような欲望であり、さらに言えば女性的なものへのあこがれ、女性化の欲望としても捉えることができるようなものとしてある。

一方で、園川家の令嬢・関子は、妖婦型の女性として描かれ、「心臓を吸ひ取る者のごとく」、「怪しい魔力の絹糸」[36]といった比喩をともなって、麟一を〈異性愛〉秩序へと誘惑する存在として描かれている。このとき麟一のセクシュアリティは、〈異性愛〉的なものと、そうでないものとの間で未決定な状態にあるといえるだろう。のちに麟一は、関子との恋愛に向かうことにはなるものの、それが緑からの強い批判を受けることで、麟一もまた〈異性愛〉秩序のなかで男性として〈成長〉することは挫かれているのである。

このように、緑や麟一にはジェンダー／セクシュアリティをめぐって、さまざまなゆらぎや葛藤が生じている。〈正常〉な、望ましいとされる性のあり方に対して、緑や麟一のあり方は適応的ではない。そしてその不一致はかえって両者を圧迫し合う関係とし、結果的にそれが麟一の受験の失敗にもつながっていくのである。

こうした解決困難な問題を、結末に向けて一気に回収していくのが〈教養主義〉である。ここで〈教養主義〉が解決法としての力を持ってしまうのは、〈教養主義〉のかかげる〈人格〉の向上という目標には、とりあえず性差がないからである。〈修養主義〉的な〈立身出世〉の道は、はっきり男性に限定されているが、〈教養主義〉は、その目標を「人間」や「真実の自己」などといった〈普遍〉的なものとして掲げてみせる。この抽象性は、〈教養主義〉を、〈修養主義〉から排除された人であっても参入しうる余地のあるもののように見せる。性的な葛藤を抱え、

〈修養主義〉的な目標の前で躓いていた緑や麟一は、〈教養主義〉的なものに傾いていくことになるのである。

4　〈教養主義〉的回収

この小説は、先にも示したように、ほぼ全ての登場人物がそれまでの自己のあり方を反省・否定し、人格を高く向上させていくことで、それまでの対立関係や欠乏感を克服していくというかたちで結末を迎える。しかし、この一見大団円的で、感動的な雰囲気をたたえた〈教養主義〉的的結末は、かなり多くの疑問を残すものとなっているのである。

まずは、麟一と関子の恋愛が、一つの〈教養主義〉的な価値を示すものとなっているだろう。麟一は、千代子に対して、「奥様、僕は一心に努力します。そして貧しくとも、立派な一人の男子になります、そして関様のお心を受け得る人間となって立ちます[37]」と誓い、千代子はそうした麟一を見て、「あゝ、人の真の強い清らかな愛とは、こんなに力があるものでせうか、人間の心の底から生れた真実の愛は関様を新しく創つてゆきました。そして、関様の真心からの愛は、貴方を、貴方をそんなに強い雄々しい立派な青年にしました[38]」と認める。さらに千代子は、麟一の今後について、「試練の峠」を越えることを示す。しかし、そのためには「お金持ちになる必要」はなく、「世にときめく高位高官になる必要」もない、そうではなく「人間として立派な一人の男子[39]」になることが大事であると語られる。ここにあらわれているのが、それまでの〈修養主義〉的な〈立身出世〉主義の否定であり、〈教養主義〉的な精神的向上であることは明らかだろう。

ただし麟一と関子の関係は、千代子の媒介によって決意されたことが示されるのみで、一度も麟一と関子が直接的に相互の愛を確認し合う場面がないのは少し奇妙な印象を与える。そして先述のように、この恋愛関係は、緑からの強い批判を受けて麟一が失踪してしまうことで、不成立のまま終わっていく。また、麟一本人の意志や決意が最も大事であると結論されていながらも、麟一の将来が具体的にどのようなものになるのかということについては、最後まで非常に茫漠としている。麟一に関しては、しばしば音楽的才能があることが作中で描かていたが、そうした方向性にすら一切言及がないほどに、具体性を欠いているのである。ましてや、姉と関子たちの争いを知って、失踪した麟一は、最後に発見が手紙で伝えられてはいるものの、小説上ではその後、姿を現すことがない(40)。麟一は〈教養主義〉的に成長したと位置づけられはするものの、そこには不確かさがつきまとっているのである。

また、緑に関しても同様である。緑には、麟一の失踪に加えて、姉・直子の死という悲劇が襲う。緑は、一時は絶望し、すべてのことに価値を見いだせない状態に陥るが、直子の死によって、対立していた叔父と義兄との和解を見る。そしてこうした悲劇や困難を乗り越え、緑もまた〈教養主義〉的な成長を遂げるのである。

いま、深い〳〵感動が彼女の全身に襲うて来たのであった。——一分……二分……三分……四分……／緑は、がばと仏壇の前に身を起して泪と共に叫んだ。／「あゝ！　お姉様、お姉様、貴女の死は無駄ではなかつた、無駄ではありません、お姉様の忍従の生涯と其の死はみな立派に報いられました——あゝ、やつぱり、やつぱり——土に生くる者達の上に支配する大きな貴い力の流れはありました——虚無ではない空しいものでは決して無かつた！　あゝ、やはり、何ものか強い手が人類を見守って呉れるのでした、そして——私共は今その手にお姉様の気高い死を通じて救はれたのです——誰も彼も——正しく強く——生きる路を与へられました——私も——私も……。」（一九二〇・六・一［153］）

緑は姉の死という犠牲を経て、「何ものか強い手」を感じ、自らも「生きる路を与えられた」と言う。しかし、ここで緑がいう、「生きる路」が何なのかは具体的なレベルでは全く示されない。この解決は緑のそれまでの葛藤とは全く切断された、ひどく空疎で抽象的なイメージでしかないのである。

このように、この小説は、はじめ〈修養主義〉的な価値を目指しつつも、その実現困難の前で、〈修養主義〉的な価値を否定して、〈教養主義〉的な解決にシフトしていった。このことは、性差による限界が明らかであった〈修養主義〉に対して、〈教養主義〉が〈人格〉のような精神的・抽象的目標を掲げることで、〈修養主義〉から排除されるような存在であっても、救いうる余地のあるものであったからだといえる。しかし〈教養主義〉が、本当に性差を超えた解決を与えうるものであったわけではない。彼らに閉ざされていた可能性が開けることは、やはりない。隆吉を覚醒させ、浩二の不遇にも救いを差しのべるように見えた〈教養主義〉的思考は、緑の絶望も、麟一の戸惑いも、再び覆い隠した上で、彼らにそれを超越させたかのような幻想を与えるのである。このとき、〈教養主義〉は救済装置としては機能していない。ジェンダー／セクシュアリティのゆらぎに対しての〈教養主義〉的回収とは、直接的な問題の解決や、代替ですらなく、むしろそれまで生じていた解決困難な問題を隠蔽するかたちで機能する、ひどく欺瞞的なものだといえるだろう。

5　おわりに

吉屋は、本作の当選の辞において、「(地の果まで)の若い女主人公が暗い否定から明るい肯定へ、狭い自我から広い自我へ、高く強い精神の力を仰いで静に静に与へられた生命の路を踏みゆく様に私も細やかながら柔らかな優しい光を自分の行く手に認めた様に思はれます[41]」と述べている。ここで吉屋は、作中人物である緑と作者である自分を重ねながら、その〈成長〉を示すという、非常に〈教養主義〉的な構図を提示しており、吉屋自身もこうした

〈教養主義〉的な認識の枠組みをかなり信じていたということがうかがえる。そして、こうした流行の、支配的な言説に合致していたからこそ、この小説は、家庭の読物に相応しい穏当さを持つものとして、評価されたのだといえるだろう。

しかし改めて読み直してみれば、この小説には、そうした支配的言説に捕らわれながらも、そこに回収し得ないものが残存している。おそらく、吉屋本人が意図したところではなかったのであろうが、唐突な〈教養主義〉的回収から、緑や麟一のジェンダー／セクシュアリティのゆらぎの問題は、置き去りにされたままになっている。解決困難な問題への解答として打ちだされた〈教養主義〉は、実際には問題から飛躍し、また評者に「善良」と判断されてしまう程度の優等生的な解答でしかなかった。しかし、このことは決して単なる論理的破綻や失敗としてあるのではない。そこに単純に解消することのできなかった葛藤や違和感の痕跡が残されていることこそが重要なのである。

支配的な言説に身を寄せるようでありながらも、それよっては解決することのできない問題を密かにではあるが、確かに露呈しているこの小説は、逆にその支配的な言説の欺瞞的限界を明らかにし、それを揺らがせる力を持つ。同時代の〈教養主義〉的モードに還元されるだけであるかのように見なされてきた本作は、むしろそれを相対化しうるものとして捉え直すことができるのではないだろうか。

ここで得たチャンスによって、吉屋はようやく文壇に歩を進めたかに思われたが、それで彼女が一人前の〈小説家〉として認められた訳ではなかった。この後、吉屋は文芸雑誌にもいくつかの小品を発表しているが、それほど高い評価を得られてはいない。その後の彼女の主な活躍の媒体は新聞や女性雑誌となり、そこで〈家庭小説〉、〈通俗小説〉を量産していくことになる。特に、その装飾的文体と過剰な感情表現などは、常に男性評者の批判や嘲笑の対象であった。たとえ流行作家となって、経済的には男性作家以上の大きな成功を収めたとしても、彼女は一流の〈文学〉と見なされることのない傍流の位置に置かれ続けたのだといえる。

注

（1）吉屋信子「懸賞小説に当選のころ」（『朝日新聞』一九六三〈昭和三八〉年一月一九・二〇日）
（2）同前
（3）日曜文芸「本社懸賞小説　三審査員の評」（『大阪朝日新聞』一九二〇〈大正九〉年一月一八日）
（4）「本誌創刊四十周年記念　文芸創作募集」（『大阪朝日新聞』一九一九〈大正八〉年一月二五日）
（5）金子明雄「「家庭小説」と読むことの帝国――『己が罪』という問題領域」（『メディア・表象・イデオロギー』一九九七年五月、小澤書店）、飯田祐子『彼らの物語――日本近代文学とジェンダー』（一九九八年六月、名古屋大学出版会）、鬼頭七美『「家庭小説」と読者たち――ジャンル形成・メディア・ジェンダー』（二〇一三年三月、翰林書房）などを参照。
（6）特に、同年執筆の『屋根裏の二処女』（一九二〇〈大正九〉年一月、洛陽堂）との対照は興味深い問題である。『屋根裏の二処女』は二〇〇三年に国書刊行会から「乙女小説シリーズ」のうちの一冊として再刊され、新しい読者を得るところとなり、また吉屋信子研究においても言及される機会の多い小説である。ほぼ同時期に書かれた両作の相違を問うことは非常に重要である。この問題については次章で検討する。
（7）関川夏央「大正という時代の作品としての吉屋信子」（『小説ｔｒｉｐｐｅｒ』一九九九年三月）
（8）一九二〇・一・八〔8〕
（9）一九二〇・一・二九〔29〕
（10）竹内洋『学歴貴族の栄光と挫折』（一九九九年四月、中央公論社）
（11）一九二〇・一・八〔8〕
（12）阿部次郎「生存の疑惑」（『三太郎の日記　第一』一九一四〈大正三〉年四月、東雲堂）

（13）和辻哲郎「ある思想家の手紙」（『新小説』一九一六〔大正五〕年一一月）

（14）こうした性質は、あるいは〈白樺派〉的ということのできるものであるかもしれない。また、吉屋信子本人への影響という実証的なレベルで言えば、〈白樺派〉的なもののほうが直接的であるだろう。〈教養主義〉や〈白樺派〉など、大正期の言説全体に、ある種の共通性があるということは、しばしば指摘されるところであるが、吉屋もまた、こうした大正期の新しい動きを複合的に感受していたと考えている。また、本論で、特に〈教養主義〉という観点を重視するのは、それに先行する〈修養主義〉的な問題との関連を見てみたいからである。

（15）唐木順三『現代史への試み』（一九四九年三月、筑摩書房）

（16）筒井清忠『日本型「教養」の運命――歴史社会学的考察』（一九九五年五月、岩波書店）

（17）この類型には他に、「成功不問型」・「修養手段化型」などが挙げられている。また筒井が参照した竹内洋「冷却イデオロギーの社会史」（『選抜社会』一九八八年一月、リクルート出版）においては、〈立身出世〉の失敗からの代替目標として「地方成功」・「海外雄飛」・「修養主義」（成功を人格化して、富者にならなくとも立派な行いをしていれば成功とする）に向かう行路が生まれたという指摘がある。その他、E・H・キンモンス『立身出世の社会史――サムライからサラリーマンへ』（一九九五年一月、玉川大学出版部）なども参照。

（18）一九二〇・五・一四〔135〕～一五〔136〕

（19）一九二〇・五・三一〔152〕

（20）高田里惠子「人格主義と教養主義」（苅部直他編『日本思想史講座4　近代』二〇一三年六月、ぺりかん社）

（21）和辻哲郎「自己の肯定と否定と」（『反響』一九一四〔大正三〕年四月）

（22）一九二〇・一・四〔4〕

（23）一九二〇・六・三〔155〕

（24）浩二が北海道に転勤したことは、注17で挙げた〈立身出世〉の代替として「地方成功」を目指すものとしての側面もある。

(25)　一九二〇・二・一九〔50〕～二〇〔51〕
(26)　一九二〇・一・一二〔12〕
(27)　一九二〇・一・一二〔12〕
(28)　一九二〇・一・一八〔18〕
(29)　一九二〇・三・一三〔73〕
(30)　一九二〇・三・一三〔73〕
(31)　駒尺喜美『吉屋信子――隠れフェミニスト』（一九九四年一二月、リブロポート）などを参照。
(32)　一九二〇・四・一九〔110〕
(33)　一九二〇・二・四〔35〕
(34)　一九二〇・五・七〔128〕
(35)　一九二〇・五・九〔130〕
(36)　一九二〇・三・三〔63〕
(37)　一九二〇・五・三〔124〕
(38)　一九二〇・五・四〔125〕
(39)　一九二〇・五・四〔125〕
(40)　麟一は友人・間宮福太郎によって発見されたことが伝えられる。この手紙では、間宮がこれから「南洋の新天地」（一九二〇・六・二）に渡る予定であることが述べられており、ここにも代替目標の類型の一つが示されていて興味深い。しかし、そこで麟一については「一日も早く御引取り下さらん事を願上げ奉候」とされており、こうした「海外雄飛」の救済路線からも、麟一は排除されている。
(41)　本社懸賞長編小説一等当選「地の果まで」の著者「胸の思ひを奏でつゝ　地球の上に生くる世の人達と」（『大阪朝日新聞』一九一九〔大正八〕年一二月二七日）

附記　「地の果まで」本文の引用は、初出『大阪朝日新聞』（一九二〇年一月一日～六月三日）に拠る。引用末尾には掲載年月日と連載回数を示した。旧漢字は新漢字に直し、ルビ・傍点は適宜省略した。

第三章　もう一つの方途——「屋根裏の二処女」

1 〈少女小説〉脱却のための二つの試み

懸賞応募小説「地の果まで」は一等当選を果たして、吉屋信子に作家としての地盤を与えることになるが、執筆時の彼女は、まだ自身の未来に大きな迷いを抱えていたと思われる。『花物語』のような〈少女小説〉の書き手から脱却し、「大人の小説」[1]を書こうと挑戦したのが、「地の果まで」であったのだが、しかしこれもまた彼女の本意とするところであったかどうかはやや疑わしいところがある。吉武輝子、田辺聖子らの調査[2]によれば、吉屋が「地の果まで」の選評を読んだ後の日記（一九二〇〔大正九〕年一月二一日）には、以下のような記述があるという。

夜大朝が来た／選者三人の批評がのってゐた／秋声先生に感謝する　いい小父さん／露伴先生　いいお祖父さま／魯庵が何んだ。キラキラする洋刀が何んだ。ツマラヌとは何んだ。こつちは家庭小説として苦しみを忍んで書いたものだ。かなり興奮した

魯庵が選評で吉屋を酷評したことについて、自分はあえて〈家庭小説〉のスタイルをとったのだと憤慨する。もちろん、これは事後的な弁であり留保は必要であるが、そこには新聞という媒体や対象読者への意識があったということは確かだろう。そして〈家庭小説〉らしい現代性や善良さこそが、「地の果まで」の一等を決定したものであるとすれば、彼女の戦略は見事に当たったのである。だが、そのためには「苦しみを忍」ばなければいけなかったのだとすれば、彼女が書きたいと望む小説とは、どのようなものであったのだろうか。

そこで注目されるのが「屋根裏の二処女」という小説である。この小説は、「地の果まで」の投稿の後、審査の

結果を待つあいだに、父の急逝を受けて一気に書かれたものだという。本作は、一九二〇〔大正九〕年一月に洛陽堂から単行本として刊行されるが、これは必ずしも懸賞小説の当選を受けて決定したものではない。吉屋はのちに巌谷大四との対談で「もし『朝日新聞』に当選しなかったら、これを自費出版でもなんでもしたいと思っていた」[3]ことを語っており、当初は洛陽堂から印税なしという条件で出版されることが、決まっていたという。しかし「地の果まで」の当選によって状況が変わり、逆に洛陽堂の方から、印税を支払う代わりに「地の果まで」と合わせての出版を依頼してくることになったのである。[4]

本作は、吉屋信子のＹＷＣＡ寄宿舎での経験が素材となっており、吉屋の自伝的小説―〈私小説〉として読まれてきた。そのため、本作の他でも、吉屋がしばしば使用する「瀧川章子」の名は、吉屋の分身とも見なされてきた。男性との関係ではなく、寄宿舎内の女性たちの交流がメインに据えられるという点では、〈少女小説〉の系譜にあるといえるが、川崎賢子は本作の「多様なコードの引用、反復、パロディ化、断片化からなるざわめきにみちた散文」に「メタ少女小説」[5]という評価を与えている。確かに、主人公・章子と秋津環の出会いと、すれ違いを経ての愛の誓いまで、という大きな展開はあるものの、全体的に物語的な結構は弱く、順序だった説明を欠いたまま細々とした具体性をもって描かれる日常生活のエピソードと、詠嘆調の心情独白の連なりによって構成されている本作は、非常に断片化された印象を与える。一気呵成に書かれた荒削りの作であるせいもあるが、〈少女小説〉の諸作や、また「地の果まで」と比較しても、叙述のスタイルはかなり異なっている。さらに、章子の不機嫌さや自堕落な性質、そして何よりも〈女性同性愛〉が強調される本作は、〈家庭小説〉的な善良さとは真逆のものである。ここには、〈少女小説〉でもなく、また単純明快な大衆向けの小説とも違うものを書こうとする模索があったのだと言えるだろう。

「屋根裏の二処女」の試みとは、何だったのか。「地の果まで」との関係はどのようなものなのか。本章では、そこで何が選択され、またどんな可能性が消えて行ったのかを考察してみたい。
また、本作は〈私小説〉として、特に吉屋信子が正面から〈女性同性愛〉を描いたことによって注目されてきた小説である。もちろん、たとえ自伝的であるとはいえ、これをそのまま作家のセクシュアリティに結びつけて読むべきではないし、作家本人の実践と小説表象は必ずしも一致するものではない(6)。しかし、〈女性同性愛〉は、『花物語』以来、吉屋信子が繰り返し描き続けてきたものでもあり、またそれが直接的に明示されたテクストとして、本作はやはり重要である。「屋根裏の二処女」において〈女性同性愛〉はどのように描かれているか、そしてこの試みから分岐していく過程で、〈女性同性愛〉表象はいかに変化するのか。この後の吉屋の諸作を考えるときにも、本作での位置づけは重要な問題となるだろう。

2 「要の釘」のない人間

この小説は主人公・章子の退寮に始まり、また最後は彼女の再びの退舎で終わる。最初は、ミス・Lというキリスト教者の寮からの退寮である。章子はミス・Lから「貴女は学生として懶惰である。／基督教徒として不信の者である。／故にこの寮の娘として不適当である」として、「性格」の「改革」を求められたが、それに応えられずに退寮を決めたのだと説明する。

わからない！　といへばこの頃――もつと前から何から何まで章子には自分のすることがわからなかつた。それはあんまり乱暴な思ひ上つた言い方かも知れないが。ともあれ章子には自分の生活がわからなかつた、自分に与へられてある人生がわからなかつた――生意気な考へだ――何もかまはずにたゞ忠実に勉強すればいゝと、時にして思ひ立つても、それは一瞬時のことで、後ではやはり章子にとつては何が何んだかわからぬ無我夢中の生活の連続であつた。／章子の学生として劣等者になる外のない病的の怠惰や、投げやりや、不注意や、人に憎まれるのも皆こゝから起るのであつたらう。

章子にははっきりとした目的や理想はない。世間の良識や慣例にも懐疑的で、そこに馴染むことができない。「何もかまはずにたゞ忠実に勉強すればいゝ」という呼びかけにも応じられず、疑問と不満に満ちて、周囲を不機嫌に見渡す彼女は、無気力であり、またそのために「異端者として気味悪がられ」たり、嘲笑されたりもする。自分は何者なのかわからない、きっと何者にもなりえないという退廃の気分は、「地の果まで」に登場する春藤緑の友人・梅原敏子の造形にも近いといえよう。

章子は自分について「人間の力の緒を引き締め司る要の釘が一本与へられてなかつた」と言い表す。このような章子のアイデンティティとは、かなり不安定なものであると言えよう。

ミス・Lの寮を出て、次に彼女はYWAの寄宿舎に入ることになる。章子が案内された三角形の屋根裏部屋は、この物語を縁取る重要な場所である。章子が初めて手に入れた一人の部屋は「今まで自分といふいぢらしいものをめちや〳〵にされて、おろ〳〵うごめいてゐた、なんといふ生き甲斐のない生活の徒労」から彼女を守るものである。外界の圧力を遮断するプライベートな空間は、また同時に彼女の疎外された位置をも示す。通常の寄宿生の部屋とは異なる位相に存在するこの部屋は、「異端者」としての彼女そのものでもある。

そして章子は、この寄宿舎の屋根裏に住まうもう一人の人物、秋津環に魅入られる。秋津もまた常に周囲の少女たちとは離れたところにいる。静かに自分の領域を守り続ける秋津を、章子は憧れをもって思い始める。

章子と秋津はこの「異端者」としての位置において似通っているが、秋津が周囲の視線を全く気にしていないのに対して、章子はしばしば周囲との軋轢を意識し、そこに翻弄されもする。たとえば、寄宿舎で行われる祈祷会で、章子は慣れない外国語での会話を笑われて「喜劇役者」の扱いを受けてしまう。さらに、ともに宗教的感激で結ばれ合った少女たちのなかで、不器用に神への不信を口にしてしまい、また周囲の笑いを誘ってしまう。

章子の「異端者」の意識には、マイナー・エリーティズムともいうべき、他者を見下す性質がある。彼女は「世界中の地の上に生くる、たくさんの人、数へ切れない、たくさんの人、そのなかの一人すらも、いまの章子の為めに祈り、その心持を知つてくれる者はない」と嘆くが、ここには自分が理解されないことは、むしろ世間一般の愚鈍さに原因があるという意識がある。あるいは章子は「癩病やみ」や「瞽女」に自身をなぞらえて自己卑下をしてみせるが、被差別者への同一化は、むしろ自身の孤高性を担保するためになされている。しかし実際には、章子はむしろ周囲から蔑視されているのであり、そのことが彼女を痛めつける。秋津はもっと周囲の少女たちを冷たく見離すことができる。だからこそ秋津は「雄々しく強い美しい異端者」として章子を魅了するのである。

二人の愛は、「異端者」同士の結びつきであると同時に、相手への同一化の欲望でもある。二人が寝室を共にする場面は、〈性愛〉を含む〈女性同性愛〉表象に踏みこんでいる点でも注目すべきものであるが、その官能が、二人が融合するイメージによって紡がれていることは重要である。

……秋津さんのリンネルの寝衣は淡い木犀のやうな匂ひがした……いつとしはなく、その木犀の花の香が章子のネルの寝衣の袖にも移つた……かくて木犀に似てなつかしく薫れる夜の臥所に……ふたりの腕は搦むやうに合された……やさしく刻む心臓を包むふたつの胸も……始めもなく、また終りえしらぬ優しい夢に二つの魂の消え入るごとく……柔らかく嫋やかな接触……潤ふ赤いはなびらのわなゝいて溶け入るごとき接吻……柔かに優しく流れて沈みかつ浮かび消えゆき溶け入りて溢るゝ緩き波動………。

そのため、章子の秋津への愛は、相手への強烈な依存ともなる。あたかもそれが自らを統御する「要の釘」であるかのように、章子は「秋津さんを心の妃とも姫とも仰いでその足許に跪まづく次女として仕へる気持」、「たゞ秋津さんのみを対象として自分は生き得るのだ」と思うようにもなる。

そこに秋津が過去に深い関係を持っていた伴男爵夫人・きぬが現われて、秋津を引き寄せ始めると、章子は自身の均衡を失って、猛烈な嫉妬をあらわしはじめる。「要の釘」を失った危機の意識は、暴力的なかたちで爆発する。はじめは壁を殴ることで気持ちを緩和していた章子は、次にきぬが秋津に贈った人形を「一個の生ける人間の存在」と意識して破壊する。遂には、友人のお静を殴るに至って、安息所であった屋根裏を追われることにもなってしまう。

章子はアイデンティティの不安ゆえに彷徨い、秋津に救いを得るが、その安定も実は脆弱なものである。また実は、章子は秋津だけに惹かれているわけではない。章子は同じ寄宿舎に住む工藤にも敬愛の念を抱いている。「普通の女離れ」した風貌をもち、「娘達の常用語に比してずゐぶん粗末」な言葉を使うボーイッシュな工藤を「異常の型」と評するが、しかしそれは同時に「清楚」で「すがくしい」と感心される。章子が周囲の人々の視線を気にして顫えるときにも、工藤は「強さうで頼もしい――周囲の人々に依つてけっして自分の気持を犯されない強い女の像」を示し、章子もそれを見て気を引き立てられる。秋津とのような濃厚な交わりはなくとも、工藤に自身の拠り所を見いだそうとする構図は共通している。あるいは、章子は、恋敵であるきぬを相手にしてさえ、美しい彼女に自分が印象を残していたことを喜んでしまうような多情さがある。この点においても、章子のアイデンティティとは流動的で、不安定なものであるといえるだろう。

また、章子のアイデンティティの不安は、同一化にとともに、他者との差別化によっても安定を企図されている。たとえば、本作に登場する寄宿舎に住む少女たちのグループは、林檎を一緒に食べたことを契機に「林檎の会」という集まりになる。このグループはのちに秋津の贈った手袋から「黒い手袋党」と名前を変えるが、寄宿舎のイベントを拒んで、独自のクリスマス会を催したりする彼女たちは一種のアウトサイダーたちの集まりである。こうした少女たちの結びつきに「シスターフッド」[7]を読み込む論もあるが、しかしその交わりのなかにも、差別化や序列化ははたらいている。

「黒い手袋党」は、主に秋津や工藤とはあらかじめ友人であった人たちによって構成されており、章子は遅れてそのコミュニティに参入しているのだが、章子は「田舎らしい気が姿にあつて」、「何かすることも言ふことも気が利かない」お静には特に反感が強い。章子がバターで作った馬の首に付けられた指輪に感激できずに、指輪が錆びることを心配するお静に、章子は「この幻滅的な人間をどうしよう!」と嘆く。また、「こんなひとが屋根裏の青い部屋に入つて来るとは、ずゐぶん何かの錯誤ではないかと思はれるほど、一寸変だつたほど——そのひとの様子はあたりの人物や雰囲気にそぐはなかった」と批評された太田が、工藤の友人の画家・N氏の絵を見た後の感想を『金色夜叉』の例えで語るのにも、章子は「よく〳〵道化人形に見えてしまった」という。ここには趣味や嗜好によって相手を選別し、基準に見合わない者を差別しながら、自意識を高めていこうとする構図があるだろう。

さらには、好意を持っている工藤に対しても、必ずしも章子の態度は一貫しない。章子が、秋津ときぬに嫉妬していたことを工藤は知っており、それが秋津に知られることを章子は恐れていた。そのタイミングで工藤の体調が悪化し、秋津に話しもできない状態であることを知ったとき、章子はまず「ほっと安心」してしまう。友情や敬意の関係であっても、そこには様々な思惑がはたらき、差別や排除が生じている。

こうした差別化は、もちろんグループの外にもはたらく。寄宿舎の食堂に集まる少女たちに対する疎外感と裏表の差別意識は先に述べたが、章子は街の食堂で出会った女に「なほも女は、その客の同性なるの故をもつて、一種の敵愾心と自己防衛と傲慢さを以て対しようとするのであつたなら! 呪われた地の獣は、(女) そのものであらねばならない！」と強い反感を示している。この小説において、ある女たちは確かに連帯し合うが、その背後には女の間の分断と差別化がある。これをただ「シスターフッド」と言ってしまうのは、楽天的に過ぎるだろう。[8]

3 〈自我〉の充填

しかし何より問題なのは、最後に与えられる〈自我〉の語である。この小説は、従来「異端」である〈自我〉を肯定して、〈女性同性愛〉を貫くことを選んだ物語として読まれてきた。[9] そして本論でも、やはり章子のアイデンティティ――〈自我〉のありようを追ってきた。だがここで改めて問いたいのは、物語の結末における〈自我〉の解説は、それまで描かれてきた章子のありようとはずれているのではないか、ということである。

この小説の〈自我〉への違和感をいち早く捉えていたのは川崎賢子[10]である。本作の評価において最も中心化されてきた発言「世の掟にはづれようと人の道に逆かうと、それがなんです、ふたりの生き方はふたりにのみ与へられた人生の行路です」という宣言が、次のような言葉の後にあることに川崎は注目している。

たゞ人間は「自我」の前にのみ首をたれて生きるのみであらうか――あらゆる苦痛を受けても尚「自我」を守りて一歩も退かずに正面に「自我」の路を行くべきであらうか？　どのように貧しく小さきものであつても己れに与へられた「自我」はあくまで、それを守り育んでいくべきであらうか？

この「反語表現」の後には、本来ならば「〈自我〉なんて守らなくていい」という否定の声がくるはずであり、川崎はこの「反文法的陳述」を見逃して、本作に素朴な〈自我〉賛美を見ることに疑問を呈する。そしてここでは

「〈自我〉などという観念によりそったとたんに見失われるようなことがら、むしろ〈自我〉という語が共示する体系とはいれあわないはずのことがらが、むりやりその語におしこめられている」ことを指摘する。[11]

ここまでの章子のありようとは、目的や指針を持てず、またどこにも安定的に所属することもできない、流動的で不定型なものであった。しかしこの最後の場面に至って、全ての事柄は〈自我〉の語によって解説し直されるのである。

　伯父の家へ行つて一生田舎のお針ッ子で埋もれようなど、自らを偽りくるめた、嘘の塊である――章子の「自我」は泣いて叫んでゐた、秋津さんの足首にでも獅子噛みついて生きたいと――章子は自分の胸の中の奥の火を認めるときが来た。／心の要がぬけてゐたのではない、人一倍のがむしやらな「自我」を強くはびこらせてゐた娘であつたのではないか?

章子に唐突に与えられる〈自我〉という発想は、遡及的に過去の事象に充填される。むしろ空隙としてあったところに、〈自我〉があったのだと呼びかけられて、章子は安定を得るのである。だが、この〈自我〉の道とは、いまだ「これから、それを求め探す」としかいい表し得ないものである以上、それは単なるマジック・ワードでしかないだろう。しかも一方に「世の掟」を置いて、自らをそれに外れる「異端」と自認することは、〈正常〉と〈異常〉の序列化の構造を保持し続けるものであり、久米依子が指摘するように[12]、既成のシステムを維持・補完する「周縁性の物語」を強化するものでしかないだろう。そしてこの〈自我〉には、「異端」であるがゆえに自身を特別な存在と見なすという、ねじれたエリーティズムだけが残るのである。

その限界を示すように、〈自我〉を持つ人々の未来は閉ざされたものとしてしか提示されない。きぬは「自分が境遇のすべてを振り捨てゝ、自分の意志を貫いて自身を処理するといふところに、あの方の押しかくされて覆はれていた強い〳〵『自我』の現れが生れてはじめて、おおらかに気持ちよく晴々と出来る」というように「死」によってしか、〈自我〉を実現することができず、「「自我」を心ゆくばかり現し通し」ていた人として総括される工藤も、やはり死んでしまっている。そして多くの論者が指摘するように、章子と秋津のこの先の未来を描くことなく小説は終わってしまうのである。ここにはその不可能性の方が濃厚に感じられるだろう。

〈自我〉という居場所を与えられることで、章子の不安や、それ故に生じる暴力は慰められるが、しかし同時に彼女の葛藤が持ち得た可能性も糊塗されてしまうのではないだろうか。章子の無気力や不機嫌とは、社会通念や規範へ取り込まれることを拒否する身ぶりでもあった。そして何かに同一化することで安定を得ようとすることにも失敗していた彼女のありようには、アイデンティティの政治性を相対化する契機が秘められていたのではないだろうか。しかし、章子は自分の不穏な可能性を〈自我〉の安定のもとに捨ててしまう。この図式は、「地の果まで」の結末で行われた隠蔽と同形であるといえるだろう

4

〈同性愛〉表象の傷跡

この小説が「異端」の〈自我〉を肯定して、〈女性同性愛〉を貫くものとして読まれたことは、先にも指摘したが、しかしその〈自我〉には危うさがある。そうしてみれば、この小説における〈女性同性愛〉表象も今一度検討する必要があるのではないか。

「異端」の〈自我〉が屋根裏の外に出た後を描き得なかったように、本作の〈女性同性愛〉もまたそれほど簡単には肯定することのできないものとしてある。

まず、章子の秋津への思いは、当初は章子本人にも認められないものとして逡巡されている。

秋津さんを思つてゐる――と自分で知ると――もうその人の顔をまともにみることが堪へぬ――もしも、もしも自分のはづかしいこのかたわの愛を育んでゐる心をそのひとが知つてしまつたら……とあり得ないようなうたがひさえも起つてわれとわが身をさいなみつくさねばやまないほどの羞恥に恐れ怯えて苦しむのだつた。

〈女性同性愛〉は、「はずかしいかたわの愛」であり、その「羞恥」が強く自覚される。その後、章子と秋津の心は通じ合うが、その後にも章子にとって〈女性同性愛〉は全面的に肯定できるものにはならない。

年始に章子が帰省した折、章子は秋津への思いを手紙に書こうとする。熱病患者のようになって書かれた長い手紙には「熱狂の陶酔――思慕の乱舞――愛慾の幻想――」が迸るが、しかしほとんどが羞恥から塗りつぶされ、最後に残った「貴方を愛します」の一言すら消されて結局手紙は破り捨てられる。章子が手紙を書く行為は、「熱い血の雫」で書くことであり、「章子の身体を冒して暴虐に荒れ狂」わせて彼女を疲れさせるような身体性をともなうものである。身体的なメタファーが強く注ぎ込まれつつ、しかし出すことのできない手紙の禁忌となっているのは、〈女性同性愛〉それ自体というよりも、そこに込められている「愛慾」の部分であるのではないか。

赤枝香奈子[13]は、当時の〈女性同性愛〉をめぐる言説において、女学生同士の親密な関係を危険視する性科学者や教育関係者に対して、それを擁護するためにしばしば「友愛」と「肉欲」を区別して、女性同士の関係が、男女の関係のような「肉欲」ではない、精神性によって結ばれてあることによって価値を高めようとする論理が用いられたことを指摘している。

この論理はたとえばのちに吉屋が再び「瀧川章子」を主人公として書いた「或る愚しき者の話」(『黒薔薇』一九二

五〔大正一四〕年一月～八月）[14]にも顕著である。

…――勿論同性の間に"Sexual connection"は不可能なことである、然しそれひとつが何に値ひするだらう、それ無しでは恋愛が成立せぬとはどんな恥知らずの人間でも言ひ切る事は出来ないはず。魂の上では手触りの悪い粗野な結びつかりであつても男女は身体の結び合ひで、ゆけるのかも知れぬ、悪い意味ではごまかせるのかも知れない、しかし同性の間ではそのごまかしはとても出来ぬ、裸身の魂と魂との接触でのみ結び合うより術がないのだから、相互に通はせ合ふ心の息吹はより濃やかに濃やかに為し能うだけの密度に煮つまつた気持で、ひとひらの嘘も許し置く隙間もない二つの生きた魂のつらなりであり、（中略）もうあの鳥や獣も出来る肉体の結び合ひなぞは何でもなくなり、ほんとうに残るのはたつた一つ、魂の問題だけになつてしまふ。

この部分が掲載された『黒薔薇』第一巻には、同時に吉屋による「純潔の意義に就きて白村氏の恋愛観を駁す」という感想も掲載されているが、そこでも厨川白村の『近代の恋愛観』（一九二二〔大正一一〕年一一月、改造社）の、「童貞である事によつて純潔清浄が保たれると思つたのは昔の宗教家の迷妄であつた、それは唯だ血あり肉ある人間をして強ひて木偶たらしめてゐる不自然な駄洒落に過ぎぬ」という一節に対して、聖母マリアのような「純潔無垢なる永遠の童貞に対しての憧憬と崇拝」は「人類の持つ官能の性的欲求から逃れ得ぬ羞恥心」に発しており、「鳥や獣の与へられしま丶の無邪気な無心な自然の律法の振舞と異なつて、人類のそれはもつと複雑に邪悪に変態的にゆがめ来らせられてゐるのではなかろうか」と批判する。そして「人類が本能の暴力の支配下を勝ちぬいて達した「純潔」こそ地より天へ懸けつながれし梯子」であり、「本能がもはや人間にとつて絶対でないことは真に正しき意味においての近代人には自覚されること」と結論する。この〈女性同性愛〉を本能的欲求とは異なる精神的な結びつきであることによって擁護する論理は、〈女性同性愛〉を「病的友愛」と「病的肉欲」に区別する性科学の言説にも使用されるものである。そこでは、「病的肉欲」は「真の同性愛」であり、絶対的な〈異常〉に分類される。対して、「病的友愛」は「仮の同性愛」であり、結婚などによって矯正可能なものである。また、あくまでプラトニックなものであれば、むしろ「女らしさ」の規範に貢献して延命が可能なものになるのである。

しかしそのような論理によって〈女性同性愛〉を肯定しようとしながら、小説の記述はむしろそれを裏切っているといえよう。「屋根裏の二処女」には、二人の身体的接触や、身体的な繋がりを求める欲望がたしかにある。また久米が指摘するように、「或る愚しき者の話」の章子もまた、「教え子の美貌に心奪われ、現世を忘れさせる「うすぼんやりと」した風情を好み、教師として特権的に彼女と関わろうとする非対称な愛」(15)を実行しており、それは田山花袋が描いたような男性の〈少女〉に対する欲望と変わらないのだとすれば、そこには「女らしさ」の規範に抵触する可能性がある。

自分自身にも「肉欲」があるという事実は、章子にとっては語ることのできないもの、正当化できないものとして抑圧されているといえよう。章子はその欲望を否定することなしには〈女性同性愛〉を肯定することはできないのである。章子がしばしば示す激しい嫉妬や暴力は、この抑圧のゆえでもあるだろう。

この小説の〈女性同性愛〉は、真に危険視されるような欲望を隠しつつ、穏健なものとして宣言されているに過ぎない。この論理は、「肉欲」を含むような〈女性同性愛〉の位置をさらに不可視化することに貢献し、むしろ当時の性の規範を支えるものであるだろう。しかもそれが、自らは「異端」のエリーティズムに酔いながら、ある種の女たちを排除してしまうものであるならば、むしろ問題の多いものといえよう。

5 選ばれた道

これまで見てきたように、この小説の「異端」の〈自我〉の肯定に、秩序や規範に対する転覆的な価値を読むのは早計であるだろう。だが、どこまでも社会に適応することができず、自分の所在のなさに不満を爆発させる章子からは、彼女が生きる社会の強固な拘束力が逆照射されてくる。その苛立ちや混乱が、文体や構成の面においても直截に表現されたテクストとして、本作はまた別の可能性を提示しえていたのではないだろうか。

寂しさを抱えたまま、いくつもの欲望に分裂し、固定的なアイデンティティを持つことのない人物造形は、たとえば尾崎翠が〈少女小説〉ののちに辿りついた世界にも通じうるように思われる。[16] ただし、この小説では、不定型な章子の欲望は、その孤独に耐えかねて暴力を生じてしまうようなものとしてある。そこで章子の分裂性は、むしろ一点に凝集することを志向していく。

そして章子のような不機嫌や暴力性は、その後吉屋信子の小説においては否定すべき性質となる。また、本作のような断片化された詠嘆の連なるような叙述のスタイルも徐々に抑制されていく。向上的な〈自我〉の意識をもつ登場人物と、明解で起伏に富んだ筋立てをもつ小説によって、吉屋信子は読者の共感と支持を得て、流行作家となっていくのである。

「地の果まで」と「屋根裏の二処女」は、まさに吉屋の作家的分岐点に位置する作であり、その二つの方途は、結果的には「地の果まで」の当選によって、〈家庭小説〉の道に収束していくことになる。

田辺聖子によれば、吉屋の一九二四〔大正一三〕年三月一一日の日記には、「家庭小説。清純にして人間味あり、女性的にこまやかに美しく詩的なもの」との記述があるという。[17] また、一九二五〔大正一四〕年二月九日の門馬千代あて書簡には、「いよ〳〵決心しました、自分のかいてゆ［く］仕事の本路を一つきめてまつしぐらに行きたいのです、それは所謂通俗小説と或る人々の呼ぶもの、言い代へれば民衆に贈る長篇創作です、私はそれによつて出来るだけ美しいもの正しいものをあざやかに描きぬいてゆきたい」とあり、また同時期の手紙にも「家庭小説のすぐれた美しいそして立派に芸術であり、残るものを生涯書いていきたいと思ひます」という文言がある。[18] 当初は「苦しみを忍んで」書かれた〈家庭小説〉であったのかもしれないが、この頃には積極的にそこに自己の方途を見いだしていったのだといえよう。

結果的に「屋根裏の二処女」の道は選ばれることはなかった。そして、そこで描かれた〈自我〉や〈同性愛〉の問題も、また異なるかたちで展開されていくことになるのである。

注

（1）吉屋信子「懸賞小説に当選のころ」（『朝日新聞』一九六三〈昭和三八〉年一月一九・二〇日）

（2）吉武輝子『女人　吉屋信子』（一九八二年一二月、文藝春秋）、田辺聖子『ゆめはるか　吉屋信子』（一九九九年九月、朝日新聞社）

（3）吉屋信子・巌谷大四対談「年輪の周囲」（『風景』一九六五〈昭和四〇〉年四月）

（4）発行は「屋根裏の二処女」（一九二〇〈大正九〉年一月）、「地の果てまで」（一九二〇〈大正九〉年九月）の順である。洛陽堂からはこの年、他に『花物語』二冊（五月）、童話集『野薔薇の約束』（三月）が出版されている。しかし印税の支払いをめぐってトラブルがあったという。翌年「地の果まで」は新潮社から再刊されている。

（5）川崎賢子「吉屋信子論――欲望する少女を発見しつつ、少女への欲望を禁欲した〈作家〉のために」（『少女日和』一九九〇年四月、青弓社）

（6）国書刊行会から二〇〇三年に復刻された『屋根裏の二処女』には、嶽本野ばらによる解説が付されている。そこでは本作を吉屋信子のカミングアウト小説としてスキャンダラスに読むことが批判されている。また本作には不当に「禁断のレッテル」が貼られているが、描かれているのはあくまで精神的恋愛としての「エス」であり、それは「レスビアニズム」ではないと述べられている。しかし、「レスビアニズム」と「エス」を「肉欲」の有無によって区別して、「エス」の精神性を称揚することには、「レスビアニズム」への偏見がむしろ目立つ。また、本作が「禁断」とされた事例があるのか管見では不明だが（「長年の間、絶版」であったことが「禁断」を意味しているのであれば、大衆向け長篇小説の方がよほど「禁断」に当たるだろう）、この国書刊行会版の帯には「現代まで「禁断の書」として秘かに語り継がれた物語の真の全貌を、今時空を超えて明らかにする」とあり、逆に本作のスキャンダラスなカミングアウト性が強調されているように思われる。

（7）吉川豊子「『青鞜』から「大衆小説」作家への道——吉屋信子『屋根裏の二処女』」（岩淵宏子他編『フェミニズム批評への招待——近代女性文学を読む』一九九五年五月、學藝書林）

（8）女性同士の絆について、イヴ・セジウィックは「女性同性愛とそれ以外の女性同士の絆——たとえば母娘の絆、姉妹の絆、女同士の友情、「ネットワークづくり」、フェミニズムの活発な闘争など——は、目的・感情・価値観を軸にして明らかに連続体を形成している」として、「男性に比べて女性の場合、「ホモソーシャル」対「ホモセクシュアル」という弁別的対立は、遙かに不完全であるし二項対立的でもない」と述べている（『男同士の絆』原著：一九八五年、訳書：上原早苗・亀沢美由紀訳、二〇〇一年二月、名古屋大学出版局）。またアドリエンヌ・リッチはそれを「レズビアン連続体」としてその可能性を積極的に捉えている（『血、パン、詩』原著：一九八六年、訳書：大島かおり訳、一九八九年一一月、晶文社）。このような女同士の関係に肯定的な可能性を見出していくことはもちろん重要であるが、赤枝香奈子が指摘するように「女同士の関係にも含まれうる抑圧や支配の問題を見過ごし、女性を本質的な平和主義者のように論じることの問題」、「自身の考える女性同士の絆の理想的姿とその現実とを混同し、また女性同士の親密な関係を非歴史化するという問題点」を見逃すことはできないと思われる。それは「そのような絆を築くことができるのは女性の「本質」であるとの解釈を導きかね」ず、「そのことは女性たちに、また別のジェンダー規範を強いることになりかねない」だろう（『近代日本における女同士の親密な関係』二〇一一年二月、角川学芸出版）。

（9）前掲吉川論、小林恵美子「吉屋信子『屋根裏の二処女』――「屋根裏を出る〈異端児〉たち」（新・フェミニズム批評の会編『大正女性文学論』二〇一〇年一二月、翰林書房）などを参照。

（10）前掲、川崎論

（11）本論は川崎論の、〈自我〉という言葉に反して、「個別の人格に焦点化されず、むしろ脱中心化がこころみられている」という指摘に示唆を受けたものであるが、ただし、川崎論ではそこに「男とも女とも特定される以前の汎エロス的な時空のざわめき」を読み取り、「女が女を愛することが自然であるような、男性／女性の性差の二項対立こそ不自然な図式にみえるようなレベル」にひらかれていることが評価されている。しかし本論では、そうしたエロス的な結びつきよりも、そこに生じている差別化や分裂的なあり方の方を重視している。

（12）久米依子「吉屋信子――〈制度〉のなかのレズビアン・セクシュアリティ」（菅聡子編『国文学解釈と鑑賞別冊女性作家《現在》』二〇〇四年三月、至文堂。のちに「セクシズムのなかの吉屋信子」として『「少女小説」の生成――ジェンダー・ポリティクスの世紀』二〇一三年六月、青弓社に所収）。

（13）赤枝香奈子「女同士の親密な関係と二つの〈同性愛〉――明治末から大正期における女性のセクシュアリティの問題化」（仲正昌樹編『差異化する正義』二〇〇四年七月、お茶の水書房。のちに赤枝香奈子前掲書に所収）。

（14）『黒薔薇』は、一九二五（大正一四）年一月から八月まで、交蘭社から発行された吉屋信子の個人雑誌である。読者欄を除く小説や随筆など、ほとんどを吉屋が手がけ、また限られた層に向けて発行された本誌には、〈同性愛〉に関する発言も多い。吉武輝子によれば、発行部数は一万五千部であったという。

（15）前掲、久米論

（16）拙論「尾崎翠「こほろぎ嬢」論――「少女共同体」と「分裂」」（『学習院大学大学院日本語日本文学』二〇一〇年三月）を参照。

（17）田辺聖子『ゆめはるか　吉屋信子』（一九九九年九月、朝日新聞社）

（18）この手紙は、前掲の吉武著書の他に、二〇〇六年に神奈川近代文学館で行われた「生誕一一〇年　吉屋信子展
——女たちをめぐる物語」の図録でも一部を確認することができる。

附記　「屋根裏の二処女」本文引用は、『屋根裏の二処女』（一九二〇〔大正九〕年一月、洛陽堂）に拠る。また、「或る愚しき者の話」の本文引用は、初出『黒薔薇』第一巻（一九二五〔大正一四〕年一月一日）に拠る。

第四章　困難な〈友情〉——「女の友情」

1 小説の評価と受容

「女の友情」は、一九三三〈昭和八〉年一月から翌一九三四〈昭和九〉年一二月まで『婦人倶楽部』に連載され、以降の吉屋の人気を決定づけた小説である。「女の友情」というタイトルは、〈女性には真の友情がない〉という通説に対する批判を喚起して、多くの女性たちから支持を得た。連載開始当初の広告文でも、「『女に真の友情ありや』の男性の嘲罵に対して『これを見よ』と、敢然答へられた涙の小説(1)」と、このコンセプトが明確に提示されている。映画化や劇化の話題、あるいは誌上グラビアとの連携記事などからは、連載への反響の高さがうかがえるが、最も読者の熱狂ぶりが伝わるのは、二年にわたる連載期間を通して毎号小説末尾に付された「友情の集い」欄である。菅聡子が詳細に論じているように、ここには読者と作者、登場人物を想像的に結びつける読者共同体がある(2)。

特に注目されるのは、「私達もすでに主人公三人と同じさだめの上にあるのです(3)」、「『女の友情』こそは私達女学校を出たばかりの者にとつて、結婚への教訓ともなり、友情の増進ともなります(4)」といったような、女学校を卒業して結婚に至る自分たちの境遇との類似をこの小説に見出し、さらには自分たちが模範とするべき道が示されることを期待するものである。

読者たちは「もしや先生が私をモデルにしたのではあるまいかと幾度思つた事でございませう(5)」とすら思うほどに小説の登場人物に同一化し、波瀾万丈の展開に翻弄される登場人物に親身に具体的なアドバイスを行い、また作者吉屋信子に向かって登場人物たちの幸福を願い続ける。繰り返される「どうぞ三人に幸福を与えて下さい(6)」という懇願には、自らの幸福な未来への希望も込められていただろう。

男性中心の社会に向けて、読者たちをも含む〈女の友情〉の共同体を提示したというのが、今日まで続くこの小説についての基本的解釈だろう。(7) しかし、この小説の結末は、登場人物たちにとって必ずしも幸福なものとはなってはいないし、コンセプトのように単純には〈女の友情〉を示しえてはいないのではないだろうか。

ここで小説のあらすじを確認しておこう。主要な登場人物は、建築会社社長令嬢の由紀子、書店の一人娘の綾乃、八百屋の娘の初枝という、女学校からの親友三人である。親の言に従って、綾乃は一旦結婚するが、夫の横暴と不正によって離縁する。その後、綾乃は慎之助という青年に出会い、恋に落ちるが、綾乃の妊娠を知らぬまま、慎之助は台湾に行ってしまい、偶然の重なりから音信も途絶えてしまう。憔悴した綾乃は初枝の尽力によって、キリスト教セツルメントで働く由紀子の元に身を寄せることになる。そこで由紀子は綾乃との友情を高めるが、一方で由紀子には帰郷した慎之助との縁談が持ち上がる。互いの事情が知られないまま、由紀子も慎之助に好意を抱き、見えない三角関係が進行するが、綾乃と慎之助の関係が明らかになって、由紀子は身を引く。ようやく慎之助と再会することができた綾乃は、しかし産後の病のために命を落とし、絶望した由紀子が修道院に入るというのが結末である。

ここには確かに、女友達のためにそれぞれが思いやりと勇気を持って助け合う〈女の友情〉が示されてはいるが、前掲の菅は、「結局のところそれは再び現実からは乖離した空間へと隔離されることになる」という重要な指摘をしている。(8) 〈女の友情〉の強さと尊さを讃えつつも、不幸な結婚と恋愛の果てに綾乃は死に、残された由紀子と初枝も交流を断たれるという結末は、結果的に現実的なレベルでの〈女の友情〉の実現不可能を示してしまっている。これは登場人物に自己投影して小説を読んできた読者にとっては残酷なことであっただろう。そのため、最終回頃の読者欄からは、絶賛の声とともにわずかな落胆の声も見られるのである。そしてそれらは主に由紀子が修道院に入るという選択に関わっている。たとえば、「私は貴女が初枝さんと一緒になつて三人の時より一層親密にお暮しなされるのかと思ひこんでゐましたのに、なぜ貴女はあんな遠い北海道の修道院なんかに行かれてしまつたのです」[9]という声がある。もちろん由紀子の選択が、この小説の悲劇性や西洋風のロマンチシズムを高めて、感動を増幅していることは確かである。しかし読者は由紀子の高潔さを認めながらも、一方でそれを「けれどあまりに寂しすぎはしないか？」と感じ、「一番幸福なのは初枝さま。平凡だけど――これが一番幸せな女性の道ではないか知ら」[10]という現実的な着地点を求めようとしているのである。

読者に距離を感じさせた由紀子の選択について考えるためには、彼女にとっての〈女の友情〉とはどのようなものであったかを明らかにする必要があるだろう。由紀子が綾乃に示す〈女の友情〉は、〈シスターフッド〉とも〈同性愛〉とも決定しがたい複雑さを持っている。由紀子の欲望は同時代においてどのように位置づけられるのか。何故、彼女の〈女の友情〉が実現不可能であったのかを検討していきたい。

2　〈不幸な母〉を救うこと

由紀子は、建設会社の令嬢であり、主要登場人物三人のなかでも、最も裕福な家庭の娘であることが強調されている。個性豊かな三者はそれぞれに異なる結婚観を持っているが、初枝と綾乃が、それぞれの状況や考え方は違うにせよ結婚自体は許容しているのに対して、由紀子だけはひそかに結婚をしない誓いを立てている。彼女の決意の背景にあるのは、彼女が幼い頃に死んだ母の言葉である。由紀子の父は、由紀子が幼い頃に、のちに義母となるお篠と愛人関係にあり、母は病床で不幸な結婚を嘆き続けていたのである。

…『貴女を女に生んでしまつて、かんにんして――』かう言ふと夫人の水晶の如く蒼く澄みてやつれた頬を冷たい涙が伝はり流れたので――何故われを女に生みしとて母のかくも歎くか十歳の幼女はげせぬ面持で、母の涙をかなしく見詰るばかりだつた。／――『由紀さん、姿も心も母様に、そんなに似過ぎてしまって、やはり大きくなつてお嫁に行けば、いまの母さんのように不幸になるのだつたら――どうしよう……』（一九三三・二「杞憂なれかし」）

母の嘆きは、結婚しなければならない〈女〉に生まれたことに集約される。そして同じく〈女〉に生まれてしまったことで、いずれ自分のように結婚しなければならない娘、そして結婚すればきっと裏切られ不幸になるであろう娘を嘆き悲しむのである。母から娘へと受け継がれる結婚という不幸、〈女〉という不幸を断つべく、由紀子は生涯結婚しないことを誓うのである。

由紀子の母への共感は、女性間の連帯を強化するものであると同時に、自分に〈母のようになってはならない〉という命令を課すことでもあり、それは男性に人生を支配されざるをえない〈女〉となることの禁止の意味をももたらす。このことは由紀子のセクシュアリティ形成において重大な意味をもつだろう。

由紀子は、初枝とも強い友情で結びついているが、綾乃に対しては特に親密な愛情を抱いている。それは妹からも「レスビアンのL」[11]などと揶揄されているが、「この深夜にうら若き美しの女性ふたり、夜の寝衣のまゝにより添ふ姿は――譬ふるならば、草花の香たちこむる温室の深夜ひそかに、月光を浴びて室咲きの牡丹の花と黄薔薇の花の寄り添うて奇しくも妖しき花の密語を囁くにも似て……」[12]などといった描写には、確かにセクシュアルな欲望を含む〈同性愛〉の雰囲気が濃厚である。

そして由紀子が綾乃との関係を語るとき、しばしば持ち出されるのが「もし由紀子が男で貴女のその恋人の位置に」[13]あったら、という想定である。由紀子は、二人の関係に男女の恋人同士のモデルを適用しようとし、そしてつねに自分は理想的〈男〉を担おうとするのである。この他にも、綾乃が由紀子の働くセツルメントに身を置くことになったとき、由紀子によって微細に語られる綾乃との生活像が、夫婦の〈結婚生活〉のように仮想されていることは明らかである。あるいは、綾乃の出産の場面で、「かうして産後の枕許に我児を真先に抱き上げ、頬摺するその人こそ、この子の父親なるべき筈を[14]」と、綾乃は子どもの父である慎之助を思っているが、このとき子どもを抱いているのは由紀子であり、ここでも由紀子は〈男〉の場所を占めているのである。由紀子はつねに〈男〉の位置を担うことを志向しており、そうであればこそ、由紀子はこうした想像的位置を乱す現実の男性に対しては、「男の人に取られてしまふと思って悲しかつた[15]」、「自分の好な〳〵友達をそんな羽目に陥入た男性が妬ましいとまで由紀子には思へた[16]」などと敵意や嫉妬をあらわにしている。

由紀子が自身に想定するのは、〈女〉を裏切らない〈男〉である。ここには母を不幸にした父への反発が濃厚である。理想的な〈男〉として自分を仮定することは、反省的に〈父をやりなおす〉ことでもある。

それが最も顕著に現れているのは、由紀子が見る夢の場面であるだろう[17]。この夢はM市のセツルメントで働いているときに由紀子が見るものであるが、そこで綾乃は零落した家を助けるために芸妓となったと想像されている。これは綾乃の母譲りの特技であった長唄からの連想であるとまずは考えることができるが、綾乃の母と綾乃のイメージが重ねられていることは重要だろう。綾乃が望まない結婚に至ったときにも、由紀子は「あはれ母上よ、女が結婚の不幸はひとり母上のみではないものを——今宵さびしき我友の姿よ[18]」というように、〈不幸な結婚〉という共通イメージのなかで、自分の母と綾乃を重ねていたが、由紀子が綾乃に見出すのは、〈不幸な母〉なるものの集合イメージである。彼女は自ら理想的な〈男〉を担うことによって、これまで悲しみに喘いできたすべての〈女〉たちを救おうとしているのである。

そこで由紀子は綾乃の客となり、彼女を流行妓にすることで助けようと考えているのであるが、その夢の舞台となっているのは、由紀子の父が贔屓にしていた、かつて彼女も父とともに来たことのある料亭である。由紀子の

〈男〉としてのふるまいには、父の模倣がある。しかし父に反発し、父とは違う理想的〈男〉として、〈女〉を愛そうとするのである。

『ねえ、綾乃さん、私その夢見た時考へたのよ、私ほんとに男だつたらよかつたと――そしたら私芸妓の貴女をひかせて結婚してしまふから、父に叱られて勘当されたつてかまわないわホ、、、』／由紀子は笑つた――女でさへ父の意に背いてこのマリア館へ来たほどの由紀子である、男の子だつたら好な綾乃を恋して、そのくらゐやつてのけようものを――（一九三四・三「夜半の語らひ」）

女性が男性的立場を担うことによって女性を助けようとすることは、〈シスターフッド〉的関係とみなすこともできるが、しかし由紀子の欲望にはやや危ういところがある。由紀子が夢の原因と捉えた、「よし町の名妓達が父の宴会に呼ばれるお馴染と見えて嬌声をあげて父に如才なく挨拶してゐたその座敷出の艶な姿の連想作用」[19]には、父と芸妓たちのセクシュアルな関係への欲望がある。しかもこの時現実の綾乃は、離婚後の傷心状態ではあったが、家は破産などしていないし、もちろん芸妓にもなっていない。由紀子は、現実以上に不幸に陥る綾乃を夢見てしまっているのであり、ここにはただ女性を救いたいという以上の過剰な欲望がある。

〈同性愛〉関係に〈異性愛〉モデルが持ち込まれることには、そこで〈異性愛〉の権力関係までも反復してしまう危険性がある。由紀子が〈男〉になろうとすることには、母を不幸にしたような〈男の欲望〉の方に同一化してしまう危険性があるのである。ここに由紀子の発想が失敗する原因の一つがあるといえるだろう。

3 〈同性心中〉と〈男性的女性〉

また別の角度からも、由紀子の欲望には困難がつきまとっている。当時、〈女性同性愛〉はもちろん問題視されてはいたが、必ずしも絶対的に禁止されていた訳ではない。古川誠は、女性同士の〈同性愛〉的関係について、それが女性ジェンダーに振り分けられた「情愛」の表出として、黙認されていたことを指摘している。[20] 夫となる男性以外との「不純異性交遊」を強く禁じ、その代わりに女学生が一時的な〈同性愛〉を交わすことは、むしろ女性ジェンダーの役割を習得させるための一段階としてある程度許容されていたのである。そのなかで、〈女性同性愛〉において強く危険視され、特にメディアを騒がせたのは〈同性心中〉として発覚するスキャンダラスな事件であった。

「女の友情」の連載中にも、二つの大きな心中事件が世間を騒がせている。一つは一九三三〔昭和八〕年一月の三原山事件である。女学生が三原山の火口に投身自殺し、そこで保護されたもう一人の女学生が、一ヶ月前にも同様に親友の自殺に立ち会っていたという特異な事件である。この事件は様々な新聞雑誌でも取り上げられ、そのインパクトによって、投身自殺は一種の流行現象にもなった。[21] 自殺した女学生については、「耽美主義者」であり「極端な結婚否定論者」[22] などと解説され、死を見届けるまでに至った女学生たちの関係は「変態的な同性愛」[23] と見なされた。[24]

そしてもう一つの事件は、一九三四〔昭和九〕年六月の「同性愛三人心中事件」である。これは喫茶店の従業員であった二人の女性が、ある女性をめぐって三角関係となり、三原山で心中未遂に至ったという事件である。この事件において注目されたのは、その中心となった人物が〈男装の麗人〉であったことである。『婦人倶楽部』誌上でも、彼女をめぐってゴシップ的な関心を含めた議論が巻き起こっている。

何が彼女をこんな人間にしたか？――彼女の父親といふのが生来の遊び人で、元新橋の芸者だつた佐久間たまさん（現在秀佳さんの祖母と云つてゐる人）を愛妾として、二昔前新橋に芸者屋を出してゐるうち、同家の抱女との間に生れたのが此の秀佳さんだつた。かうした生れながらの、数奇な運命と複雑な環境とが、彼女に、世をすねた虚無的な人生観を持たせるやうになつたのである。（中略）『私は新橋で芸者を買った事があるわ。』と友人に語つた事のある佐久間さん。そして未だかつて男を好きと思つた事がなく、自分より年下の女の子を見ると、何かいたづらがしてみたくなるといふ佐久間さん――彼女は精神的に男だつたのかも知れない。[25]

彼女は男装のみならず、生理的にも〈男性化〉していたとされ、相手の女性が妊娠したという噂や、「手術をして男になつた」[26]などの証言もあった。そして彼女のような「変質的な女」の誘惑によって女性は〈同性愛〉に陥るのであるとされたのである。[27]

赤枝香奈子によれば、当時の〈女性同性愛〉言説において、認識の枠組みとなっていたのは「後天性（仮性）」と「先天性（真性）」との区別である。[28]「後天性」のものは、女学校のような特種な環境のなかでの一種の代償行為として生まれ、いずれ結婚などによって解消されるものであるとされた。また、それがあくまで精神的な次元で行われるものであることが強調されている。対して「先天性」のものは純粋な性欲倒錯症であり、なかでも性格・容貌・挙措動作のみならず、身体的構造までも〈男性化〉する「男化婦人」、「男性的女子」などがそれを代表していた。〈男性化〉は「堕落や退廃と結びつけて語られ、「畸形」として扱われ」、赤松はこうした〈男性化〉した女性について、「多くの女性同士の親密な関係を「異常」として認識させつつも、それを限りなく「正常」に近づけるために、それとは差異化される「絶対的異常」として構築されたカテゴリー」であると述べている。

これら極端な「異常」としての〈女性同性愛〉の指標である〈同性心中〉や〈男性的女性〉の言説を一方に置きながら読み直してみた時、由紀子はどのように位置づけられるだろうか。結婚の否定や、人生への悲観、同性間の強い共感意識などの点で、この小説もまた〈同性心中〉に至る可能性を持っている。[29] そして由紀子は、装いや気質などにおいて表面化することはないが、志向としては〈男性化〉の可能性を持っていると言えるだろう。こうした「絶対的異常」の要素に際どく接近してしまうがために、由紀子の欲望はさらに封じ込められていくのではないだろうか。

4 〈自然〉な〈異性愛〉

豊造と離婚した後、由紀子に向かって「どんな男の人のものにも妻にもなりはしませんわ[30]」と誓っていた綾乃であったが、由紀子が料亭の夢を見ている頃、綾乃は慎之助との恋愛の最中にあった。慎之助にひかれていく綾乃は、「好な慎之助の前に出ると、まるで電力に感じる様に綾乃は全身の抵抗力を失なつて、彼の希望通り動く気持となつてしまふ[31]」などと、理性の上ではためらいつつも、慎之助の要望にどんどん応じていくようになる。初枝の名を使ってまで「あひゞき」を繰り返し、遂に綾乃は妊娠するに至る。ただし、こうした綾乃の変化は必ずしも慎之助の強要だけによるものではない。綾乃はそもそも「美貌の内に秘められた女の熱情を多分に燃やし得る女性[32]」なのであって、これは「慎之助に依つて彼女の肉体に今まで押しかくされていた（女）の官能を皆引き出された[33]」という〈本能〉の目覚めとされているのである。

綾乃の現状を知った由紀子はそれを「自然の力なのね」と受け止めつつも、「その（自然）と言ふ言葉の裏に、何か裏切られたような侘しさを自らしみ〴〵と胸に受けた」[34]と、〈異性愛〉秩序の強力さに悔しさを滲ませている。しかし、これほど結婚を否定し、〈自然〉の帰結としての〈異性愛〉にも疑問を示していた由紀子であるが、彼女もまた〈自然〉に〈異性愛〉に陥ってしまうのである。

由紀子は縁談のために一時呼び戻され、そこで綾乃の恋人とは知らずに慎之助に出会うことになるのであるが、そこで由紀子はすぐに慎之助の魅力に魅せられてしまう。

　風采容貌百点。品位態度これ又百点。その才能教養これも百点。精神的内容これも百点。貧しい人々の為にの理想的住宅とセットルメント建築を夢見る青年彼の高尚気高さはまさに由紀子には百点に価ひしたのも無理ならず。加ふるに宗教の偉大さも認める理解力これぞ又百点、しかして其の趣味の高雅さ又百点、音楽がわかつて、弾いたピアノの曲を当て、まつたく百点！　合計幾百点――此処に於て由紀子はもはや何等疑がふところなく彼慎之助をもつとも尊敬す可き男性と判断した。そしておのづと好意を持つた。（僕今夜とても幸福でした《ジユ・スイ・トレ・コントン・スソワール》）と彼の戯れて言ひし如く又由紀子にも今夜はとても幸福のひとときだつた。そして彼女は慎之助に好意を寄せるのも自然だつた。（一九三四・六「処女雪の滑痕」）

そもそも彼女の〈同性愛〉のかたちもまた、〈異性愛〉のモデルを参照したものであったという点において、すでに〈異性愛〉秩序がそこに強く内面化されていたということができるが、ここで注目すべきは、由紀子が慎之助に抱く好感を後押ししているのが、彼の知識や教養、趣味といったものであることである。そして、こうしたものによって男性を評価するのは、彼女が上流階級の子女としての規律と慣習を持っているからに他ならない。「かゝる富める階級に礼儀を人間の心の衣冠として育つた伝統の神経には、人を判断し価値付ける標準がさうした食卓の態度一つにも焦点を置くのも、此の階級のお嬢様としては無理なき事[35]として、由紀子の「階級」が強調され、その慣習に導かれればこそ「無理なき」、「自然」なこととして、由紀子は慎之助を愛するようになる。それ以上に、由紀子は「仏蘭西料理やピアノを、もつと本気でたくさんお稽古しておけばよかつたわ――あの方に褒めて戴く為に[36]」などといったように、むしろその教養を恋愛のためのものとして積極的に位置づけもする。そして、誓いを破ることに葛藤しつつも、結婚に対して肯定的になり、男に奪われることを悲しんでいた綾乃についても、いずれ結婚によって幸福になることが望ましいという考えに移行していくのである。

この由紀子の「お嬢様」性は、小説中、良くも悪くも強調されているところである。由紀子は、親の反対を押し切って、セツルメントでの奉仕の仕事に出ているが、経済的援助に関しては無自覚に享受しており、またそうした上流階級の趣味を誰よりもよく身につけている人物なのである。しかもこうした「お嬢様」としての経済的・知的環境があったからこそ、彼女が自身の理想を追求することが可能になっているという側面は確かだろう。

しかし、天野正子は、女性の学歴や教育が、男性とは異なって、「地位獲得のための投資よりも、その所属する社会階層の必要とする文化や教養をあらわす「象徴的価値」として重視されていたことを指摘している。[37]そしてそれは何よりも結婚市場において大きな意味を持つものであった。またそこで女子教育は〈良妻賢母〉として家庭を担っていく女性たちを育てる役割を果たしている。学校や家庭教育において女性たちに与えられた高度な知識や教養は、一方で彼女たちを啓蒙しながらも、最終的には結婚に還元していくものとなっていたのである。

規律や慣習によって理想的〈女性性〉を身につけながらも、結婚を拒否して〈男性性〉を志向するという矛盾を、由紀子は生きている。夢の場面においても、夢の中の綾乃は由紀子に対して、「貴女が立派なお宅のお嬢様でありながら、おひとりで夜かうしたお茶屋へあがつて芸者をお呼びになつたりしてはほんとうにいけないのよ[38]――」と、たしなめている。彼女が〈男〉のようになることを阻止するのは、彼女が「立派なお宅のお嬢様」であることである。つまり、「お嬢様」としての彼女が強く保持している規律と慣習こそが、彼女の〈同性愛〉を妨げ、彼女を〈自然〉な〈女〉の位置へと引き戻していくのである。由紀子の〈同性愛〉にはあらかじめこうした困難が刻まれているのである。

5 「真の男」

由紀子と慎之助の〈自然〉な〈異性愛〉は、綾乃と慎之助の関係を知ることで、破綻する。この三角関係は、父と母、そして義母・お篠との三角関係にも符合する。父がお篠という愛人を作って母を不幸にしたように、知らなかったとはいえ、自分は綾乃の恋人である慎之助を奪おうとしていたのであり、由紀子はいつのまにか母を不幸にしたお篠と同じことをしてしまっていたのである。〈男〉として〈父をやりなおす〉どころか、〈女〉として〈不幸な母〉を再生産することに荷担してしまった由紀子は激しく葛藤する。そして由紀子はそれを「我が亡き母のいまし め破りて結婚を思ひ立ち美しき異性に心うばはれし罪[39]」であるとして、改めて結婚と〈女性化〉を否定する。

しかし同時に、由紀子の〈男性化〉もまた否定されてしまうのである。すべての事情を把握した慎之助は、彼の母・多喜子に向かって「我が母が女性であると同じく自分の妻も愛人も又女性です。その母と同じ女性を弄び苦しめる事は僕には出来ません。我が母を愛して尊敬する男は、又母と同じ女性の心を傷つけ苦しめてはならない筈です。これが母から生れた男の守る可き掟です[40]」と主張する。こうした慎之助の反省を聞いて、由紀子も慎之助を許すことになる。

いま粛然と苦しき心境語る慎之助の、お、その言葉嬉しく、はた悲しく！　やるせなく由紀子は胸を打たれて堪へかねほろ〳〵とこぼるゝ涙に濡るゝ瞳に仰げば、まことその人の秀でし眉の男らしさよ頼もしく……あゝ、この方の心の底はやっぱり清かつた、その魂は濁らぬ立派な男よ――やっぱり由紀子も綾乃さんも男を見る眼に曇りはなかつたのだ、かくてこそ綾乃さんも由紀子も女心を魅かれたこれぞ真の男！　と思へば、あはれ、あはれ、これほどの人を未来の良人と思ひ渡りしも束の間の夢として無残に破るゝ運命の我に辛きを――今ぞ知る……されど我が運命を破らずば綾乃の身をばいかにせむ此の人ゆゑに恋ひ渡りすでに母にもなれる友の身を――／由紀子は涙のこもる声音を励まして、／『慎之助さん、貴方のそのお言葉――ほんとに〳〵嬉しく――綾乃さんに代つて、いゝえ日本の女のすべてに代つて感謝させて戴きます。』（一九三四・九「これぞ真の男！」）

〈男が女を大事にしなければならない〉という慎之助の反省によって、〈不幸な母〉たちへの解決法が示されることになる。そして、ここで重要なのは、由紀子が慎之助に「立派な男」、「真の男」を感じて、感謝してしまうということである。つまり、もう由紀子が〈男〉になって〈女〉を救おうとする必要は失われてしまうのである。由紀子は〈男〉として綾乃を幸福にすることはできず、「真の男」を前にしてその役割を譲ることしかできない。偽の〈男〉は「真の男」に敗北し、〈女〉の位置を引き受けるのである。

これは性の境界を改めて引き直すかのような結論だが、しかし小説はそこにわずかな亀裂を残して終わっていく。綾乃はようやく慎之助の揺るぎない愛にたどり着いて、今度こそ幸福な結婚生活を送ることができる条件が整ったにもかかわらず、死んでいく。綾乃は「真の男」によっても救うことができずに、やはり〈不幸な母〉として死ぬのである。そこで由紀子は、修道院へと入ることを決意する。

友の綾乃の死は、一生償ひ難き痛手を彼女に与へたばかりか、その友とおのれを巡る一人の男性への痛ましかりし交錯と、そのあまりに酷かりし我が初恋の運命に、打ち砕かれた処女心は、もはや、如何に為す可き術も無かつた。(結婚!)と(恋愛)と、然して(男性)への烈しい絶望感に襲はれた処女は、もはや人の世に在る限りは、女性としてこの三つの恐ろしきもの、避け難きを知りて、此の上は一生を純潔に神の花嫁としてのみ、生涯を献げ得る修道院の生活を恋ひ願ふのも道理だつた。(中略)/強ひても娘の哀れに思ひ詰めた望みをしりぞければ、由紀子はもしかすれば世を果敢なんで亡き友のあとを追ふかとばかり——周囲の者にも憂慮された。(一九三四・一二「秋の薔薇」)

由紀子の修道院行きは、〈同性心中〉の代償行為として読むことも可能だが、これは彼女にとって〈性化されない〉存在となるための選択であると捉えることができるだろう。性的越境に失敗して〈女〉に戻るしかなかった由紀子は、しかしやはりその性の制度を信じられず、結婚や性の強制力から逃れられる場所へ向かう。彼女は不可能な欲望を維持したまま生き続けることを選んだのである。由紀子はそれでもまだ「神の花嫁」という女性メタファーを背負い続けてはいるものの、性制度、〈異性愛〉秩序への抵抗がそこにあるといえるだろう。

6　おわりに

由紀子の示す〈女の友情〉は複雑な問題を提起している。この小説をただそこに〈同性愛〉が描かれているということによって、体制批判的な小説として評価することは性急である。久米依子は、吉屋の体制に忠実であるかのような物語と、反秩序的な指向を同時に有する「面従腹背性」を評価するなかで、「同性愛を表現したテクストが、一律に規範的なセクシュアリティおよび異性愛体制への異議申し立てに働くとは限らない[41]」ということを強調しているが、この小説も結局は〈異性愛〉制度に回収され、さらには促進していく効果すら持っただろう。由紀子の選択は、読者を感動させはしたが、模範としやすいものではなかった。そこで現実的に、読者は初枝のような幸福な結婚があることに希望を託すことになるだろう。

また、吉屋の小説における女性登場人物の上流階級性、趣味豊かで洗練された服装や生活についての膨大で細やかな描写は、小説プロットの上では脱線とも見なされかねないような部分であるが、それこそが人気の中心であり、読者の精神的向上を意図した知的啓蒙としての積極的な意味も担っていたことは間違いない。そうして憧れられ、目指された〈女性性〉が、〈異性愛〉制度への馴致であり、女性をあくまで従属的な位置に絡め取り続けるものであったことは実に皮肉である。

しかし、由紀子の欲望が、いかにして失敗し、封じられていくのかが描かれているという点で、この小説は再評価に値するのではないだろうか。

由紀子が志向していた〈男性性〉とは、〈女を愛する〉という対象選択のことだけでなく、仕事や経済力、知性といった男性の権威や優位を裏付けるものをも意味する。この由紀子の〈同性愛〉は、女同士の関係にも〈異性愛〉モデルを持ち込んでしまう点で、根本的には〈異性愛〉秩序から自由ではない。そこには単に〈男の欲望〉と同一化する危険性があり、また規律と慣習の牽引によって、自らにもたやすく〈異性愛〉秩序を回復させてしまうような脆弱なものである。

だが、その〈男性性〉が生物学的男性だけでなく、女性によっても担うことが可能であるという意味において、それは男性に対する脅威ともなりうる。だからこそ、性的越境は〈同性愛〉のなかでも厳しく否定されているのである。〈男性的女性〉を怪物的存在として強力に排除しようとする言説に脅かされて、由紀子はその危険な欲望を矯正され、敗北していくのであるが、そこには性の制度を攪乱する可能性もあったのではないだろうか[42]。

ことに、吉屋信子は〈女性の味方〉、〈女性の代表〉として位置づけられることが多く、常にその〈女性性〉を強調されて評価されてきている。しかし、吉屋の小説において〈女性性〉、あるいは〈男性性〉が、どのように表出されているのか、その内実を今一度問い直してみる必要があるだろう。前掲の菅は、吉屋の描く男性像について、国家が求める理想像から逸脱した「弱い男」の表象があることを指摘していて興味深いが[43]、逆に女性表象のなかに〈男性性〉が持ち込まれていることも改めて検討する必要があるのではないだろうか。このことは吉屋の戦時下での仕事を考える際にも不可欠な作業であるように思われるのである。

注

（1）「閨秀文学の第一人者吉屋信子先生の大傑作「女の友情」時代来る!!」（『婦人倶楽部』一九三三〈昭和八〉年五月）

（2）菅聡子「吉屋信子『花物語』『女の友情』――〈花物語〉のゆくえ」（『20世紀のベストセラーを読み解く――女性・読者・社会の100年』二〇〇一年三月、學藝書林）。のちに『女が国家を裏切るとき――女学生、一葉、吉屋信子』（二〇一一年一月、岩波書店）に所収。

（3）『婦人倶楽部』一九三三〈昭和八〉年二月

（4）『婦人倶楽部』一九三三〈昭和八〉年三月

（5）『婦人倶楽部』一九三三〈昭和八〉年九月

（6）『婦人倶楽部』一九三三〈昭和八〉年二月など

（7）たとえば、駒尺喜美『吉屋信子　隠れフェミニスト』（一九九四年一二月、リブロポート）では「受け身の人生、献身の人生に追い込まれている女たち、その迷路に迷い込んでいる女にとって、一つの救いは〈女の友情〉であること、女同士が結び合うことであること、を吉屋信子は書いたのであった。女の友情なんてあるものか、とあざ笑っている社会に対して、作者は、〈女の友情〉を突きつけたのであった。」と述べられている。

(8) 前掲、菅論
(9) 『婦人倶楽部』一九三四〈昭和九〉年一二月
(10) 『婦人倶楽部』一九三五〈昭和一〇〉年一月
(11) 一九三三・六「砂の文字」
(12) 一九三四・三「夜半の語らひ」
(13) 一九三四・三「夜半の語らひ」
(14) 一九三四・五「暁の誕生」
(15) 一九三三・六「砂の文字」
(16) 一九三四・一「友情共力」
(17) 一九三三・一〇「由起子の夢」
(18) 一九三三・二「良人の留守」
(19) 一九三三・一〇「由起子の夢」
(20) 古川誠「解説」(『戦前期同性愛関連文献集成』二〇〇六年九月、不二出版)
(21) 三原山事件については、加納美喜代『女たちの〈銃後〉』(一九八七年一月、筑摩書房)、川村邦光『オトメの行方』(二〇〇三年一二月、紀伊國屋書店)などを参照。
(22) 『東京朝日新聞』一九三三〈昭和八〉年二月一五日
(23) 山本露敏「死の三原山案内事件秘録」(『婦人世界』一九三三年〈昭和八〉四月)
(24) 吉屋信子自身は、三原山事件に関して、「自殺した貴代子さんの心理は、昔ながらの動揺期における突きつめた死へのあこがれ」、「死に立会つたという昌子さんの心理、これは一寸アブノーマルぢやないんでせうか」、「性格破綻者みたいに思へさう」（『東京朝日新聞』一九三三〈昭和八〉年二月一六日）という感想を述べている。
(25)「同性愛三人心中事件の真相と批判」（『婦人倶楽部』一九三四〈昭和九〉年八月）
(26) 原道子「貴女は女ではない」（『話』一九三四〈昭和九〉年九月）
(27) 諸岡存「普通人と違ふ人生観」（『婦人倶楽部』一九三四〈昭和九〉年八月）
(28) 赤枝香奈子「女同士の親密な関係と二つの〈同性愛〉明治末から大正期における女性のセクシュアリティの問題化」（仲正昌樹編『差異化する正義』二〇〇四年七月、御茶の水書房）。同「解説」（『戦前期同性愛関連文献集成』第三巻、二〇〇六年九月、不二出版）などを参照。
(29) 由紀子が綾乃と「三人共現状不満足の感傷組だったら大変、たちまち同性心中が出来上がりますわ、ホ、、」（一九三三・六）と冗談交じりに語る場面があるが、このことは前向きな初枝を除いた二人の関係が〈同性心中〉の心性に接近するものであることを示している。
(30) 一九三三・六「砂の文字」
(31) 一九三三・九「手折らぬ花」
(32) 一九三三・七「恋の運命」
(33) 一九三三・一〇「綾乃の現実」
(34) 一九三四・一「友情共力」
(35) 一九三四・六「けがれ知らぬ薔薇の花」
(36) 一九三四・八「そのひとよ…」
(37) 天野正子「婚姻における女性の学歴と社会階層——戦前期日本の場合——」（『教育社会学研究』四二集、一九八七年九月）
(38) 一九三三・一〇「由起子の夢」
(39) 一九三四・八「告白の祈り」

（40）一九三四・九「賢母の失望」
（41）久米依子「吉屋信子――〈制度〉の中のレズビアン・セクシュアリティ」（『国文学　解釈と鑑賞別冊　女性作家《現在》』二〇〇四年三月一五日、至文堂）のちに「セクシズムのなかの吉屋信子」として『「少女小説」の生成――ジェンダー・ポリティクスの世紀』（二〇一三年六月、青弓社）に所収。
（42）〈男性性〉の概念については、ジュディス・ハルバーシュタムの〈女の男性性〉の概念から示唆を受けた（「女の男性性――歴史と現在」（竹村和子編著『欲望・暴力のレジーム　揺らぐ表象／格闘する理論』二〇〇八年一月、作品社））。ハルバーシュタムは、ブッチ・レズビアンやドラアッグ・キングなどのような〈男性的女性〉に注目し、女性の身体によっても〈男性性〉がパフォーマティブに表現されうることを示した。この〈女の男性性〉はジェンダー体制への抵抗や撹乱という可能性をもつが、ただしそれが〈暴力〉のようなネガティブな権力のかたちで、ファシズムや帝国主義につながる場合もあるということにも留意している。
（43）菅聡子「帝国の〈非国民〉たち」（前掲、『女が国家を裏切るとき』所収）

附記　本文引用は初出『婦人倶楽部』に拠る。旧漢字は新漢字に改め、ルビ・傍点は適宜省略した。引用末尾には掲載年月とサブタイトルを付した。

第五章　〈良妻賢母〉の強迫——「良人の貞操」

1 「良人の貞操」ブーム

「良人の貞操」は、吉屋信子が一九三六（昭和一一）年一〇月から翌年四月に、『東京日日新聞』『大阪毎日新聞』に連載した小説である。吉屋の長篇小説のなかでも、この「良人の貞操」は代表作の一つにも数えられ、単行本がヒットしただけでなく、映画化や舞台化などもされて空前の人気を博し、一世を風靡した。映画版はＰＣＬ製作、東宝配給で、前篇「春来れば」（一九三七（昭和一二）年四月一日封切）、後篇「秋ふたたび」（同月二一日封切）の二部に分けて製作され、一九三七年の『キネマ旬報』によれば、「封切十日間総計は日劇、東横で五万円を越へた」[1]とある。舞台版は、同年三月に大阪の歌舞伎座・角座にはじまり、四月に東京・明治座、青年歌舞伎の新宿第一劇場、浅草常盤座の笑いの王国等の他、映画館でのアトラクションとしても上演された。大阪では喜劇、漫才などにアレンジされたものまで登場したという。「良人の貞操」は、新聞や単行本のような小説テクスト以外にも、幅広いかたちで大量の享受者に受容されていたのである。

しかし、社会現象的なブームとなって、この物語がさまざまなかたちで拡散していくことは、逆に小説テクストそのものとの乖離をも引き起こすであろう。本章で検討したいのは、この「良人の貞操」について、広く流通していた解釈やイメージ、それらと実際のテクストに描かれているものとのズレである。というのも、この小説にふんだんに盛り込まれた同時代的トピックは、周辺の言説と連動して、多くの人々の関心を集める求心力となると同時に、そのトピックの類型的な部分だけが拡大され、小説テクストを離れて読まれてしまう事態を引き起こしてしまっていたと考えられるからである。

この小説についての先行研究では、タイトルにあるように「良人の貞操」を問うたことが斬新であったという評価と、女性同士の強い友情が評価されるのが常である。[2] しかし「良人の貞操」がどのように問われ、どう解決されたのかはもっと詳細に読まれなければならないだろう。このテクストにはそうしたテーマに回収し得ないような、いくつもの軋みが存在しているのである。

まずは、何故それほどこの小説がヒットしたのか、人気の原因から考察してみたい。そもそも、「良人の貞操」発表当時の吉屋は、新聞や婦人雑誌で常時連載を掛け持ちで抱えているような状態であり、作品の映画化や舞台化もいくつかなされていた。その他にも少女小説や、婦人雑誌の座談会などでの露出もほぼ毎月のようにあり、知名度や影響力の点で、既にヒットの下地は出来上がっていたといってよい。さらに、新聞紙面でも、連載と平行して、早くから映画の記事や舞台の記事が繰り返し掲載されており、これも小説への興味をさらに盛り上げる仕掛けであったといえるだろう。

しかし、そうした外的な要因とともに、やはり小説の内容が多くの人々の関心を引きつけるものであったことが最大の理由であることは間違いないだろう。ただし、ここには当然、賛否様々な反応も含まれる。多くの享受者たちが、実際どのようにこの「良人の貞操」を受容したのかを明らかにすることは困難であるが、この小説の特徴を五項目に分類し、その特徴と人気の関係を論じた青野末吉の同時代評から、当時の受容のいくつかのパターンを推測することができる。

一、作者の立場に女性的な純粋さがあつて女性としての作者が、つねに人物や事件に寄り添つて立つてゐること。

二、男性作家や中性的作家において見られるのとは別個のエロチシズムが全編に充満してゐること。

三、描写、表現が粗放で生々しく、いはゆる文学的洗練を経ない所に、ある世俗的な直接性をもち、かつ作者の余計な心づかひによつて、テムポをおくらせないこと。
四、作中人物の型が常人的、類型的であり、かれ等の晒し出す事件が、普遍的な性質をおび、一般読者が容易に自分をその人物に移入し、自分を事件の当事者に置き換へうること。
五、作者の提示する事件解決の道徳が、身上相談的の一般性をもち、人間の美質に訴へた新しい扮装の下に、結局、既成の良俗に合致していること。(3)

青野が筆頭に挙げているような、女性の視点や立場から考えるという点が、女性たちからの支持を得る大きな要因であったことは確かだろう。多くの女性たちが抱えていた悩みを取り上げ、それまで専ら女性に問われるものであった「貞操」の問題を男性の側にも向けるという問題提起的なテーマ設定などもここに含まれる(4)。また、非常に細やかかつ具体的に描かれる日常の描写のなかには、女性たちへの一種の生活指南書として、関心を惹き付けるものがあったと考えられる。家事や、調理器具、ファッションなどにまつわる日常生活の細部のリアリティが、それぞれの登場人物への共感を可能にしていく重要な役割を果たしていたのだろう。こうした日常性や親近感については、たとえば宇野千代も「加代も、邦子も、信也も、私たちのすぐ間近かにゐるといふ感じ、或は私たち自身であるやうな親愛さが、この小説の圧倒的人気の中心であるに違ひない(5)」という感想を述べている。

次に、「エロチシズム」が指摘される。この点は、特に加代の人気が高かったことにも関わる。後ほど詳しく検討するが、加代は、美人で器用な、また非常に趣味性の高い女性であり、しかもいわゆる「未亡人」でもあるという点においても、男女問わず高い関心を持たれた登場人物であった。たとえ小説全体には批判的であっても、「中心的興味は美貌の未亡人加代のふりまくエロチシズムにある」という読み方をしている評もある(6)。新聞記事や広告においても、しばしば加代が中心化され、「うらわかき美貌の未亡人が辿る愛慾の苦悩に満ちた人生行路(7)」というような「未亡人」の不倫恋愛物語という設定で語られていることが多く見受けられる。「未亡人」への性的な視線、特に加代と信也が関係を持つにいたることへの期待は高かった[8]。ここからはとりあえず、この小説が、先に挙げたような女性読者だけではなく、男性の側の快楽や、性的関心によっても読まれていたという可能性が指摘できるだろう。

三つめの表現に関しては、青野は皮肉めいた評価を与えているが、逆に板垣直子などによれば、吉屋の文体に一種の「あく」があることを指摘しつつも、しかし「あくは彼女の気魄と情熱に混じて一種の雰囲気を生じ、女の読者には作品の筋以外にそれが大きな魅力である[9]」と述べている。

次に注目したいのは、「事件が、普遍的な性質をおび、一般読者が容易に自分をその人物に移入し、自分を事件の当事者に置き換へうる」という読み方である。たしかに、この小説においてはしばしば個別の具体性を捨象して、〈男〉や〈女〉、〈結婚生活〉というような次元に問題を抽象化して提示していくという方法がとられている。

さらに、周辺記事や広告を見れば、連載中から既に各登場人物が類型化されていることがわかる。その上でファンは「加代子党」、「邦子派」というように分化しており、ここにはそれぞれ自分の立場から共感・支持できる人物に感情移入・自己投影をし、小説内の事件を自分に置き換えて捉えるというパターンでの受容が想定できる。たとえば、映画版の監督である山本嘉次郎は、演出に当たって周囲に意見を聞いたところ、「まだ世間も知らないやうな若い娘達は一様に邦子ファン」であり、「人生も、世の中つてどんなものか知つてゐるやうな芸妓だとか、女給さんは加代ファン[10]」であると概括している。

単行本刊行時の広告にある宣伝文には、こうした参加型の読みへの誘導は更に顕著である。そこでは、積極的に読者と問題を共有させ、この小説にそうした問題の解決の方法を読むことまでが推奨されているのである。

女から見た男の貞操問題─妻ある男の貞操─良人に愛人の出来た場合─妻子ある人に思はれた場合─そして若い未亡人の愛欲の悩み─かうした事実が此の小説でいかに解釈されいかに波瀾を起したか。／わたしは断然加代子党！／僕は信也に同情する！／私は邦子派だ！／全国的の大評判！（中略）／夫の道妻の道そして男心の裏の裏！／女美しくして此罪あるを知れ！／今や良人の貞操時代。これを読まぬと時勢遅れです。[11]

しかしこうした参加型の読み方は、一面では小説で描かれている個別の過程を離れて、その設定だけを用いながら展開されていく可能性がある。映画版や演劇版での展開や結末が小説とは違うものとなっているのも、こうした読みの偏差として発生しているといえるだろう。[12]

最後に挙げられた、解決法が「身上相談的の一般性」をもち、「人間の美質に訴へた新しい扮装の下に、結局、既成の良俗に合致していること」というのは、この小説への評価として散見される点である。[13] 特にその結末が「既成の良俗に合致」ということについては、後年まで議論されている。たとえば、田辺聖子は「小説の後半部分、邦子の手ぬかりない処置がいかにも優等生めき、修身教科書めいて、現代読者からみればつまらない」[14]と、女性同士の友情の強さを評価しながらも、邦子の始末の付け方には不満をあらわしている。この点については、同時代に山川菊栄が特に厳しく批判をしている。

大阪の某高女では、吉屋信子氏の小説『良人の貞操』を生徒の読物として推奨することにしたといふ。美人で、倹約で、世帯持ちが上手で、良人のかくし児を自分の子として育てるといふまことに男に都合の好いこの小説の女主人公にあやかる娘さんが多くできれば、この女学校の卒業生には、お嫁の申込みが殺到することだらう。（中略）／それほどに妻の貞操といふものは、絶対的なものとして認められているのである。社会的に弱者である女の不貞はゆるされず、強者である男の不貞には寛容なれと教へてゐる点で菊池氏も、その発明する男女同一道徳標準を裏切つてゐられる。菊池氏や吉屋氏が封建的な論者と違ふ点は、封建主義者は、夫への寛容を妻の責務とし、当然の道徳とするに反し、それを功利的な見地から弱者としての妻の利害の打算から必要としてゐられる点である。こゝに封建的な道徳から資本的なものへの推移が窺はれる。がどちらにしても、婦人の隷属そのものに変りのないことはいふまでもない。[15]

この邦子のとった「男に都合の良い」とされる解決が、〈良妻賢母〉といったような当時の既成道徳に合致したものであるという批判は、しかし当然、別の側面からは肯定的に受けとめられていたことも忘れてはいけないだろう。[16] 賛否両論ではあるものの、ともかくこの邦子による解決が、当時の〈良妻賢母〉規範と一致するような、模範的な〈妻〉の姿として認められていたということができる。

〈良妻賢母〉思想は、一面では女性を生産労働から切りはなされた家庭に拘束するものとして批判されるものであったが、しかしもう一方では、女子教育の制度と結びつきながら、女性の地位を一定程度向上させるものとして女性たち自身に歓迎されていたものでもあった。小山静子は、一九三〇年代に〈良妻賢母〉思想に再編があったとして、以下のように述べている。

従来の良妻賢母思想においてももちろん、精神的な面における、男とは違った「女の特性」が存在すると考えられていた。しかし、それは家事や育児という家庭内役割において発揮されるものであった。がここに至り、従来の文明の欠陥を補って、完全な文明の形成に努力するにしろ、社会事業に従事するにせよ、いずれにせよ、その「女の特性」は社会に向けて直接的に発揮すべきものと期待されるようになっている。いわば精神的「女らしさ」が、家族に対する私的な価値をもつだけでなく、社会的にも価値づけられることとなったのである。そしてこのことは、家事を通しての関係性しかもちえなかった女に「女らしさ」を通して、直接的に社会とのつながりを確認しうる回路が拓かれたことを意味していた[17]。

この頃には、女性特有の精神性を発揮することによって社会全体を向上させていこうとする発想が登場していた。しかしこのことは必ずしも実際的な女性の社会的地位の向上に直結するものではない。小山はこの発想に女性の「経済的問題」についての意識が欠落していることを指摘し、「「女らしさ」に社会性を付与することによって、良妻賢母思想が本来もっていた、男女は対極的存在ではあるが同等であるという「幻想」を、より一層強めていったのである」と述べている。

こうした女性の精神性の高さを発揮することで、男性を変え、社会全体を向上させていこうという意識は、吉屋の発言のなかにも散見される。たとえば、〈男〉の〈貞操〉という問題について、連載終了の頃の『婦人公論』誌上の対談において、吉屋は「女を不幸にする男といふものは誰が生んだかといふと女でせう、女が他日若い女を苦しめ、貞操を紊すやうな次の時代の男の子を生み出してるやうなものでせう。だから、女が自覚して男の子を家庭教育で厳格に育てるだけでも随分と違うと思ふの」、「女性が目覚めなくちやだめなの。女性が息子に信頼させる気高い女になつて、同時に女性全体を尊敬させるようにしなければ[18]」などのような発言をしている。この他にも、吉屋は積極的に女性を啓蒙していくような姿勢をしばしば見せており、この「良人の貞操」という小説についても女性への啓蒙という意図は明らかである。その意味では、結末の問題解決の仕方が、同時代の〈良妻賢母〉的な啓蒙のあり方に近づくことも不思議ではないかもしれない。

しかし今日改めて実際のテクストを読んでみたとき、当時〈良妻賢母〉的と判断されたこの邦子の最後の解決の仕方が、本当に〈良妻賢母〉思想に合致しているのかということは慎重に検証されなければならないだろう。というのも、吉屋の意図するところと、書かれたテクストとが必ずしも一致するわけではないからだ。むしろこのテクストは、吉屋の意図した啓蒙的なコンセプトを越えて、男女のジェンダー区分についての違和感や嫌悪、そしてそれでも模範的女性であらねばならないという強迫観念が混然となった不穏さに満ちているのではないだろうか。

2 邦子と加代

邦子は、元逓信省の官吏の娘であり、女学校卒業後に水上信也と結婚した主婦である。良人の信也は石鹸工場内の研究所に勤めるサラリーマンであり、彼らはいわゆる〈新中間層〉といわれる階層にある夫婦であるといえよう。〈新中間層〉とは家業をもたず、俸給によって夫・妻・子という小単位での家庭を営み、そして西洋風のライフスタイルを目指すような、まさに当時台頭していた階層であった(19)。この小説において、何度も具体的な説明とともに描かれる料理の仕方、コーヒーの淹れ方、身だしなみや洋服の整え方などは、この〈新中間層〉的な生活の指南書としても機能している。

邦子は、このような〈新中間層〉の家庭の主婦として、それに相応しい生活のために懸命に努力しているのだが、一方で彼女は結婚生活や主婦業に疑問を感じてもいる。ここで注目されるのは、良人・信也に対する不満が、すぐに「結婚」や「男」、「女」といったかたちに一般化されて提示されている点だろう。

男には結婚しても、しないでも、社会だの国家だの、やれ人類だのと論じたり考へたりする余裕が有るのに、女はいつたん結婚したら最後、宇宙も国家も社会も全人類も消え失せて、たゞ一にも良人、二にも良人だけとなり、良人を喜ばせ、仕へる為にの、台所と鏡の前だけが、その全世界となつてしまうといふ事実を、邦子は此の足かけ四年間、身を以つて体験したからだつた。／（女つて、みんな、これでいゝのかしら?）と、折々は首をひねつて見ても、さて、そんならどうすればいゝかといふ解決は、わからなかつた。／そんなら自分は、どうすればいゝのか、何を良人に要求すればいゝのか、それはわからない——でも、昔も今も変りなく、（主婦）と言ふ体裁のいゝ名が、実は良人の万年女中に毛の生えた実在に過ぎないような情なさが、度々犇と胸につかへる時があつた。（一九三六・一〇・九「出勤の良人（二）」）

こうした悩みの一般化・抽象化には、やはり読者からの共感を得やすい効果があっただろう。鹿野政直は、当時の〈新中間層〉の主婦という存在が、舅姑との関係や、家業労働から解放された憧れの生き方となる一方で、「「中流」としての自足感は、閉じこめられ無力化された存在としての不安感と、じつは裏腹の関係にあった」とし、「女性ジャーナリズムは、「中流」幻想と「中流」なるがゆえの不安感とを満載してい[20]」たことを指摘している。当時の〈新中間層〉の家庭をターゲットとしたメディアには、彼らの悩みに答えるべくさまざまな記事が掲載されている。そしてこの小説の登場人物もまた、そのようなメディアから情報を摂取する人たちである。

その日も信也が、ぱらりと新聞を開いて、ざつと読んで行くと、その家庭欄に（亜米利加女性気質の良人十戒）といふ見出しで、紐育のカレッヂの女生徒達が結婚後良人に望む十ヶ条希望が報じてあつた。／第一条。家事上に就ては妻の絶対権を認める事。／第二条。妻の料理は完全無欠と信じて食する事。／第三条。自分の妻は地球上で最上の美人なりと信ずる事。／信也は、そこを読みながら、いかにも亜米利加の女らしい身勝手な言ひ分に「フ、、、」と微苦笑しながら、次の第四ヶ条へ眼を続けると、／良人は朝は必ず朗かに妻に対する事。（朝の良人の渋面は妻の一日を台なしにする）／と、あつた。／信也はいきなり、ばさりと平手で新聞を叩いて、幾つにも畳んでしまつた。（一九三六・一〇・八「出勤の良人（二）」）

邦子と信也の夫婦生活は、当時の雑誌や新聞の「家庭欄」に見られるようなありふれた夫婦の悩みと対応し、小説上で示されるアドバイスも「身の上相談」的な方向付けのなかで読むことができる。このような往復関係が、読者に小説世界を非常に身近なものと感じさせているのだといえよう。

またここで同時に注目されるのは、信也と邦子が周囲から「模範的」な「家庭円満[21]」の夫婦であると見なされ、邦子もまた終始「利口な奥さん」、「良妻」といったメディアの標語のような形容で語られていながらも、実際の邦子はそうあるためにかなりの努力をしつづけているという点である。

「仕方が無いわ、私機械ぢやないんですもの、そう一分一厘違はず毎日同じに出来ないわ」／「機械ぢやない――何を言ふんだ、そんならもつと知恵のある人間らしく、珈琲の淹れ方ぐらゐ研究したらどうだ」／「勿論目下研究中よ、だからいろ〳〵にして試して居るんぢやありませんか」／「その御研究中に、僕の胃袋はどうにかなつてしまふよ、もう研究は願い下げだ。明日から、いさぎよく味噌汁と香物に還元してくれ、それが無事安全だ、朝の珈琲なんてものは、僕が次の世に生れ変つて、も少し悧巧な女房を持つまで生涯諦めたよ」（一九三六・一〇・七「朝餉の妻（二）」）

邦子は信也が求める理想的な生活を提供しようとしつつも、それに失敗し、苦言を呈される。このような「良人を喜ばせ、仕へる為にの、台所と鏡の前だけが、その全世界となつてしまうといふ事実」に彼女は溜息をつきもするのだが、彼女は決してそれを放棄することはない。妹や加代からのアドバイスを受けて、新しい調理器具を導入するなどして、彼女は何とか改善を計ろうとするのである。「良妻」であることは、他者から要求される規定であると同時に、邦子自身によっても積極的に目指されるものとして描かれているのである。

また、邦子の無力感は、「中流」から上昇することによって解消されようともしている。信也は「大学」の研究と比較して、自身の「工場」の研究所での労働を卑下し、邦子もそれを「資本家の商売[22]」であると理解する。そこで邦子は「貴方のお好きな御勉強、月給当にせず自由になされるように」、「貴方が働かないで、大学の研究室へでも何んでもいらつしやれるやうに[23]」と、「節約」をしようと考える。ここには賃金労働よりも高尚なものとしての学問への志向があり、このような目的のためには良人への奉仕も意義あるものとなる。他にも、邦子には、姉婿などに見られるような実利の追求は「山師[24]」などとして退けられ、学問・教育の有無によって他者を峻別する階級意識も強く働いている。単に「中流」であることに充足するのでない、より卓越化された向上の意識が彼女の〈リスペクタブル[25]〉な自意識を形づくっているのだといえよう。

次に加代について確認しよう。加代は元々は深川の裕福な材木問屋の出身であったが、震災で両親を亡くしている。邦子とは女学校時代からの親友である。その後、信也の従兄・民郎と結婚して、九州の炭鉱に暮らして一女をもうけたのち、民郎の死去によって東京に戻ってきたのである。

おりにふれて邦子と加代とは「正反対」と形容される。単純には、生真面目な邦子と「お俠」な加代というような性格上の違いがあるが、注目すべきは、邦子が努めて家事や良人の世話をしているにも関わらず、良人に認められていないのに対して、加代は自然にそつなくこれを行うことができる人物であるという点である。たとえば、小説冒頭で良人の朝の仕度に失敗していた邦子に対して、のちに加代が信也に対してゆきとどいた仕度をする場面が対置されている。

寝皺のついた浴衣のまゝ、仕方なく信也が縁先へ出ると、その目の前に、水を湛へて洗面器と、そして新しいタオル、石鹸、新しい歯刷子、歯磨チューヴ、安全剃刀、ニツケル縁の小鏡、シヤボン刷毛まで、添へてあつた。／（中略）／剃刀も使ひ洗面も終つて、信也が部屋へ入ると、その畳の上には、煤竹の乱れ籠の中に、信也の脱ぎ棄てゝ置いた服が、いつの間にかヅボンにぴんとアイロンをかけて、綺麗に納めてあり、脇の小盆の上に、ネクタイと腕時計が別に載せてあった。／襖がさらりと開くと、加代がその襖に寄せつけてある鏡台の前に、／「民郎は剃刀のあと、ものぐさで、なにもつけない人でしたので、そんなものございませんが、これぢやお役に立ちません？」／と、透明な化粧水の壜を取り上げて、信也の頬の仄にうす青い爽やかな剃りあとを、ふと見上げてすぐまぶしげに眼を伏せた。／　その鏡台の上、すでに女の化粧道具は姿を隠して、男の櫛と髪刷子とポマードが置いてあつた。（一九三六・一〇・二三「秋扇譜（五）」）

特に料理の知識・技術においても両者の違いは明瞭に示されており、邦子の苦戦した洋食についても、加代があっさりとそれを用意し、信也が「なか〱しゃれた朝飯だ[26]」と喜ぶ場面がある。さらに二人が料理をする場面では、加代が邦子のやり方に注意をしている。

「邦子さん、どんな風に番茶使つてらつしやる――すこしあの……おいしくないわ」／「ほうじ茶つての買つて来るのよ、あなたは？」／「わたしんち、お祖母さんがして居たやうに、上等の茎茶を斤で八十銭ぐらゐの安いのと、半々に混ぜて、ほんがり焙じて颯と淹れるのよ」／番茶ひとつの《ママ》にも、加代はなか〱面倒だつた。（一九三六・一二・三〇「秋ふたたび（九）」）

また、両者の対比で最も強調されるのは加代の趣味性の高さである。服装や、身のまわりのこと、美意識において、邦子がほぼ無頓着であるのに対して、「わが身の周囲のどんなささいな物にも品にも、自分の神経を通さぬと気がすまぬ[27]」加代は常に優位性を示している。たとえば、二人が百貨店の「帯や着物の展覧会」に出向くとき、邦子は「買はないものを見たつて暇潰しだとより思へない」としか考えないが、加代は「綺麗なもの見れば楽しいわ[28]」と異なる反応を示す。

重要なのは、こうした両者の対比が、つねに信也によって感知され、評価されるということである。民郎の葬儀に出向いた信也に加代が差し出したおしぼりには、「竜涎香」の香水が含ませてあったが、これは信也には「職業柄」すぐにその価値がよく理解されるものになっている[29]。他にも、加代の細やかな美意識をほめる信也に加代が「貴方もよくお気のつく方[30]」と喜んでいる。家事や料理、趣味といった両者の違いは、信也を介した競合関係として描かれているといえるだろう。

ただし、加代の魅力とは、「芸者」や「酒場のマダム」のような職業の女性たちへの視線とも近接しており、それが賞賛ともなれば揶揄や批判の対象ともなっている。特に、男性たちは加代のふるまいや格好について、それを「芸者」と形容し好奇のまなざしを向けるし、一方、女性からも、たとえば邦子の妹・睦子は、邦子と比較して加代の「おしやれ」を「贅沢[31]」として批判している。

加代については、同じ事象についても、しばしば両義的な評価が発生してしまう。このことは彼女の所属や、階級が不安定であることにも起因するだろう。彼女は下町深川出身の「相当はでな贅沢育ち[32]」であり、「女学校」にも通っていたが、震災後は零落し「百貨店の売子」として働いて生計を立てていた。「売子」の職業については、小説内で「百貨店に働らいたからとて、少しも恥づべき事ではないが[33]」とわざわざ断られているが、むしろそれがいまだ奇異の視線で眺められるものであったことを物語っている。特にそこで加代が「美しい売子」であったために「百貨店でワイシャツやネクタイの売場にいた[34]」というような扱いを考えてみれば、その職業は性的サービスにも接近するところがある。さらにその後、加代は九州の炭鉱の社宅で暮らすに至るが、加代はここまでに大きな階級や環境の移動を経験し、また祖母由来の「下町」の知恵と、「女学校」の教育、「百貨店」の経験などによっても幅の広い慣習や文化を獲得している。たとえ同じく家事にまつわる事柄であっても、邦子と加代の基盤や価値観はかなり異なっているのである。

そこで加代が蒙る批判について、彼女を擁護するのは邦子である。邦子と加代のあいだには、互いに信頼し、擁護し合う連帯関係があるのは明らかだが、しかし邦子もまた加代の完全な理解者ではないだろう。

たとえば、「芸者」といったような加代へのカテゴライズに対して、邦子は加代の「女学校卒」という自分との同質性を常に強調し、男性たちの性的な視線を否定している。そうであるからこそ、邦子は加代が信也と関係を持ったことが発覚したとき、「芸妓とか女給とか言ふならともかく、貴方はちやんと私と同じ女学校を出て[35]」いるのに、という点から怒りを露わにしているのである。そこからは邦子も加代を「無教養の無智な女のやう[36]」と感じ、節約する自分に隠して信也が加代に貢いでいたことを知ると、「さうして金を使はせた女も女[37]」と憤って、加代を自分の階級と切り離して、「芸妓や女給」のように見做しもするのである。

また二人のすれ違いは、言葉の使い方においても頻出する。たとえば加代の現状について、二人は次のような会話を交わしている。

「これも、貧乏後家さんのひがみつ根性よ」／「加代さん後家さんて言葉、感じが悪いわ、およしなさいよ」／邦子がたしなめた。／「あら、い、ぢやないの、未亡人つて言へつての、だつて未亡人つてのは、亡なつた旦那様の保険がたんまり転がり込んで、若い燕連れて自動車でダンスホールへ行ける御身分かなんかなのよ、私みたいにアパートで稼ぐのは、後家も後家、下々の下の部よ」（一九三六・一一・二七「青葉の頃（三）」）

「後家」と「未亡人」という呼称の差は、同じ事柄を示すものでありながら、加代と邦子の認識の仕方が異なっていることを示している。これは自己認識と、他者からのカテゴライズのズレを示してもいるだろう。

特にこの「未亡人」のイメージは、小説内で加代がまなざされる場合にだけではなく、小説が流通する際にも最も強く働いていたコードである。当時の「未亡人」に関する言説からは、「未亡人」が「貞婦二夫にまみえず」という道徳観念を要求されると同時に、肉体的な欲求不満に悩まされ、常に異性の誘惑にさらされている存在と見なされていたことがわかる。(38) こうした他者からの視線に対して、敢えて蔑称的な「後家」を称することは、他者からのカテゴライズへの抵抗ともいえるだろう。

加代の有している慣習や文化は、複雑で不安定な振幅をもっており、単純な類型化では捉えることが難しい。また加代自身でも、はっきりとした自己のアイデンティティを実感することができず、だからこそ彼女は職業を求めたり、信也との恋愛に向かったりすることに自己を投企していたのではないか。(39)

以上のように、邦子は他者から期待される自己像を積極的に目指し、加代には他者から押しつけられる自己像への違和感、抵抗がみとめられる。登場人物は単純に類型的な人物なのではなく、そこにはアイデンティティにまつわる困難と葛藤の過程が見出せるのである。

3　奇妙な〈母〉

小説は、信也と加代が関係を持ち、それが邦子に知られる辺りから、佳境を迎える。「良人の貞操」というタイトルながら、基本的に信也本人はここで自らの「貞操」については積極的な思考を展開することはない。信也の問題の解決については、邦子に全ての主導権、決定権が委譲され、あくまで妻が良人の貞操問題をどう処理するか、という観点で進行していくことになる。そして本作でそれを解決するために設定されるのが〈母〉という立場である。

「――邦子、も少し冷静になつて呉れ、そして僕を救つて呉れ、頼む――そして加代さんも救つてやつてくれ、今は、たゞ――お前ひとりの判断と処置で、この苦しい問題は救はれるか、破れるかだけなのだ！ 自分の生涯の唯一の大切な妻と思つてかうして頼むのだ、邦子――」／信也は、まごゝろ籠めて、男の涙を浮べて、まつたく声涙降る態度で、今は男の体面も意地も、男性の伝統的の女性への支配感情や優越感のすべてを素直に、擲つた。／邦子は言葉もなく暫し――心に苦しみ悶えて考へて居た。／「――貴方！ 私、今はどうしても、貴方の妻としては、口惜しく情けなくつて、冷静にはなれません……でも、考へました。貴方の妻だと思つては、とても許せない――でも、貴方のお母さんだと自分を思へば、悪い息子を持つた母の気持ちになつたならと考へたのです……私、出来るだけさうなつたつもりで、今夜ぢつと考へて見ます――」（一九三七・二・三「粉雪の日（十六）」）

信也はここで全男性を代表するようなかたちで謝罪をしている。このような大きなかたちで投げかけられた問題に対して、邦子が設定するのは〈母〉という立場での解決である。さらに、この〈母〉という立場は、信也に対してだけでなく加代にもまた適用され、ここからは、「悪い息子」や「莫迦な女」[40]に対して、ただの〈妻〉ではない、賢い〈母〉としての邦子が仮想的に設定されるのである。そこにおいて邦子は、信也よりも、加代よりも優位に立ちはじめる。

この〈母〉という立場で何故解決が出来るのか、論理性は明瞭ではない。ただ、邦子の言う〈母〉とは、清く高い精神性が強調され、他の者には不可能なことが可能になるほどの慈愛と知恵を持ったものとして理想化されている。このような理想化された〈母〉が無前提に持ち出されることの背景には、当時広く共有されていたであろう〈母〉をめぐる言説の影響があったと考えざるを得ない。前出の小山静子は、第一次大戦後には〈母性〉という新しいキーワードによって、女性の「母役割」が再度強調されたことを指摘している。[41]そこで〈母性〉は身体的な機能と、精神的な愛情とともに、「女の特性」として、「自然が女に与えたもの、先天的に女に備わったもの」として価値化され、全ての女性に強固に結びつけられていった。そして女性は〈母〉としての役割を果たすことによって国家や社会への直接的な参入が可能になるともされたのである。こうした同時代の〈母〉の価値を称揚する言説が、この小説にも強く響いているといえよう。

また、ここでこの小説の主要人物たち全てが、既に〈母〉を亡くしていることにも注目してもよいだろう。この小説では、信也と加代は幼少期に両親を亡くしており、邦子の母親も二年前に死去したという設定になっている。唯一、父・母・子の組み合わせが存続している家庭としては、邦子の姉・安子の家庭があるが、安子は姉婿・義三郎と合わせて俗物的な性格を強調され、批判的に描かれている。小説内には直接の参照項となりえるような〈母〉の存在が不在になっているのである。だからこそ〈母〉に過剰な理想を託すことが可能になっているのではないだろうか。

その〈母〉の理想を邦子が自らのものとして現実化するのは、加代の妊娠・出産によってである。ただし、加代の妊娠は、まずは邦子の〈母〉という設定を一時揺らがせるものになる。

「許すも、許さぬも、私の良人の子は、私の子です、水上の家の子です。生んだ貴女に代つて、私は一生身に代へても、立派に育て上げます――事の道理の善悪はともかく、そのままに棄てゝ置けば、生れる子は、私生児――貴女は一生その子の母の名を負ふのです――子も無惨、母の貴女も一人で重荷を負うてどうなるでせう――今は理屈でなしに、私はたゞ、その子を私の母の手で受取り育てるのが、今の私の取る道と思はれるのです。理屈を言つたら、良人が勝手によその女に生ませた子を、いち〳〵妻が家庭に引き取る義務はないかも知れません――でも私はそんな道理の一切を抜きにして――その子を受け取つて、どんなにも慈しんで育てたい！　こ、これも、みんな、やつぱり――良人への愛からでせう、え、、やつぱりさうです――くやしいけれど、こんな事があつても、私やつぱり良人を愛して居るからです！　加代さん、さうぢやなくつて？」／終りの一語は、千鈞の重みを加へて、加代の胸元に、ぐざと刺つた、〈妻〉の円光を戴く邦子の最後の切札だつた。／（中略）／「……邦子さん……私……その子を一生懸命で育てちやいけないでせうか？……て、なしごでも、てなし子の母と言はれても、私、なにも、かも捨て身になつてか、る覚悟でゐました……」／加代にも、最後の切札が残つて居た！／（中略）／加代の瞳は、この時涙も晴れて、なにか思はず邦子の眼を打つほどの、清い光と力に溢れて見えた。その清らかな光は、母性の現す千古不抜の愛から発したものであつたらう。／邦子は、その加代の眼を顔を姿を、あつと仰ぎ見た――人の良人と通じた程の悪徳の女性の姿の筈が、何事ぞ、今此の時ばかり、（母たらんとする意志）に浄化されて、清くも尊く、人の眼を打つのは……／邦子は悲しくも知つた。加代の生む児に、自分が（母の権利）を要求出来得ぬ事を――（一九三七・二・一二「それから（八）」）

二人は互いに「切札」として自分の立場を主張しているが、そこでは〈妻〉であること以上に〈母〉であることの重みが強調される。しかし最終的には、加代が子どもを産んで、その子どもは邦子に育てられることが正しい選択であるとして落ち着くのであるが、邦子は自身の〈母〉という設定のゆらぎを払拭しようとでもするように、加代の妊娠・出産のプロセスに同一化することで、確かな〈母〉になろうとしていくのである。

ここで重要なのは、加代の出産を邦子が世話するということ、その金銭的な主導権は、信也ではなく邦子が持っているということである。ここに至って邦子はそれまでの節約主義を返上して、女中を雇い、加代の出産からその後の住居の世話まで存分にお金を使うようになっている。もはや加代は、信也ではなく邦子の〈囲い者〉のようでもあるが、そのような邦子に対して、信也は邦子に「完全に頭があがらなかつた[42]」という状態にある。

さらには、性生活の主導権もまた邦子の側にあることが示されていく。

何から何まで堪へ忍んで心を折り、我慢を重ねて呉れる此頃の妻を思へば、信也はその夜の妻の姿が、たゞいぢらしく、しんからいとしかつた。彼は思はずその妻の手を引き寄せた。／――良人の胸に軽く支へられて、その接吻は嬉しく受けたが……邦子は、良人の抱擁の手から、柔らかに身を退いたので……。／「……貴女……加代さんは……今貴方の子を身体に大事に持つて、長い間あゝして……苦しい切ない気持で……居ると思ふと……私……あのひとのお産の無事にすむまで……貴方も私も……せめてもの、心づくしに……わ、わたくしが子供を生む身と思つて……」（中略）／「わかつたよ――邦子、おやすみ……だが、知つてるね、僕が妻のお前を――どんなに愛してゐるか……」／「えゝ……そして、私も！」／邦子は良人の額に、熱くくちづけた。過失も出来事も、すべてを越えて、良人と妻の魂の結びは、幾年を経て、今ぞ動かし難い絆だつた――肉体を越えて、より高き人間愛の同行二人の人生の巡礼として……。（一九三七・三・九「女性の負担（九）」）

ここで邦子は身重の加代の身体に自己をシンクロさせるようにしながら、信也からの誘いを断っている。そしてこれは精神的な次元での高潔さの獲得に結びつくものともされている。更にいえるのは、このことによって信也もともに精神的に向上するのだということを描きながらも、同時に実際にはこれが妻による良人の〈去勢〉の意味を持つ場面でもあるということである。「良人の貞操」という問題提起の結論がここで示されているといってもいいだろう。邦子が〈母〉になるということは、実質的には、金銭的な主導権や性的な主導権を良人から奪うことに他ならない。夫婦関係を維持したまま、妻が良人の愛人の子を育てるという一見穏当な、「男に都合の良い」と見えるような〈良妻賢母〉像を一面では実現させながらも、邦子が作りだした〈母〉とは、その理念を自壊させてしまうような存在となっているのである。

そして邦子は、加代の苦しみに一体化するようにして擬似的に出産を経験する。

> 加代が蒼白く窶れて、美しい顔の長目の優しい眉を顰めて、苦しさに雪を含むにも似た、真白のガーゼをきりぎりッと哀れに艶な糸切歯に必死と噛む顔は――邦子の胸を打ち、不断の彼女より、もつと緊張した切ない美しさを受けた――それは烈しい崇高な一種の美だった。（中略）産婦の受ける苦しみも痛みも、それが同時に邦子の肉体にも精神にも伝はり、邦子は今自分自身が生みの苦しみを、如実に味はふ気がした。（中略）／さう一声言ふと、邦子は頭がふら〳〵ッとして、いきなり倒れかかつた――さながら、今自分が出産を終つて、一時に気もゆるんだやうに――　（一九三七・三・二二「女性の負担（十七）」）

こうして邦子が獲得していく〈母〉というものが、良妻賢母思想が説いたような〈自明〉で〈自然〉なものとしての〈母〉といかに距離があるかはあきらかだろう。〈母〉の尊さを過剰に信じ込んでいる邦子は意識しないが、そこでは〈自然〉なものとしての〈母性〉とは、かけ離れた操作が必要とされてしまっているのである。

また、邦子が自分自身ではなく、加代に出産させることで〈母〉になろうとすることの裏面には、妊娠や出産に対するプレッシャーや恐怖も隠されているということができる。たとえば、邦子は周囲から「家庭円満」の「良妻」とは見なされながらも、子供のないことを指摘される場面が繰り返し登場することには注目してよいだろう。邦子は「みんなに「まだか」つて、言はれるたんびに、私、自分が不束みたいで身が細るわ[43]」と語り、いまだ〈母〉になれないことへの負い目があったことが示されている。その一方で、加代の出産の依頼のために邦子が訪れた産婦人科の風景は、暗く不吉な雰囲気に満ちており、そこで婦人科医・長谷部は邦子に「万一子供だけ生れて居るのに、その時すでに母親の方は助からないなんて場合は――まつたく、医者もいまくしくなつて、母を殺して生れた子供を踏み潰してしまひ度くなるやうな気持もするんですよ[44]」と語る。このように出産によって妊婦が受けるリスクの大きさが強調されることには、加代の出産への心配という物語上の必要以上の過剰さがあるだろう。

邦子には、周囲からの〈良妻賢母〉たれという期待が強く張り巡らされており、彼女にはそれに迷いや葛藤を覚えながらも、必死でその期待に応えよう、応えねばならないという強迫観念にも似た意識がある。そこで彼女が作りだした〈母〉とは、彼女の不安や欲望をねじれたかたちで解消させるものになっているのである。

一方、加代は、突如現れた由利準吉という男と再婚し、最終的にはマニラに渡る。この展開は、〈良妻賢母〉としてついに自己実現を果たした邦子の影となって残り、物語の安定を揺るがす存在である加代を別の世界に放逐することでもあるが、加代は単純に〈外国〉に消去されるのではなく、彼女もまた「人妻浄土」に至ることで、過去が清算されようとするのである。

だからこそ準吉は加代の良人として相応しいように設定されている。材木問屋の娘であった加代に対して、準吉も材木業である。また準吉が「私生子」であり、加代に自分の〈母〉を見ているということは、一方で信一（信也と加代の間に生まれた子）を補う意味もあるだろう。ここで加代も〈母〉として回復し得るのである。そしてこの

「マニラ」という設定の唐突さが、加代という人物の複雑さに対応する振幅を準吉に与えている。

この小説において「マニラ」という設定をどこまで重要視すべきかは難しいところである。実際、日本からフィリピンへの移民は明治末期から盛んになり、麻栽培を筆頭に、土木工業、漁業、商業などに多くの日本人が従事していた。(45) しかし準吉登場時の章題は「月から来た男」である。この「マニラ」という設定は、その地の個別性が要求されたというよりは、未知の地のエキゾティックな雰囲気と、船旅やパーティの場面のような華やかな暮らしを描くために必要とされた設定ではなかったか。(46) 加代の再生に必要なのは、「マニラ」の持つ未知の可能性であり、そこで得られるはずの新たな自分のイメージを信じることである。

青い海と、さわやかな太陽と、そして不思議な童話の国に咲くやうな花の色に――加代は未知の国に一歩入つた夢心地で、船酔いも完全に忘れて、身体がしやんとなった。（中略）／この香港の異国情緒の風景と匂ふやうな空気に生れて初めて身を置いた加代は――自分の身内の血が徐々に更新してゆき、何か漠然と前途への新しい望の意力が湧くのを、自分でも感じた。／今まで、ついぞ知らなかつた強く生きる希望！（一九三七・四・一二「海上日記（三）」）

加代はここで「私お陰で身体が造り変えられたような気がしますわ、――これから、私、英語を習って、そして洋服着るお稽古にかかるつもり！」(47) と、ほぼ〈外国人〉となることを宣言する。日本において安定できなかった加代のアイデンティティは〈外国〉に投企されることで棚上げにされるのである。

そして小説の最後の場面は「女学校」の「クラス会」の場面となっている。ここで邦子が語る加代の履歴の省略の仕方、そして続く級友たちの暮らしの悩みの語らい方には注目すべきであるだろう。

「あ、、加代さん――あのひと、デパートを間もなくよして、水上の従兄弟と結婚して、福岡の炭坑に住んで居りましたの、それが、旦那様に死に別れて、子供を連れて――暫く東京にも戻つてましたのよ――そして去年の暮に再婚して、今はマニラよ」（中略）／それから、引き続いて級の誰彼の噂が始まり、話はだん〳〵、子供の病気難の話、よい女中が無いと言う女中難の話――よもやま続いたが――生活難の話は出ない。そう語るべき境遇の人は、クラス会などには出る余裕がないから……（一九三七・四・一五「エピローグ」）

ここにも、邦子と同じ教養・生活レベルにある〈新中間層〉的階級において、それぞれの内にある個別の問題は隠蔽、捨象して、ありふれた悩みと〈世間体〉を保つ（さらにはより卓越化して示す）ことの強迫観念がはたらいているように思われるのである。

4　おわりに

「良人の貞操」は、当時の支配的な言説と密接に連続し、その類型的な枠組みに沿っているようでありながら、必ずしもそこだけには回収できない様々な軋みを持っている。

登場人物に対しては、常に何らかの類型化、カテゴライズがつきまとっているが、邦子のように〈妻〉・〈母〉といった、期待される像を積極的に受け入れ、目指していく女性が描かれる一方で、加代のように様々なカテゴライズの間で揺れ動き、そのいずれにも安定できない女性が描かれている。

こうした軋みは、吉屋の意図したメッセージではなかったであろうし、当時の読者に読みとられた可能性も少ないだろう。吉屋はあくまで女性の高い精神性が、女性と、そして男性をも救うという理想的な物語を紡いだはずである。そしてその展開における飛躍や過剰さは、大衆的・通俗的な仕掛けと見なされてきたが、ここにこそ、吉屋の意識と、無意識の決壊がある。

また、同時代における〈母〉のイデオロギーの強化は、この小説の展開に強く働いており、こうした方向性が、のちに従軍作家として銃後の女性たちに影響力を発揮していく吉屋の今後に繋がっているということは事実であるだろう。だが、このテクストにはそうしたイデオロギーの強引さそのものもまた刻印されているのである。

邦子は自他共に認める〈良妻賢母〉として自己実現を果たし、その枠組みに回収不能になった加代は、最終的には再婚と、〈外国〉へと放逐することによってゆらぎを解消し、物語は安定したかのように見える。しかしこの邦子の〈母〉による解決という飛躍、その明らかな無理を通して自身を納得させていく過程には、むしろそうした理想像に応じることの矛盾と困難の方こそが刻まれ、しかしそれを露呈させることなく隠蔽していく過程が描かれている。そうしてみれば、このテクストは、女性をめぐる様々な視線や要求、規範への亀裂となりうるものをも持っているということができるだろう。

「良人の貞操」は、その時代性を強く刻んだ小説であるがゆえに、同時代において支持され、また時代の変化とともに忘れられてしまった小説である。しかし今日改めて読んでみれば、ここからは同時代には気がつかれなかった様々な問題が、また同時代の評価とは違うかたちでの評価の可能性が浮上してくる。その意味で、「良人の貞操」という小説、そして吉屋のその他の「大衆小説」も、今後更に検討される必要があるだろう。吉屋信子にはまだ改めて読まれなければならない、いくつもの小説が残されているのである。

注

（1）『キネマ旬報』（NO．六〇八、一九三七〔昭和一二〕年四月二一日号）掲載の鉄仮面「春の興行展望」

（2）佐多稲子「『良人の貞操』という題名」（『吉屋信子全集　5』月報、一九七五〔昭和五〇〕年二月、朝日新聞社）、吉武輝子『女人　吉屋信子』（一九八二年一二月、文藝春秋）、駒尺貴美『吉屋信子――隠れフェミニスト』（一九九四年一二月一五日リブロポート）などを参照。

（3）青野季吉「『良人の貞操』論――通俗小説の人気の問題」（『東京日日新聞』一九三七〔昭和一二〕年五月八日～一一日）

（4）当時の「貞操」観については、赤川学らによる研究がある。赤川学『セクシュアリティの歴史社会学』（一九九九年四月、勁草書房）参照。それによれば、女性に対してだけではなく、「貞操」の「男女平等」を求めるという考え方自体は、同時代においてそれほど突出していたというわけではなく、知識人階級においては広く支持されていたという。しかし人びとの意識においては、それほど定着してはいなかったかもしれない。また、高島智世「貞操をめぐる言説と女性のセクシュアリティ――大正期の女性メディアの言説を中心に――」（『名古屋大学社会学論集』一六号、一九九五年三月）によれば、大正期から「男性を退廃した文化から救うのは女性の愛の力であり、一人一人の女性の「気高さ」によって男性を感化せしめるのだという主張」があり、「女性は、そうした社会の浄化の任を自ら命じて、崇高で美しい自己像、あるいは自らの高尚な人格、純粋な精神の象徴として、まさに「貞操」を位置づけたのであった」という指摘がある。吉屋の「良人の貞操」という問題提起も、こうした主張に連なるものとしてあったと考えられる。

（5）宇野千代「昭和の『不如帰』――『良人の貞操』を読む――」（『東京日日新聞』一九三七〔昭和一二〕年五月一二日）

（6）竹内文路「吉屋信子の「良人の貞操」」（『国語教育』一九三七〔昭和一二〕年六月）

（7）『大阪毎日新聞』一九三七〔昭和一二〕年三月三〇日掲載広告など。

（8）「一番苦心したのは水神の一夜『良人の貞操』を書き了へて」（『東京日日新聞』一九三七〔昭和一二〕年四月一五日）に「それはね、やつぱりあの水神の場面、加代と信也の関係が自然に行かなければ、全体がめちやくちやですもの、あすこまで持つていくのにとても一生懸命だつたわ、それでも早く二人を一緒にしろといふやうなことをいはれたんで、十回くらゐ思ひ切つて削つてしまつたんですよ」とある。
(9) 板垣直子「最近の新聞小説(3)菊池寛と吉屋信子」(『読売新聞』一九三八〔昭和一三〕年三月一二日)
(10) 「豪華俳優人で「良人の貞操」本読み」(『東京日日新聞』一九三七〔昭和一二〕年二月一一日)
(11) 『東京日日新聞』一九三七〔昭和一二〕年五月一日掲載広告
(12) たとえば映画版では、加代と信也の関係発覚後、加代の伯父が登場し、二人は別れさせられる。その後、伯父は加代の娘を連れて北海道に去り、加代が吹雪の中、窓の外から娘を見つめる場面がラストシーンとなっている。また、加代は妊娠しない。
(13) たとえば、奥村五十嵐「流行作家の社会性(2)吉屋信子の巻」(『読売新聞』一九三九〔昭和一四〕年七月一三日)には、「この作家の作品行動の、社会批評的な特長は、身上相談的な内容にあるやうである」という指摘がある。
(14) 田辺聖子『ゆめはるか吉屋信子』(一九九九年九月、朝日新聞社)。その他に、十返肇「解説」(『現代国民文学全集 吉屋信子・林芙美子集』三一巻、一九五八〔昭和三三〕年八月、角川書店)にも、「邦子という女性はあまりにも現代の女性としては旧道徳の遵奉者だという非難もおこるであろう」という指摘がある。
(15) 山川菊栄「女の立場から――良人の貞操――」(『読売新聞』一九三七〔昭和一二〕年五月七日)
(16) 『東京日日新聞』一九三七〔昭和一二〕年五月一日掲載広告に「これは興味ある小説といふだけでなく男の道女の道を示した貞操読本であり、全家庭に備ふべき人妻読本である。生徒に勧められた女学校長(大阪樟蔭)のことでも内容が推測されよう」とある。
(17) 小山静子「良妻賢母思想の再編」(『良妻賢母という規範』一九九一年一〇月、勁草書房)
(18) 「『男の貞操』座談会」(『婦人公論』一九三七〔昭和一二〕年四月)。出席者は太田武夫、杉山平助、丹羽文雄、今井邦子、吉屋信子、宇野千代。

（19）寺出浩司『生活文化論への招待』（一九九四年一二月、弘文堂）

（20）鹿野政直『戦前・「家」の思想』（一九八三年一月、創文社）

（21）一九三六・一一・三「生活の河（七）」

（22）一九三六・一一・五「生活の河（九）」

（23）一九三六・一一・五「生活の河（九）」

（24）一九三六・一一・八「血縁（三）」

（25）ジョージ・L・モッセ『ナショナリズムとセクシュアリティ』（原著：一九八五年、邦訳：佐藤卓己・佐藤八寿子訳、一九九六年一一月、柏書房）、牟田和恵「セクシュアリティの編成と近代国家」（『岩波講座現代社会学　一〇　セクシュアリティの社会学』一九九六年二月、岩波書店）の「リスペクタビリティ」の概念を参考にした。「リスペクタビリティ」は『ナショナリズムとセクシュアリティ』の訳者による凡例において、以下のように説明されている。

本書の中心概念である「リスペクタビリティ」（尊敬されるに値すること）は、本来はヴィクトリア時代のイギリス市民社会で使われた独特な価値判断の基準である。その意味では、市民として他人から尊敬されることを求める中産階級を中心とした理念と言える。つまり、自分を尊敬する他人の視線を意識する理念であり、精神的要素のみならず服装や消費生活など外面的要素も含む価値基準であり、中産階級はこれを労働者階級に対しても社会規範として受け入れさせようとしていた。具体的には勤勉、自助から清潔や健全な家庭イメージまで多様な文脈で理解された。こうした文化的ヘゲモニーの成立する状況を踏まえて、正確な日本語に置き換えることは困難であるが、本書では、独訳本（原則として「市民道徳《ビュルガリッヘ・モラール》」と訳されている）を参考にしつつ、「市民的価値観《リスペクタビリティ》」と表記した。

（26）一九三六・一二・一五「夏姿（八）」

（27）一九三六・一二・一四「夏姿（七）」

(28) 一九三六・一一・二八「青葉の頃(四)」
(29) 一九三六・一〇・二一「秋扇譜(三)」
(30) 一九三六・一二・一四「夏姿(七)」
(31) 一九三六・一一・一三「春日抄(二)」
(32) 一九三六・一一・二〇「春日抄(九)」
(33) 一九三六・一〇・一五「若い環境(二)」
(34) 一九三六・一二・一五「夏姿(八)」
(35) 一九三七・一・二一「粉雪の日(三)」
(36) 一九三七・二・一〇「それから(七)」
(37) 一九三七・二・一一「それから(八)」
(38) 『婦人公論』一九三四(昭和九)年六月「若き未亡人の場合」号、『主婦の友』一九三四(昭和九)年八月「若い未亡人の生きていく道」特集などを参照。
(39) 映画と舞台で加代を演じた役者が、どちらも加代の難しさを語っていることは興味深い。映画で加代を演じた入江たか子は、加代について「難しい役だと思ふわ、もちろん加代ファンなんだけど、どういふ気持で信也と恋愛に陥るのかッてきかれても、まだわたしには解つてゐないのよ」(前出「豪華俳優人で「良人の貞操」本読み」)と語り、明治座の舞台で加代を演じた花柳章太郎は、特に衣裳選びの面から、「芸者とか普通の人なら、衣裳もそう選択に苦心をしませんが、なにしろ未亡人で、江戸ッ児で、インテリで、清純で色気があつて、といふんですからなか〳〵むずかしいんです」(「加代の着る衣裳　夢のやうな青磁が似合ふ彼女　花柳章太郎さんの苦心談」『東京日日新聞』一九三七(昭和十二)年四月九日)と語っている。ここには、加代という人物を表現しようとするときの困難の一端があらわれているといえるだろう。
(40) 一九三七・二・一三「それから(十)」

(41) 前掲、小山論
(42) 一九三七・二・二三「それから(二十)」
(43) 一九三六・一一・二一「春日抄(十)」
(44) 一九三七・三・六「女性の負担(十一)」
(45) 早瀬晋三「南方『移民』と『南進』」(『岩波講座 近代日本と植民地5 膨張する帝国の人流』一九九三年四月、岩波書店)などを参照。
(46) 当然そうした自己拡張を南洋に求めていくことは植民地的な意識とは無関係ではないだろう。
(47) 一九三七・四・一三「海上日記(四)」

附記 「良人の貞操」本文引用は全て初出『東京日日新聞』(一九三六〔昭和一一〕年一〇月六日~一九三七〔昭和一二〕年四月一五日)に拠る。引用末尾には掲載年月日とサブタイトルを付した。

第六章　流通するイメージ——新聞・雑誌記事に見る吉屋信子像

1　作家イメージの広がり

本章では、小説テクストから離れて、新聞や雑誌に登場した作家〈吉屋信子〉のイメージを追ってみたい。「地の果まで」の当選以降から、徐々に吉屋のメディアへの露出は増加していく。そしてそれは「良人の貞操」の頃にピークを迎えているだろう。〈吉屋信子〉を伝える記事には、吉屋本人によるエッセイや対談などの記事のほか、他の作家や記者による評判記・訪問記事なども多くある。そこで吉屋は、女性たちの声の代弁者、あるいは女性たちを啓発するオピニオン・リーダーとしての役割を担っているが、一方ではゴシップ的にその私生活を詮索・暴露しようとするものも少なくない。そこで最も興味が集中するのは、筆一本で勝ち取った莫大な収入と、結婚せずに女性パートナーと暮らすという〈同性愛〉の噂についてである。

また、作品が映画化・劇化され、そこでも成功を得たことによって、作家〈吉屋信子〉のネームバリューは文学メディア外においても絶大なものとなる。ヒットの確約された信頼のブランドとして大きく広告されるその名は、逆に「お涙頂戴」の〈通俗小説〉の代名詞としても使用されることになる。小説メディアだけでなく、様々なかたちで流通・波及していた作家のイメージは、逆に小説テクストの読み方にも影響を及ぼしただろう（読む価値がないと判断されることも含めて）。

また吉屋が、こうした賞賛と揶揄の入り交じった高い注目度のなかで小説を書き続けなければならなかったということも、この作家を考えるときには、無視できないものである。成功した〈流行作家〉への視線、そして〈女性〉への視線、また〈同性愛者〉への視線が複雑に交錯する作家〈吉屋信子〉という位置は、この時代の意識／無意識を照らし出すものとしても重要であるだろう。これらの同時代言説のなかの〈吉屋信子〉像を探っていきながら、現在、吉屋信子を読み直すための視角を提示し、その限界と可能性についても考えてみたい。

2 断髪婦人

作家〈吉屋信子〉が語られるとき、その容貌に言及されることは少なくない。もちろん、当時の女性作家が全般にこうした視線に晒されていたことは言うまでもないが、吉屋においては、ただ美醜を問う視線の他に、その特徴的な〈断髪〉―おかっぱ頭への言及が目立つ。吉屋が断髪したのは、一九二一〔大正一〇〕年頃であると言われており、中村武羅夫は「日本の婦人で率先して断髪にしたのは、吉屋さんなどだらう。イの一番か、どうかは分らないが、イの二番目か三番目くらゐには早く、吉屋さんは断髪にした」[1]と証言している。以後、生涯を通じて彼女のトレードマークとなった断髪は、そのイメージ形成において大きな意味をもっていたと言えるだろう。

吉屋自身も、いくつかの機会に〈断髪〉について語っているが、『婦人公論』での小特集「断髪婦人の感想」には興味深い発言がある。手入れの簡便化やフケ対策のため、などと語る者が多いなか、吉屋は〈断髪〉のインスピレーションを与えたエピソードとして、学生の頃の演劇の経験を挙げている。そこで吉屋は〈男装〉して舞台に立ち、相手役の美しい女生徒に編んで作ってもらった短髪を賞賛されたことを回想している。[2]〈断髪〉と〈男装〉の関係は、実は看過することのできないものである。『断髪のモダンガール』を著した森まゆみは「断髪は「女を断つ」ことに等しかった」と述べ、また同書の解説で深井晃子は、ヨーロッパにおける女性解放運動を担った女たちが、男のような格好をして「ギャルソンヌ」という「ギャルソン（男の子）という仏語に女性名詞の語尾をつけた新たな造語」で呼ばれたことを指摘している。[3]〈断髪〉とは、ただ流行や合理化のためのスタイルであったのではなく、女性が解放され、自立するための装いだったのであり、そしてそれは当初は男のようになること―〈男装〉

することによって構想されたのだともいえよう。

〈断髪〉によって象徴される彼女の容貌は、一九二八〔昭和三〕年からの一年にわたる洋行のエピソードとともに、彼女の新進性をあらわす一方で、[4]この秘かな〈男装〉としての意味をもって眺められるものでもあり続ける。たとえば久生十蘭による訪問記事「絵入小説（吉屋信子女史と語る）[5]」での「この二つの眼と、黒い絹の海水帽のやうな髪型は、女史の印象のうちで最も特色のある部分でありまして、一説に、門馬さんは吉屋さんのあの眼と髪に男性的な魅力を感じて、それで離れられないのですわ。といわれているところのものであります」というものが典型的であるが、彼女の容貌には〈同性愛〉関係における〈男役〉の指標が探索されるのである。[6]

〈断髪〉に限らず、吉屋の容貌に「男性的」なるものを指摘するものは多い。先の中村武羅夫も、以下のように吉屋を描写する。

…女の人の容貌のことなど言ふと、怒られるかも知れないけれども、吉屋さんは、決して美しい方とは言へないだらう。骨組みは、女性的であるよりも、寧ろ男性的といつてもいいやうに、がつちりしてゐるし、色は黒いし——でも、いつでも溌剌として、元気のいいお嬢さんだつた。（中略）ゴシツプなどでも、大抵の女流作家や、文士の未亡人などの恋愛沙汰は、よく伝へられるのであるが、吉屋さんの恋愛に関する噂は、まだ一度も聞いたことがない。いつまでも独身で、恋愛小説なんか書いてゐて、そんな取沙汰がないところを見ると、吉屋さんは、稀れに見る品行方正な人か、でなければ、世の中の多くの男性が、吉屋さんの魅力を感じないのだらう。／とに角、いろ〳〵な意味で、まだ〳〵弱者の立場に立つてゐる繊弱い婦人の身で、定まつた異性の庇護を受けるでもなければ、何等の閥もなく、朋党にも依らず、全くの独力で今日を築き上げて来たのは、偉としなければならないだらう。自分の力で洋行もした。単に、さういふ生活的な方面を見ただけでも、吉屋さんは、多くの男性がなし得ないところを、独力でなし遂げて来た[7]。

中村はあくまでその「男性的」なものを「溌剌」、「元気のいい」ことと捉え、また文壇に自力で地位を獲得したたくましさのこととしてまとめている。こうした人物評は、たとえば『婦人倶楽部』が企画した、名士の手相と人相から性格判断をする記事「名流花形　手相・人相写真判断大画報」の、「額、眉、目と全く男性的に出来てゐて、智慧の働きを示して居りますが、性格的には気の短い癇癪持ちのところが少々あります。然し、そこがまたよいところであります。顴骨は突起してこゝも男性的であり、また鼻の両脇に力がありませんから、兄弟の力は受けず、すべての点が自力で成し遂げて行く女丈夫です[8]」という解釈にも通じるだろう。

3　〈男性性〉

こうした吉屋と「男性的」なるものを結びつける把握のなかで、やや異質なのは生田花世である。生田は、容貌に関してではなく、吉屋の「男性心」ということに言及している。

…私が吉屋信子女史に心をひかれてゐる点はあの人の中にある多量の『男性心』である。女らしくないとはいはない。十分に女であつてしかも「男性心」がさかんである。あの人の面白みがそこにある。女にして女を思慕させうるものをもち、女にしてユーモアを駆使しうるといふことこそは、女史の素質を社会人としての文芸道に十分みちびく[9]。

生田がここで使用する「男性心」とは、オットー・ヴァイニンガーの説に拠るものであるとされている。「此頃、日本のインテリゲンチヤに属する女性の新人が、際立つてその全的生活に男性的精神をゆきわたらせようとしてゐる、かういふ女性の新しい運動こそは、又その要望するところのものこそは、必ずや、在来、日本の生活をもかへる力を持つといつても過言ではあるまい」として、生田はこの「男性的精神」の発展を肯定的に捉えている。

今日、ヴァイニンガーの説は女性差別的かつ人種差別的なものとして退けられているが、二〇世紀初頭の知識人たちに強い影響を与えたものであり、その余波は日本にも及んでいた。著書『性と性格』は、はじめ『男女ト天才』の題で一九〇六〔明治三九〕年に抄訳され[10]、その後一九二五〔大正一四〕年に全訳が出版されている[11]。

ヴァイニンガーは、女性解放運動について論じた章の中で「女の解放に対する要求及び彼女の資格は彼女のうちに存する男性の量に正比例する」[12]と述べる。ただし、ヴァイニンガーはここでの「解放」とは、「家庭に於ける権力」や「経済的独立」などのような「男との外観的平等に対する希望ではなく、婦人問題に真の重要さを持つ処の、男性の性格を獲得し、男の精神的及び倫理的自由を確保し、男の真の興味及び想像力に達せんとする深い欲求」のことであるという。そして「女権擁護者から賞賛を呈される」ような偉大な女性とは、その「男性的部分」によって「より高き段階への発達」を遂げた存在なのだとされる。ヴァイニンガーは、解放や高等教育への欲求を全て〈男性性〉に還元することで、〈女性性〉それ自体には、才能や野心はあり得ず、「女性の本質が解放の必要を自覚しない」という生得的な劣性と位置づけて、その排除にまで進んでいく。「男性的性質を有し、男性的職業に従ふ心的欲求を感じ、肉体的にそれに従事するに適する総ての女性のために、最も自由なる境地を与へ、その前途に障碍を無からしめよ」と言い、そしてその障碍として「婦人解放の最大の、そして唯一の敵は女自らである」と位置づけるこの議論の問題は明らかであろう。ジュディス・ハルバーシュタムが言うように、「男性的な女の自由は、予想されるとおり女性的な女の犠牲のうえにもたらされている[13]」のであり、先に述べたような、男のようになること——「男性心」の獲得によって、女性の権利の獲得を目指そうとする発想も、この陥穽から自由ではない。

しかし、このなかでヴァイニンガーが、必ずしもジェンダーを固定的なものととらえず、女性の〈男性性〉の発露として〈同性愛〉の価値を認め、それを「異性愛よりも更らに高貴な形式」と評価したことは、それまで性的倒錯や逸脱——〈異常〉に位置づけられてきた存在に希望を与えるものでもあっただろう。この議論が、女性差別的であるとして批判されていくなかで、「男性的な女」は再び居場所をなくすことになる。「性倒錯者の解放と女性的な女の幽閉とのあいだに設けられた亀裂のせいで、女の男性性はフェミニズムとは相容れず、またそもそも女の男性性は女の属性であることとも相容れず、そしてこの亀裂は、男性的な女性モダニストにダブルバインドをもたらした。男性的な女は、女のヒエラルキーの頂点に自分を据えようとする男性優位主義の政治に忠誠を誓うのか、それとも女性的な女たちとの結束を自覚し、フェミニズムの目標に照準を合わせるのか[14]」というかたちで引き裂かれ、いずれにせよ自身の欲望を率直には肯定できなくなるのである。

ここで吉屋に戻ってみれば、彼女は周囲にその〈男性性〉を感じとられるだけでなく、自身でも「男だつたら」という発想をしばしば口にしている[15]。また、いくつかの小説にもそうした仮定が繰り返し登場していることは前章までに見てきたとおりである。

この観点から注目できるのは「男になりたい」(『改造』八巻六号、一九二六〔大正一五〕年六月)、また「男だつたら」(『婦人之友』二九巻九号、一九三五〔昭和一〇〕年九月)などのエッセイであるだろう。


女の子だからと女学校だけで十分とされてゐるのに、頭の悪い不勉強な男の子が大学のなんのと親の学資を使つて遊べるのを思ふと、やつぱり羨ましい上を通り越してその不公平に義憤の感が湧く。だから私は小さい頃から男になりたかつた。(中略)一六七歳の頃、学校の上級生に美しい〳〵ひとが居て、その人を憧れ慕ふまあり《（ママ）》自分が男になりたかつた、そしてその人の騎士となり、膝まづいて愛を乞ひ、競争者に打ち勝つて、その佳き人の良人になりたかつたもの。しかし、遂に私はやはり男でなかつたから、仕方がない、それで小説を書く物になつてしまつた。小説の中でゝもせめて美しい久遠の女性と恋をしたいと願つて、しかし、それもむづかしい、何故なら女性は男性の前には誰でも久遠の女性めきし貴き善きものを示し得る、だが同性の前では久遠の競争者となり油断出来ざる裏切り者とのみなるのだから、女性である間真の女性を知る事も出来ない。／おゝ呪われしわが女性よ！（自らの女性といふ意味也）黒髪長きも何の為、だからかんしゃく起し切つちまつたの、母上許させ給へ[16]

こうした部分は、たとえば今日ならばトランスジェンダーとして語りうるものかもしれない。しかし、吉屋の生きた時代においては、いまだそうした概念は存在していないのであって、現代的な把握をそのままここに持ちこむことには慎重であるべきだろう。今日の新しい読者が、吉屋信子をクィアに読むことは可能であろうが、ここではむしろ、自身の抱える不満や違和感を「男だつたら」というかたちでしか言い得なかったことにこそ、こだわるべきであるように思われるのである。このことは性差別や、性規範への強烈な反発であり、ジェンダー／セクシュアリティの拘束を越境していこうとする志向として意義を認めることができる半面、その行方をあくまで〈男〉か〈女〉か、という言葉でしか構想できないということによって、逆に〈男〉や〈女〉の内容を強化することにも貢献してしまうところがある。この抵抗と回収の力が複雑に交差する困難のなかにこそ、吉屋信子を再読する意味があるように思われるのである。

4 「永遠の処女」

先の生田の発言が興味深いのは、吉屋に「男性心」を認めつつも、同時に「十分に女である」ことも認めていることである。作家〈吉屋信子〉をめぐる言説には、一方でその〈女性性〉を強調するものがある。

先の久生十蘭の記事にも、まず吉屋の住まいが「なんとも素敵なもの優しさと憧憬に満ちた「少女の夢」の様なものがもやもやと立ち籠めてい、それは客間というよりはむしろ帳の奥深くにある令嬢の私室《ブウドワアル》のような趣き[17]」を呈していることが強調されている。こうした少女趣味とでも言うべき雰囲気を吉屋に見出すことは、彼女が〈少女小説〉出身の、女性向けの小説を手がける作家であることとともに、独身で「男を知らない」ことにも関わっている。

まず、吉屋の小説については、必ずといっていいほど、その独特の文体が指摘されるが、それこそが女性読者を惹きつけるものであると説明される。たとえば、花田京輔の『現代日本文学案内』の吉屋信子の項には、以下のような説明が付されている。

> 日本の女学生や若い婦人に、今の女流文壇で誰が一番好きかとたづねたら、誰もが口を揃へて吉屋信子と答へるだらう。それは一口にと云へば彼女は徹頭徹尾女の味方であるからだ。よい意味のセンチメンタルあり、ペーソスあり、多くの女がいかにも好みさうな美しい憧憬と云つたものがあるかと思はれるが、そこには、女だけにしか理解できない処のデリケートな感情が含まれてゐるからだ。そして彼女の文学に流れてゐるものも、それはいかにも古い、家庭的な女性観であり、男性に対する美しき反抗でもあるからだ。愛す可き、明治時代の、美文口調、こんなものは彼女独特なものであらう。それが美しく、絶へざる魅力となつて、女性の心を

つかむものである。それは彼女が永久に若々しく、永久に変らぬ女性友として読者の前に教訓をたれてくれるであらう[18]。

この女性的な文体は、同時に男性にとっては非難の的となる部分でもある。「結局、分つたね。詰りあの明治時代の匂ひのする文体、あ奴を巧くみに、ところ〴〵に織りこむ。これが女性の心にはピンと来るんだ。(しかし、それもすべては、彼女をあへなくも失つた、その後ゆゑの彼なればこそ――)つまり、かう云つた筆法ぢやね[19]」と、しばしば揶揄的に語られる。そしてそうした文体で紡がれる内容も「全く男気なし、塩気なしで住んでゐるせいか、彼女のおっしゃることは甘い甘い[20]」と捉えられる。女性向けの大衆小説を低級なものと見なし、そうした文学の下位ジャンルで成功しているに過ぎない吉屋もまた作家としては未成熟であると位置づけられるのである。こうした評価の代表例は、小林秀雄によるものだろう。

…まるで子供の弱点を摑へてひつかけるといふ文体である。子供がひつかけられるから本がよく読まれる、などといふと作者はおこるかも知れないが、僕の言ひ方は作者の文体より上品である。(中略)どうせ通俗小説だ、そろ盤を弾いて書いてゐるといふ様なさつぱりした感じではない。何かしら厭な感じだ。人の眼につかないところで子供たちと馴れ合つてゐる、といふ感じだ[21]。

女性読者が想定されるところに「子供」の語を使用することによって、小林は吉屋とともに女性読者たちの無知をも批判している。また河上徹太郎も同様に「これが殊に女の読者を強力に惹きつける所以はよく分る」としつつも、「女よ強かれといふ念願と、誠実さの勝利と、生活の合理性を強調する良識と、それから可なり濃厚に、男の俗悪さへの呪詛」とが「合はさつて出来上つたこの作者の世界といふものは、或る理想的な、美しい人生に違ひないのだが、それは読者をこの境地まで引き上げようといふ目標に外ならない故、例えば子供に見せるために彼等が覗いても差支えない様に拵えた大人の世界の如き虚構の世界である外はない」として、やはり「子供」にしか通用しないものとして批判する。そして技巧につられる読者もまたその「知能の低調さと共に、その社会的良識の狭さを証明[22]」するのだとされている。

このように批判される吉屋の「甘さ」は、彼女の実生活に原因を探されることになる。丹羽文雄は、吉屋の建てた豪華な邸宅を訪問して、感嘆と嫉妬の入り交じった訪問記を書いているが、そこで吉屋について「氏は四十に近いのだらうが、男との噂はかつて撒かなかつた女傑であるからだ。男を知らない女は幾つになつても小女時代の夢を失はないものであらう[23]」と述べている。丹羽は重ねて、自分の女性経験の早熟さを示しつつ、「男を知らない女にだつて人妻は書けると思ふわ。作者の空想力でね」と主張する吉屋に対して「さやうな文学に最早僕らが信用しなくなつてゐるといふこと」を思っている。

丹羽ほど侮蔑的ではないが、この点については、古屋綱武の以下のような評がある。

…健全な家庭に、いかにも伸びのびと育った素直なお嬢さん、小学校の先生が褒めるような思いやりのあるよいお嬢さん、吉屋信子氏のなかには、たしかにそういう性質がある。(中略)四十八歳の婦人に対して、お嬢さんという言葉は、ちょっと変な言い方ではあるが、おそらく、お嬢さん時代の吉屋氏と今の吉屋氏をひきくらべてみて、その間に、本質的な大きな変化があったとは、私には思われないのである。もちろんそこには、年齢が加えた変化は、あるかもしれない。しかし。たとえば一般の女性が、結婚とか出産とかいう事件から受けるようなあの変化は、吉屋氏にはないようだ。つまり昔のままのお嬢さんのこころと「お仕事」を、そのままもって、大人になったひとである。いわば人生の非常な艱難にも、別にぶつかったことなく、ただ健全な家庭のお嬢さんから、そのまま独立して自分の家をもち、順調に平凡に大人になったひとと思える。[24]

実生活における男性経験、結婚、出産を経ていない吉屋は、それゆえに「小女」、「お嬢さん」、「永遠の処女[25]」などと称され、それが小説の内容と直結するものとして把握される。それによって支持されるところもあれば、そのためにも貶められる。濃厚な〈少女性〉、〈女性性〉もまた作家〈吉屋信子〉イメージの一端を担っているだろう。

5 結婚と収入

男性とのゴシップがなく、独身を貫く吉屋に対して、周囲からは繰り返し結婚が問われ続けている。[26]対談などで、女性の恋愛や結婚、貞操などを議論する機会も多かった吉屋は、自分にその矛先が向かう度に、冗談交じりでそれをはぐらかしている。彼女がこうした質問に答えるときに挙げる理由は、多くは小説を書くことに集中しているためであるというものである。[27]しかし、そうした説明は、周囲を納得させるものとはならなかったのだろう。彼女の独身主義への興味は、〈同性愛〉への詮索へとなる。「「ねえ。吉屋信子は、一生結婚しない積りなんかね。」「せんだらう。何しろ彼女には同性のアミーがある相だからね。その必要はない訳じゃないか。[28]」という噂は、周知のものとなっている。

こうした疑いに対して、吉屋は基本的にそれを〈同性愛〉と認めることはしていない。たとえば、『婦人世界』の小特集「女同士で睦しく暮す人達の噂話」に吉屋が取り上げられている。そこでは「従姉妹の百合子さん〔門馬千代のこと：論者注〕とは気が合ふし、趣味も合ふ様ですし、よいお友達といふ意味で暮してゐます。深い意味も何もないのださうです。尤もあんなにうちとけた心で、快活に暮してゐるのを、女同士の生活とかで、例の湿つぽい憂鬱な変態的な同性愛などと押しつけてしまふのは、一寸気の毒です[29]」とまとめられている。また、前掲の「絵入小説」でも「あなたと門馬さんのことをサッフォオ的《どうせいあいてき》だなんていうひともあるんですけど。」／と申しますと、女史は事もなげに、／『サッフォオなんて女詩人嫌いよ。』と喝破されたのでありますと否定している。

ただし、吉武輝子の研究によれば、吉屋が門馬との生活をはっきりと〈結婚〉として想定していたことがうかがえ[30]、こうした否定の言は、あくまで表向きのものであったようにも思われる。また、『婦人公論』の小特集「同棲愛の家庭訪問」で描写された二人の生活ぶりにも、興味深いところがある。

だから、此の家では、吉屋さんが主人で、門馬さんが主婦、といふ形である。朝は吉屋さんが日課になつてゐる原稿をお書きになる。門馬さんは熱心に家事をなさる。午後からは、お揃ひで或ひは街に出て映画や演劇を御覧になるか、或ひは楽しい団欒を楽しむ。正にスウイート・ホームである。夫婦の家庭よりも以上に、明るく朗らかに感じられる。／この楽しき家庭は、世の常の主人と主婦とは違つて二人の主婦で形づくられた家庭は、それ故に問題になつてゐることは前記の通りであるが、併し記者の眼には微塵だに「問題」とすべき何物もない楽しい家庭である[31]。

あくまで〈同性愛〉とは区別して、そこにスキャンダル性がないことを示そうという記事ではあるが、この「主人」と「主婦」の喩え、さらに吉屋が自力で家を建てるような「男勝り」であり、「今日の横暴なる男性のなかから吉屋さんの「良人」たるべき資格ある人を見出すことが出来ないから」という説明によって、〈男〉としての吉屋像が描かれているといえるだろう。こうした吉屋の経済力もまた、彼女の〈男性性〉を示すものである。他の男性作家と比べても圧倒的な経済力によって、男たちのプライドを粉砕する吉屋の生活は、また強烈な揶揄と批判を呼ぶところのものとなっている。

「良人の貞操」の頃の吉屋がどれほど莫大な収入を得ていたかは、さまざまな記事からうかがうことができる。一九三七〔昭和一二〕年七月四日の新聞[32]には、所得税が跳ね上がって吉屋が税務署に抗議したことが報じられている。さらに前年には、「吉屋信子女史に借金の申し込み　断られて青年ハンスト[33]」といった記事まであらわれており、吉屋の儲けぶりは広く認知されていたものであることがわかる。

吉屋の収入に関して、下世話なまでの詮索をした記事も登場する。[34]こうした記事のなかで注目されるのは、これほどの成功を収めたのが、吉屋のような独身の女性であるということへの拘泥である。

池田洋[35]は、吉屋の女性読者を惹きつける手腕を腐しながらも、「この家のヒロインたる彼女は、二人の女中と一人の女秘書と、ガッチリとスクラムを組んで、一本の筆と原稿用紙とで、この城郭をさゝえてゐるといふのだから、全く豪勢なものだ」と感心し、それを「男性たるもの顔負けの態」、「男たるもの顔色なし」と自嘲する。ここには、吉屋の経済力が男性の領域を侵害するジェンダー越境的なものであることへの苛立ちが濃厚である。そうであればこそ、「どうだい一つ。射落としてみちゃあ」などとして、吉屋を女性ジェンダーの位置に引き戻そうとするかのような発言が出てくるのである。

長田通次[36]もまた、それを「をとこ糞喰への景気」と表現し、この成功が男性作家であればそれほど話題にならなかったであろうことを指摘している。長田は「女のしかも独身の作家」であることが、過剰に人々の興味や嫉妬を掻き立てるのだとして、自分ならばそれに抗して「さつさと独身生活に見切りをつけようと思ふ」と述べているが、これもまた池田の反応と同形のものであると言えよう。

6　女性読者

こうした吉屋の経済的成功は、当然ただ小説のみによるものではなく、映画や演劇などの興行的成功によっても支えられている。吉屋信子作品の映画化は、「女の友情」以降から数が増え始め、これも「良人の貞操」の頃に爆発的に多くなっている。[37] 吉屋の名は、映画界においても注目のものとなったが、しかしここにも大衆的支持とは裏腹に、批判的な言説が散見されている。たとえば、「良人の貞操」についての映画評は以下のようにまとめられている。

此の原作は今非常な評判となつてゐるが、原作を読んでゐない自分にとつて、映画に見る限りでは、之は特に問題となるべき物は持つてゐない。二人の親友同志が一人の男の愛を争ふその友情と恋愛の交錯位が此の映画に於けるテーマであつては、新聞連載の常とは言へ、余りに儚く、つまらないテーマではあるまいか。良人の貞操と言う様な何かジャーナリスティックな命題を掲げ乍ら結局の所はセンチメンタルな女の心を描いた物である丈に、映画がその素材として此の原作から摘出する物は内容豊富とは言へないのに、脚色者達は徒に原作の筋を追ふのに忙しいらしく、映画的アダプテーションとしての良さは殆ど見られない。（中略）とにかくかう言ふ物を映画化すると言ふ事は、興行価値をねらう以外に意義少き物である事は論を待たない。[38]

「原作を読んでゐない」にも関わらず、ここでは原作のテーマの卑小さが批判されている。結局「センチメンタルな女の心」を描くものに過ぎず、興行的価値は期待できても、映画としての価値は認められない、という批評である。映画原作者としての吉屋信子の名は、専ら女性観客にアピールするものとして重宝されているが、そうであればこそ「結局、吉屋信子女史作るところの物語りであるに過ぎなく、女学校時代が懐しい奥様か、未婚の職業婦人のお涙でも頂戴できれば結構であろう[39]」というようなかたちで、低級な感傷に溺れる女性観客の像と結びつけて貶められているといえるだろう。

また、やはり「原作小説を読んでゐないが」と前置きしながら映画「母の曲」を論じるものがある[40]。ここで、女性観客の共感の涙とは、「現実にある悲劇の清算の方向を暗示もせず、一時的に悲劇の忘却へと誘ひ、涙を通じての慰安としてその忘却が繰返される時、遂に救ひ難き現実批判力の喪失をもたらすが故に、憎むべき慰安である」と批判されているのだが、そこで、こうした映画のあり方には、吉屋信子の「「文学」の質」が明瞭に示されているのだという論理が展開される。これらの映画評においては、吉屋原作はほとんど参照されていないにも関わらず、吉屋信子の名には、女性と「お涙頂戴」のイメージが強力につきまとっており、映画の演出によってもたらされたものすら、吉屋信子に還元されるという転倒も起こっている。小説と映画は、相互にそのイメージを形成し合って、劣った生産者／受容者としての女性を示す代名詞として、〈吉屋信子〉の名を利用するのである。

しかし、一方で、実際に作家〈吉屋信子〉と女性読者─女性観客との感情的な結びつきは、強固なものであったといえる。

吉屋にとっても、対読者戦略はかなり意識されていたところであるだろう。やや時代は遡るが、吉屋は一九二五〔大正一四〕年に、個人雑誌『黒薔薇』の発行を行っている。雑誌は八冊で終刊したものの、商業主義に反して、自己の芸術を追究することを表明した本誌では、吉屋は他の新聞・雑誌に掲載するものとは異なるテーマや素材を扱い、長文の評論なども発表していた。ここには「鸚鵡塔」と題された読者欄も設けられ、読者とも特別で、より濃密な関係を築こうとしていたところがうかがえる。また、一九三五〔昭和一〇〕年に新潮社から刊行された全集では、初版三万部のうち、一万部には自ら直筆のサインをいれたものを頒布するなど、吉屋はさまざまなかたちで、読者と作家のあいだに特別で親密な関係を演出する工夫を凝らしている。こうして演出された吉屋の作家イメージが、特に女性読者に対して持っていた効果は少なくないだろう。

そもそも、『花物語』以来、吉屋の小説は、〈共感〉や〈同一化〉によってその世界に読者を参入させていくような構造を持ち続けていた。さらに小説内に「作者」が登場したり、本文中で語り手が読者に問いかけをするようなものもある。読者欄には、この問いかけに呼応するように、「吉屋先生」への呼びかけが絶えない。作品世界と作家とがボーダレスに想像されて、相互に影響を及ぼし合う関係となっているといえるだろう。

また、女性読者からの憧れや理想を集める作家〈吉屋信子〉のイメージを高めるために、挿絵や、装幀などのテクスト外のビジュアル・イメージが、果たした役割は強調してもしすぎることはないだろう。吉屋の連載小説の挿絵には、錚々たる人気画家たちが採用されてきたが、特に中原淳一によって作られたイメージが、吉屋作品に与えた影響は大きい。

中原が手がけた吉屋作品には、一九三五〔昭和一〇〕年から断続的に『少女の友』に連載された「小さき花々」をはじめとして、一九三七〔昭和一二〕年四月に同誌付録として制作された「暁の聖歌」〔初出は『少女の友』一九二八〔昭和三〕年〕などがあるが、何よりも、『花物語』が一九三九〔昭和一四〕年に実業之日本社から再刊されたときの、中原による挿絵・装幀がその代表であるだろう。「花物語」は一九三七〔昭和一二〕年から『少女の友』に再掲されていたが、これが単行本となって中原の挿絵が付されたインパクトを、田辺聖子は「その頃の少女にとって、吉屋信子の『花物語』は、すでにやや古色を帯びてはいたが、中原淳一の絵でよみがえり、息を吹き返して、それは次代へとまた新たな血をそそぎこまれ、生き延びたのであった[41]」と回想している。これ以降、雑誌発表時には別の作家が手がけていたものが単行本になる際、または旧作の再刊などにもしばしば中原の挿絵・装幀が取られるようになる。[42]ちょうど戦前の全盛期を迎えていた中原による挿絵との相乗効果によって、吉屋の人気もまた押し上げられることとなっただろう。以来、吉屋信子の作品は、中原淳一の〈少女〉のイメージに結びつけられる傾向が強まったように思われる。[43]ただし、このことが今日の〈吉屋信子〉イメージを〈少女小説〉と結びつけた限定的なものに固定してしまった側面も否めない。〈吉屋信子〉像を中原淳一の〈少女〉イメージから解放する作業も、また必要であるように思われるのである。

このように、さまざまなかたちで女性読者からの支持を集めた吉屋であるが、そうした女性を中心としたコミュニティで人気が盛り上がるほどに、男性評者たちから蔑視を注がれたことは前述の通りである。しかしそのような蔑視を吉屋は自らの力として積極的に捉えてもいる。前述の「絵入小説」において、吉屋は次のような言葉を残している。

…つまりね、あたしにはリアルな姿を書く力がないから、止むを得ずあたしの想像ででっちあげた、美しく理想化した姿ばかり書くことになるでしょうそれが却って読者のお気にいるの。あたまでつかちの子供が大人の口真似をして、一生懸命に力んで書いているところに同情が集まるのね。そしてあたしが今日まで育てられて来たのはこの同情と同感のお蔭なのよ。あたしを曲りなりにも、一人前の通俗小説作家として通用するようにしてくれたのは、もちろん文壇の力でも、編集者の力でもなくて、読者の支持の力なの。[44]

ここには既に小林秀雄などによる批判が先取りされているともいえよう。吉屋は自身の作の「子供」っぽさ、リアリティのなさをある程度自覚しつつ、しかしそれを支持する読者の存在を重視している。男性識者にとっては取るに足らない、馬鹿げた〈メロドラマ〉であっても、彼女はやはり圧倒的に女性たちに支持されていたのであり、そこに彼女たちが必要とする何かが見出されていたことは確かである。たとえそれが理想化された幻想に没入し、現実から逃避することであるとしても、読者が吉屋の〈メロドラマ〉に夢を見続けたことの重みは無視することができない。そこには、現実においては解消できなかった様々な苦しみの痕跡がある。〈吉屋信子〉は、〈男〉のようでもあり、〈永遠の処女〉でもあり、〈女子ども〉向けの低俗な感傷主義の作家である。その過剰さに、新たな光を当てること、そこで抑圧されている欲望を甦らせることこそが、現在の仕事であるだろう。

注

（1）中村武羅夫「前衛に立つ人々のクロオズ・アップ　吉屋信子」（『新潮』一九三〇〔昭和五〕年一月）。のちに『誰だ？　花園を荒らす者は！』（一九三〇〔昭和五〕年六月二四日、新潮社）に所収。ただし、たとえば森まゆみ『断髪のモダンガール　四二人の大正快女伝』（二〇〇八年四月、文藝春秋）などによれば、望月百合子やささきふさが大正八年に既に断髪している。

（2）吉屋信子「信子断髪之由来記」（『婦人公論』一〇巻四号（通号一一五号）一九二五〔大正一四〕年四月）。「…それでまあ中世期頃の男の人の頭ぐらゐにはなりました、出来上がつてから皆が楽屋のお部屋へ見に来て「とても素敵よ、素敵々々しかして詩的！」なんておだてあげたのです、私もへーえさうかなあと思つて加々美に向ひ我が顔ながらしみぐと打ち眺めつゝ、つらくおもん見るに、敢て素敵と評価するほどでもないが、髪をいやくながらぐるく結んでのせておいた姿よりも、むしろその方が似つかはしかつたのです、（中略）あゝ、忘れもせぬ其の時です、その私の憧れの君久遠の女性とも仰ぎ奉りし其の相役の美しいひとが、灯陰も暗き部屋の中、いきなり私に抱きついて……わが頸に雪より真白き嫋やかな御手をかけ給ひ、御諚に曰く「まあ、あなたはほんとにそれが似合ふのよ！」としみぐとほれぼれと恍惚と我が顔を眺め給ふにぞ、あゝ其の時の我が心中いかばかりぞ！」とある。

（3）前掲、森まゆみ『断髪のモダンガール』

（4）「吉屋信子さん　フランスへ」（『読売新聞』一九二八〔昭和三〕年九月二六日）には「現代のフラッパーを以て自認してゐる信子さんのことだ。パリではどんなフラッパー振りを発揮することか」などの記事がある。

（5）久生十蘭「絵入小説（吉屋信子女史と語る）（『新青年』一九三五〔昭和一〇〕年二月）

（6）このことは、反対に吉屋のパートナーであった門馬千代に〈同性愛〉の〈女役〉を見いだそうとする視線とも連動している。たとえば、丹羽文雄「吉屋信子さんを訪ねて」（『文藝』一九三六〔昭和一一〕年七月）には「この人が有名な秘書の門馬千代氏だなと眺めて、僕は意外な気がした。遠慮なし言はせて貰ふなら、この人と吉屋氏の評判の同性愛なるものに凡そ華やかな連想は少しも浮かばなかつたのである。僕は門馬なる婦人は吉屋氏よりもつともつと美しい人だと期待してゐた。が、門馬氏は一見、世帯崩れのした、気心のいいおばさんと言つた感じであつた」と、実際が想像に外れるものであったことが述べられている。

（7）前掲、中村武羅夫「前衛に立つ人々のクロオズ・アップ　吉屋信子」

（8）「名流花形　手相・人相写真判断大画報」『婦人倶楽部』一九三三〔昭和八〕年六月

（9）生田花世「現代女流作家及び詩歌人概論」（『解放』五巻六号、一九二六〔大正一五〕年六月）、のちに「最近女流文芸鳥瞰図」として『近代日本婦人文芸　女流作家群像』（一九二九〔昭和四〕年一一月八日、行人社）に所収。

（10）片山正雄訳、オットー・ワイニンゲル著『男女ト天才』（一九〇六〔明治三九〕年一月一五日、大日本図書）

（11）村上啓夫訳、オツトオ・ワイニンゲル著『性と性格』（一九三九〔大正一四〕年九月一三日、アルス）

（12）引用は、前掲村上啓夫訳に拠る。

（13）ジュディス・ハルバーシュタム「女の男性性——歴史と現在」（竹村和子編著『欲望・暴力のレジーム　揺らぐ表象／格闘する理論』二〇〇八年二月、作品社）

（14）同前

（15）たとえば「吉屋信子女史と野間社長夫妻の小説問答」（『婦人倶楽部』一九三五〔昭和一〇〕年一月）には、「――建築のことは趣味と申しませうか、好でいろ〳〵御本を集めたりして、わからぬながら読み噛つて居りますので、私もし男だつたら、大学の工科へ入つて建築設計家になり度いと思ひます。そして恋し合つた美しい奥さんを連れて、自分の設計したビルヂングを案内して『これ、みんな僕が設計したんだよ』つて、（笑声）いばつて見せたいのが理想でございます。（笑声）それで、私あの慎之助の心理のなかに自分の男としての理想を、ひそかに托しましたので、私自分が男なら、是非美男がい、と思ひますから、慎之助を美男に書きましたの。（笑声）そして綾乃も好きになり、由紀子に会へば忽ちフラフラと又好きになる処、私の気性に似て居りますし、（笑声）そして綾乃に悪かつたと後悔すると、たちまちお母さんに逆らつてまで、飛んで会ひに行く処も、まるで私みたいで――（笑声）」という発言がある。また「菊池寛先生と吉屋信子女史の対談会　良人の恋愛と貞操の問題を何うするか？」（『主婦之友』一九三七〔昭和一二〕年四月）には、「私、自分が男であつたら、一夫一婦の主義を以て貞操を堅く守らうと憤慨してをるんだけれど、綺麗な女の人などを見ると、男に生まれなくてガツカリしてゐますわ。私も若しかしたら、男に生まれてゐたら不品行をするかしらと可笑しくつて……」という発言がある。
（16）「男になりたい」（『改造』八巻六号、一九二六〔大正一五〕年六月）
（17）前掲、久生十蘭「絵入り小説（吉屋信子女史と語る）」
（18）花田京輔『現代日本文学案内』（一九三九〔昭和一四〕年六月、興亜書房）
（19）池田洋「吉屋信子さんの生活を覗く」（『話』一九三五〔昭和一〇〕年八月）
（20）「大衆作家に訊く　覆面の訪問者（4）」（『読売新聞』一九三六〔昭和一一〕年三月二一日）
（21）小林秀雄「吉屋信子「女の友情」」（『文学界』一九三六〔昭和一一〕年一二月）
（22）河上徹太郎「通俗小説の社会性――吉屋信子「女の教室」」（『新女苑』一九三九〔昭和一四〕年十二月）
（23）丹羽文雄「吉屋信子さんを訪ねて」（『文藝』一九三六〔昭和一一〕年七月）
（24）古谷綱武「吉屋信子論」（『中央公論』昭和一五年三月）。のちに『若き女性のために』（一九五一年一二月、創元社）所収。

（25）「文壇盛衰レビュー　女流文学者の件」（『読売新聞』一九二九〔昭和四〕年二月五日）

（26）たとえば「徳富蘇峰先生と吉屋信子女史の女性問答」（『婦人倶楽部』一六巻三号、一九三五〔昭和一〇〕年三月）では、蘇峰が「時に、私は――甚だ失礼だけれども、――吉屋さんなどに対して一つの抗議があるんです。怒らずにゐて下さい、一体婦人が結婚しないといふことは困る……」と苦言を呈しているが。吉屋は、作家であるという事情は考慮できるという蘇峰に「では私なんか稍許される――、情状酌量ですわね（笑声）」と答えている。また、「菊池寛先生と吉屋信子女史の対談会　良人の恋愛と貞操の問題を何うするか？」（『主婦之友』一九三七〔昭和一二〕年四月）では「吉屋さんの結婚なさらないのは男の人が厭なためですか」と聞く菊池に対して「してくださる人がないものですから……（笑声）」と答えている。

（27）「近代女性の解剖対談会」（鶴見祐輔・吉屋信子、『現代』一九三三〔昭和八〕年七月）では、「鶴見先生のやうな偉い方がみつからないからですわ。（笑声）」、「青春を犠牲にしたんでせうかね、余り書くことのために……決して主義として結婚しない方がいゝなど考へては居りません」と答えている。また、前掲、久生十蘭「絵入小説」では「あたしなんか、小説を書くほか何ひとつ能のない馬鹿な女だから、結婚したつて奥さんの役は務まりそうもない、つて思つてるわよ」と答えている。

（28）前掲、池田洋「吉屋信子さんの生活を覗く」

（29）一記者「女同士で睦しく暮らす人達の噂話（一）閨秀作家吉屋信子さんと従姉妹の百合子さん」（『婦人世界』一九二九〔昭和四〕年七月）

（30）吉武輝子『女人　吉屋信子』（一九八二年一二月、文藝春秋）には、一九二五〔昭和元〕年頃の吉屋の手紙に次のようなものがあることを示している。「千代ちゃん　貴女の手紙を読んだ後、わたしは決心した　二人のために小つちやい家を建てようと　大森なら水道も瓦斯もひけるから　ここの地に百坪ほどさがすことにした　今の家の近くにする　家の間取りはすこぶるいい　こんな風に建てる　十五坪の建坪くらゐでね　家が出来たら私は分家し戸籍を作つて全く独立して戸主となり千代ちゃんを形式上の養女の形（これより外に形がなからう　まさか妻として入籍させるわけにもいくまい　ここが現在の法律の困るところ　そのうち　私は法を改正させるつもりだが）で入籍し　二人の戸籍と家を持つことにする　さうきめた／それにしてもずゐぶん大きな養女でをかしいな　養女にもらつても大塚の方への経済的補助ならさし支へなく円満にきめたい　結婚披露と同じやうに養女披露をするつもりだ　形式上はどうであれ　二人にとつては結婚披露なのだから　うんと盛大にやりたい　三宅やす子さんとしげりさんに媒酌人をお願ひするつもり　その時の披露の裾模様はどんなのが似合ふのかなあ　千代ちゃんのは大奮発する」

（31）　B記者「同棲愛の家庭訪問　ふたりの主婦――吉屋信子さんと門馬千代子さん」（『婦人公論』一五巻五号・通号一七七号、一九三〇〔昭和五〕年五月）

（32）「年収四万円の嘆き　六千円の所得税に怒つた吉屋信子女史　あやふやな控除率に抗議」（『東京日日新聞』一九三七〔昭和一二〕年七月四日）、「所得飛躍の憂鬱　まあ三万円も　吉屋女史　税務署へ抗議」（『東京朝日新聞』一九三七〔昭和一二〕年七月四日）

（33）『読売新聞』一九三六〔昭和一一〕年一〇月二八日

（34）永田通次「『良人の貞操』で吉屋信子は幾ら稼いだか――をとこ糞喰への景気だ‼」（『話』一九三七〔昭和一二〕年六月）では、「良人の貞操」関連の収入が試算されている。長くなるが、参考までに引用する。

さて『良人の貞操』による彼女の収入だが、大体次の五種類に分けることができよう。先づ第一に原稿料、次に映画化原作料、上演料、レコード印税、単行本印税といつた所である。（中略）／先づ原稿料である。この調査について、筆者は非常に親密にしてゐるある東日の記者に問ひ糾したのであるが、普段はきゝたくもないゴシツプまでベラベラとしやべるくせに、どうしてもこれだけは打明けてくれない。『さあね、そいつは一寸言へないね。原稿料つてもいろいろ階級があるからな。』いやに改つてさういふのである。（中略）一回三十円として『良人の貞操』百八十八回五千六百四十円、四十円としたら七千五百二十円といふことになる。その間をとつて三十五円としたら六千五百八十円。この三つのうちのどれかだらうと思はれるのだが、筆者には判断つきかねるから、これは賢明なる読者諸君の方に判断を任せることにしよう。／次に映画化原作料だが、近頃映画会社は新聞小説の映画化独占といふことに躍起になる傾向がある。新聞に連載された小説を映画化すれば、間違ひなく当るといふのが、その躍起になる原因らしい。これにもいろいろ階級があるらしく、下は五百円、上は五千円を呼ぶといふ。だから、カケヒキのうまい作家になると、日活、新興、松竹、ＰＣＬ等へ、いづれにも独占権を興へそうな顔をしながら、相場を釣り上げるといふテもあるわけだ。新聞小説でも、就中映画会社が血眼になるのは、大毎東日、大朝東朝に連載されたものである。両社の小説だと、東京と大阪の両紙にのるから、全国的に宣伝が行きわたるためであらう。だから、こゝいらの小説は、まだ掲載されないうち、映画会社は不見轉で独占権を獲得してしまふのが常例だといふ。そして原作料の相場は、この両社のものなら大体千円以上といふのが常識となつてゐるらしい。ところで『良人の貞操』は新進ＰＣＬで映画化された。筆者の記憶に従へば、ＰＣＬが大新聞の連載小説を獲得したのは、これが始めてだらうと思ふ、そんな点から考へてみて、原作料は大よそ二千円以下千五百円までといったところへ見当をつけたい。／ＰＣＬに映画化権をとられた松竹は、遅ればせながら芝居の上演権を独占した。三月は大阪で、全新派と関西新派が両方で脚色上演、大阪市内を『良人の貞操』で塗りつぶしてしまつた。続いて四月は明治座で全新派、新宿第一劇場で青年派歌舞伎、常磐座で笑ひの王国――『良人の貞操』ならではといふ調子である。更に五月には明治座で今度は井上正夫一派がやるといふんだから、大した勢ひだ。これだけ使へば、原作料も相当なもんだらうと思はれるが、そこは商売上手の松竹さんのことだから、さうは出していない。今までの所で大体千両箱三箱だらうと消息通が洩らしてゐた。／ヴイクターのレコードの印税。両面を『邦子の唄へる』と『加代の唄へる』に分けて、吉屋信子女史作詞である。レコードは作詞料を払つて全部買ひとつてしまふのと、一枚いくらの印税を払ふのと二種類あるが、吉屋女史の場合は、後者とみて差支なからう。このレコード、東京ではさうでもないが、関西では大変な人気で、既に万を数へてゐるさうだ。印税一枚二銭として二万枚出て四百円になるわけだが、この収入は四百円に限られたわけでなく、これから先も続くことは説明するまでもなからう。／最後に、単行本の印税だが、これはまだ出版されてないが、近く発売の予定ださうで、定価一円五十銭見当。吉屋信者の人気をこゝに集めれば、万以上は疑ひない所である。先づ内輪に見積もつて一万として、一割の印税が千五百円という計算になる。こゝで一先づ総計と畏怖順序になるが、丹念な読者があつたら、計算して欲しい。大体一万円位といふ甚だ期待を裏切つたやうな、或ひは予想通りの数字が出て来るに相違ない。

(35) 前掲、池田洋「吉屋信子さんの生活を覗く」

(36) 前掲、長田通次「『良人の貞操』で吉屋信子は幾ら稼いだか」

(37) 前後の映画化作品は以下の通りである。

一九三三（昭和八）年

「彼女の道」（日活太秦）、「女人哀楽」（松竹蒲田）、「理想の良人」（松竹蒲田）

一九三五（昭和一〇）年

「一つの貞操」（松竹蒲田）、「愛情の価値」（松竹蒲田）、「福寿草」（新興東京）、「釣鐘草」（新興東京）、「女の友情」（新興東京）、「三聯花」（新興東京）

一九三六（昭和一一）年

「あの道この道」（松竹蒲田）、「女の友情　愛と暴風篇」（新興東京）、「追憶の薔薇　前後編」（日活多摩川）、「双鏡」（松竹大船）、「女の階級」（日活多摩川）

一九三七（昭和一二）年

一月「女の約束」（新興東京）、四月「良人の貞操　前篇　春来れば」・「良人の貞操　後篇　秋ふたたび」（PCL）六月「神秘な男」（松竹大船）、七月「お嬢さん」（PCL）、「女同士」（新興東京）、八月「男の償ひ　前篇」（松竹大船）、「男の償ひ　後篇」（松竹大船）、一二月「白き手の人々」（新興東京）、「母の曲　前篇」・「母の曲　後篇」（東宝映画東京）

一九三八（昭和一三）年

「家庭日記」（松竹大船）、「家庭日記　前篇」・「家庭日記　後篇」（東宝映画東京）

（38）村上忠久「主要日本映画批評　良人の貞操・前篇」（『キネマ旬報』六〇八号、一九三七〔昭和一二〕年四月二一日）

（39）池田輝政「主要日本映画批評　女の約束」（『キネマ旬報』六〇一号、一九三七〔昭和一二〕年二月一一日）

（40）筧清「作品評　母の曲」（『日本映画』一九三八〔昭和一三〕年二月）

（41）田辺聖子「淳一えがく少女」について」（『花物語（下）』一九八五年五月、国書刊行会）

（42）たとえば、「わすれなぐさ」（『少女の友』一九三二〔昭和七〕年四月～一二月）連載時の挿絵は高畠華宵であるが、一九四〇〔昭和一五〕年の実業之日本社単行本では、中原淳一が手がけている。（一九三五〔昭和一〇〕年にも、『勿忘草』〔麗日社〕として単行本化されているが、これは未確認である。）

（43）今日の国書刊行会などによる復刻版が、多くが中原版の装幀を選んでいることも重要であるだろう。むしろ、今日の吉屋リバイバルは、中原淳一人気に支えられてあるように思われる。

（44）前掲、久生十蘭「絵入り小説（吉屋信子女史と語る）」

第七章　「あの道この道」の行き止まり——昭和期『少女倶楽部』の少女像

1　『少女倶楽部』と『少女の友』

昭和期に入って、次第に流行作家として名を上げていく吉屋へ、各誌からの執筆依頼は増大し続けていたが、その多忙のなかで彼女は〈少女小説〉も書き続けている。「花物語」の後、一時期は「もう私の少女小説時代は過ぎた」、「少女小説の筆を断つて、大人の小説の世界へ専心したい――かう願ひ、心にも誓つて」いたものの、粘り強い依頼から、思いを新たにして再び筆を執ることになる。〈少女小説〉では初の長篇となった『三つの花』（『少女倶楽部』一九二六〔大正一五〕年四月～一二月）のまえがきには、「大人の小説も、少女小説も同じ文学の大切なお仕事ですもの、いずれの尊卑を問われませう」、「いかなる作品にも自分のありたけの力と心をこめて世に問ふ、それが大人の小説の場合にも、少女の方達への作品の場合にも同じ心持と努力で[1]」という決心が表明されている。以降は、新聞や婦人雑誌などの「大人の小説」と並行して、〈少女小説〉の執筆も継続される。吉屋は巧に掲載媒体に合わせてスタイルを変え、それぞれに多くの読者を惹きつけることに成功している。

本章では、なかでも昭和戦前期の『少女倶楽部』を代表する作品の一つである、「あの道この道」（一九三四〔昭和九〕年四月～翌年二月）について考察する。

この当時の少女雑誌といえば、『少女倶楽部』と『少女の友』に人気が二分されていたことがよく知られている。遠藤寛子によれば、この二誌は「健康で強烈な娯楽性に富み、それゆえに通俗性と大衆性を指摘される『少女倶楽部』派と、繊細で優雅な叙情性にすぐれ半面軟弱と感傷過多を非難される『少女の友』派」、「さらに読者基盤によってわけるなら、『少女倶楽部』派は、その素朴さゆえに地方型、『少女の友』派はその洗練において都市型[2]」として分類される。

一九二三〔大正一二〕年創刊の『少女倶楽部』は、著名作家を揃え、ボリュームやバラエティの面でそれまでの少女雑誌を圧倒する。多くの少女雑誌がこの流れに追随するなか、対する『少女の友』は、逆に大都市の山の手女学生をターゲットとした誌面作りによって独自路線を確立している。しかし感傷性や叙情性の強い『少女の友』は、コアな愛読者を獲得したが、やはり地方の保守的な学校・家庭からは歓迎されず、健全で娯楽性の強い『少女倶楽部』の支持層が多数派となった。

両誌を代表する小説と言えば、『少女の友』は川端康成（中里恒子）による「乙女の港」〔一九三七〔昭和一二〕年六月〜翌年三月〕、そして『少女倶楽部』は菊池寛の『心の王冠』〔一九三八〔昭和一三〕年一月〜翌年一二月〕であるだろう。横浜のミッションスクールを舞台として、女学生同士の「エス」関係を描く「乙女の港」に対して、「心の王冠」では、静岡の女学校に通う貧しい少女が、意地悪なお嬢様の妨害を受けつつも、周囲の協力を得て上京し、声楽家として成功するまでが描かれる。「都会的で抒情重視」の『少女の友』、「地方出身者の立身出世バンザイストーリー重視」[3]の『少女倶楽部』というように、両誌の方向性は小説の内容にも色濃く反映されている。そのなかで吉屋信子は、両誌の雰囲気に合わせて、それぞれに違う小説を発表している[4]。割合としては『少女の友』の方が、頻度が高く、支持層も含めて、吉屋の〈少女小説〉の主流はやはり『少女の友』の方にあったのだとは考えられる。

お金持ちの家に生まれた娘と、貧しい漁師の家に生まれた娘が入れ替えられ、産みの親と育ての親とのあいだで葛藤しながらも、最後には二人ともお金持ちの家の娘となるという物語は、貧しい家に育った娘側から見れば、一種の貴種流離譚であるが、清く正しい主人公が、貧しい境遇を出て、最後には富と幸福を手に入れるという意味では、『少女倶楽部』型の出世物語でもあるだろう。一方の、お金持ちの家に育った娘の方は、当初はわがままなお嬢様として登場するが、出生の秘密を知って反省し、彼女もまた清く正しい娘として家に再編されることになる。こちらも少女は模範的な性格を獲得することで幸福になれる、という教育的な意図が濃厚である。この点からも、本作はあくまで掲載媒体を強く意識して書かれたものだと言えるだろう。

しかし、「あの道この道」は少女層のみに限らない多くの読者を獲得して[5]、大きな話題となっている。連載時の読者欄には、「お待ちかねの『あの道この道』は皆さまの口から口へ伝はつて、スバラしい評判となりました。千鶴子としのぶはどうなるのです、早く次が読みたいといふ通信が山のやうに参りました。この小説がどんなに皆さまを熱狂させたか、どんなに感激させたか、よくわかります。中には読者のお母さんからも沢山感謝の手紙が来たほどです。奇しき運命の下に育つた二人の少女の身の上はどんなになるか誰でも次が待ち遠しいのは当然です[6]」、「『あの道この道』も今少女間では大変な評判で、これを知らないと少女の恥ぐらゐに思はれて来ました[7]」などというコメントが付され、読者からのコメントで賑わうだけでなく、本作を題材にしたグラビア記事なども登場して、盛り上がりを見せている。また、後年には、本作を原案としたドラマも度々製作されており、本作の提示したテーマの影響力は小さくなかったといえるだろう。

子供の取り違えから引き起こされるドラマが人々の興味をひきつけるのは、何故であるのか。それぞれの運命が入れ替えられることの悲劇の効果とともに、どこかに居るかもしれない本当の、もっと優れた家族を夢見る読者のファミリー・ロマンスに訴えることが、このテーマが繰り返し取り上げられることの理由であるだろう。さらに、このテーマは、〈生まれ〉と〈育ち〉のどちらが重要であるかという、家族や血筋、あるいは子どもの教育や環境についての問題提起となって、人々の議論を巻き起こすものとなる。

だが実は本作は、物語の構図が示すほどには、〈生まれ〉と〈育ち〉の対立を問題化して描いてはいない。もちろん、〈生まれ〉と〈育ち〉のどちらを取るべきか、子供の成長においてより決定的なのは〈生まれ〉なのか〈育ち〉なのか、というような議論はしばしば演出されてはいるが、描き方は不均衡であり、その背景にはもっと別の価値観が働いているのではないだろうか。本作のなかに垣間見える、この時代の〈家族〉や〈少女〉をめぐる意識について考察してみたい。

2　〈生まれ〉と〈育ち〉

まず、改めて本作のあらすじを確認する。海辺の村に滞在していた実業家・大丸氏の夫人は、一人娘を出産した後、亡くなってしまう。生後間もない娘は、同じ頃、女の子を出産した漁師の龍作の妻・お静のもとに預けられる。龍作の過失によって、大丸家の娘は火傷を負い、発覚を恐れた龍作は、大丸家の娘と自分の娘を取り替えてしまう。その後、大丸家の娘はしのぶと名付けられ、海辺の村に育ち、龍作の娘は、千鶴子と名付けられ、都会で令嬢として育てられる。しのぶはやさしく、賢い娘に成長したが、千鶴子は、わがままで意地悪な娘となり、大丸氏や後妻の則子夫人に手を焼かせていた。二人が一三才になった頃、大丸家が再び海辺の村にやってくる。弟同士が仲良くなったことから、しのぶと千鶴子も巡り会う。龍作の死後、一人真実を知るお静は、罪の意識に苦悩し、懇意であった村の和尚に真実を打明ける。和尚から真実を伝えられた大丸夫妻は、ひとまずしのぶを呼び寄せて、千鶴子と共に生活を始める。徐々にしのぶを本当の娘と実感するようになった大丸氏は、遂にしのぶに真実を教える。このとき、千鶴子もまたそれを偶然聞いてしまう。絶望した千鶴子は家を出て、海辺の村のお静のもとに行く。その頃、お静は死の床にあり、千鶴子とお静を案じて、皆が海辺の村に集まる。お静の死を経て、千鶴子も改心し、しのぶも千鶴子も共に大丸家の娘として暮らしていくこととなる。一方、しのぶの幼なじみであった新太郎少年は、父の遺志を継いで、温泉掘りに精進していた。一時は、自暴自棄にも陥ったが、お静の死後、彼も再び意欲を取り戻し、のちに見事に温泉を掘り当てて、村の発展が描かれて小説は終わる。

「あの道この道」というタイトルにも顕著なように、この小説はさまざまな二項対立的な要素によって構成される。都会と田舎、富と貧、善と悪など、いくつかの要素が組み合わせられて提示される。

主人公となる二人の少女の造形も対比的である。大丸家の令嬢として生まれながら、貧しい漁師の娘として育ったしのぶは、賢く美しい少女として描かれている。しのぶについては、読者欄でも「しのぶはなんてやさしい少女でせう。私大好きです。私には妹があつてよくいぢめようとすることがありますが、『あの道この道』を読んでから、すぐしのぶのやさしさを思ひ出し、やめてしまひます[8]」などというような、模範的存在としての受容がうかがえる。それに対して、本来は漁師の娘であった千鶴子は、大丸家でわがままで高慢な娘として成長した。模範的な少女像を示すしのぶに対して、千鶴子は改善を期待される存在である。

また、両者の違いが、〈生まれ〉と〈育ち〉の影響をほのめかされながら提示されていることは重要であるだろう。


その姉はこの海辺の村にどうしてこんな上品な美しい女の子が生まれたかと思ふほど眉目形麗しく気品のある少女だつた。身にこそ粗末な木綿のきものを裾短に、足には藁草履など履いてゐるが——どうしても顔立に自と備はる気品が漂つて百人千人の村の子達の中にまじつても、すぐそれと誰が眼にも目立つ花のような少女だつた。(一九三四・五「弟の受難」)


しのぶの美しさは、田舎の漁村においては明らかに異質のものとしてある。そして貧しい身なりのなかにも「自ずと備わる気品」は、彼女の貴い〈生まれ〉を暗示している。

しのぶの実母の慶子は、「女優さんみたいに綺麗」、「お品がある」、「とつても立派なたいした家柄からお嫁に来なすつた」と評判の女性だった。しかも「ちつとも、たかぶらないで、ほんに優しい奥様[9]」である実母の美点は、そのまましのぶに移行されている。

逆にいえば、しのぶには〈育ち〉がもたらしうる弊害はほとんど影響していないともいえる。彼女は、田舎の学校に通ってはいるが成績優秀であり、のちに大丸家に移ってからも、「しのぶは常識で判断して、お皿のナフキンは、ひろげて膝にかけたし、左にフォークをもつて、右にナイフを持つて、お皿の上のものを切つて口にいれるぐらゐのことは教へられずとも出来る筈だつた[10]」と、洋食のマナーを知らずに実行できてしまうような人物である。しのぶに関しては、〈生まれ〉がもつ先天的資質が絶対的なものとしてあるといえよう。

さらにいえば、娘の交換の原因をつくり、また怠け者で大酒呑みであった父の龍作は、弟の生まれた後に死んでおり、しのぶが〈育ち〉のなかで被りうる悪影響は早い段階で排除されている。そして、しのぶが本当は大丸家の娘であることを唯一知っている母のお静は、しのぶには「東京の大丸さんへ取代へられて行つてゐる我が子が千鶴子さんと大事にされて育つてゆくからには、せめてこのしのぶにもどんなにも尽くしてやらねば[11]」という意識で接している。その意味で、しのぶはあらかじめ実の子とは区別された〈育ち〉を経ているのであり、〈生まれ〉と〈育ち〉のバランスにおいて、つねに〈生まれ〉の価値が守られるように造形されているのである。

一方の千鶴子は、両親にそのわがままな性格を心配されているのだが、彼女の欠点はもっと複雑な状況のもとに形成されている。大丸家の夫妻は、自分の娘が取り替えられたことを知らないため、その欠点は当然〈育ち〉の問題として捉えられる。彼らは、千鶴子が単に裕福な家庭の令嬢として甘やかされて育ったというだけでなく、実母が既に死去しているため、「母親がない子と思ひ私も甘やかし、又お母さんの貴女も生さぬ仲と思つて遠慮してあまり大切に育てた[12]」ことが、千鶴子のわがままに繋がったのだと考えている。「あの千鶴さんの生みのお母様は御立派なお家柄からいらつした方ですもの、その立派な血筋を引いていらつしやる」のであって、〈生まれ〉に問題はないはずである。あとは「私の家庭教育さへよろしければ、どんなにもいいお嬢さんにおなりになれると信じてゐますし、たゞ私の心がまだ行き届きませんで残念でございます[13]」という〈育ち〉こそが懸案となるのである。だからこそ「漁師の女房の乳を貰つたのだが、僅かな日でもそんな家の女房の乳で育つたので、やはりあんなに荒々しく、我儘になつたのかも知れんなあ[14]」というような外的要因までが心配されることになる。

ただし千鶴子には、実母が死んでいることは伏せられており、彼女は後妻の則子を実母だと信じている。それを知らせることは、千鶴子をより屈折させると危惧されているのだが、二重に真実から疎外された上で、あり得ない〈生まれ〉の優性の発露を期待されている千鶴子の困難は甚だしい。

この千鶴子が置かれた境遇について、真実を知るお静は「もと〳〵私の子としてこの海辺の村に貧しいこの家に育てられゝば、あゝまで高慢な女の子にならずにゐたらうに、育つべき家でない富める家にまちがつて子となり、甘やかされて育つたために、かへつてあゝいふ性質になつたのだ[15]」と、〈生まれ〉と〈育ち〉の不適合を嘆く。だが、〈生まれ〉と〈育ち〉の不適合という意味では、しのぶにもその不都合が生じてもおかしくないわけだが、これは千鶴子の側にしか生じない。誰もが手を尽くしているのにもかかわらず、千鶴子にだけ生じる欠点は、入れ替えの真実を知る読者には、結局彼女の〈生まれ〉の悪さを露呈したものとして読者に印象づけられることになる。登場人物のレベルにおいては〈育ち〉の問題と仮装されていても、そこには〈生まれ〉を絶対視する価値観があるといえるだろう。

3 〈育ち〉の価値

悩んだ末に遂にお静が真実を明かしたときにも、多くの登場人物が〈生まれ〉の絶対性を再確認する。

はじめにこれを打ちあけられた和尚は、「やっぱり、氏、素性は争へんものぢや、どうもあの漁師の龍作の子にしては、目鼻形が上品すぎると思つたが、なるほどお静さんの懺悔の通り、あれは全く大丸さんのお嬢さんぢやらう[16]」と納得し、それを知らされた大丸氏もこう語る。

『お前の言ふ通り、あのしのぶは、確かにわしの子供に相違ない、かうして毎日傍近く見てゐればゐるほど、大丸家の娘の血筋が現れて来るやうな気がする。第一、あの子を生んでぢき亡くなつた実母に眉も目も口許も似てゐるのが、おい〳〵にわかつた——その反対に、あの千鶴子は、今まで一人で育ててゐた時は、さうも思はなかつたが、あのしのぶと、二人ならべてゐると、あれの様子も心ばへも、まるで卑しい生れを証明してゐるやうなもんだ——いつぞや村の坊主が来て言つたことは、ほんとだったのか——』（一九三五・七「『忍』の生活」）

この大丸氏の実感は、「いつそ、事実を打ちあけて、千鶴子としのぶの位置を代らせたら、そしたら千鶴子も少しは性根がなほるだらう、第一、他人の子を今までだまされて、大切に育てたかと思うと、わしはいま〳〵しいッ[17]」というところにまで至り、あるべき〈生まれ〉のもとに、家族を再編することが目指されていくことにもなるのだが、しかしここで〈育ち〉の意味は単純に排されていく訳ではない。〈生まれ〉の価値は、専らその遺伝的資質の面から重んじられていたが、対して〈育ち〉の意味は、その情愛関係に特化されて、再価値化されていくことになる。

本来の〈生まれ〉ではない貧しい家庭でしのぶを育てることに、お静は罪の意識を感じるが、一方で彼女はしのぶを手放すことを躊躇う。

今まで打明けもせず今さら言つてどうならう、私はそれこそ大嘘つきの罪人になる。だがそれもよい、あの千鶴子は大丸家を追ひ出されて――それもよい、だが、さうなればあのしのぶは大丸家へ引き取られる、そして私の手許を離れて――宗吉は優しい姉さんに別れねばならない――だん〳〵考へると、お静はしのぶを手離すのが一番悲しかつた。／生の親より育の親と言ふが、まつたく今ではもうしのぶは血こそ分けね、ほんとの我が子のやうに可愛い、しのぶのやうない、娘の母として、貧しくとも幸福なのは、まつたくそのためだ。だのに今しのぶが大丸家へ連れてゆかれては掌中の珠をうばはれるやうなものだつた。その代りに我が子の千鶴子が来ようとも、その子とは赤ン坊の時別れて十三年――今更どうならう――でも、しのぶのほんとの仕合せのためには、やはり大丸家のお嬢様の位置につかせるべきだ――さもなくば天の罰が当らう――（一九三四・九「訪問」）

ここには「生の親より育の親」という、血縁的結びつきよりも強い情愛関係としての〈育ち〉の価値が提示されている。

これはお静―しのぶ関係だけでなく、「大丸家の先夫人の忘れがたみとのみ、信じて育てて来た千鶴子へも、広い暖かい母性愛を自然と抱かれる」(18)として、則子―千鶴子の関係にも発生する。また、全てを明かされたしのぶも、この点において葛藤することになる。

しのぶは、悲しいのか、恐しいのか、嬉しいのか、口惜しいのか、情ないのか、浅ましいのか、さびしいのか、なにが、なんだか、もう、無我夢中でぼうとのぼせてしまつて、たゞ胸がいつぱいになつて流れ出るのは、熱い〳〵涙、とめどもなくこぼれ落ちて、机の上に面を伏せたのである。（中略）／しのぶは、涙に咽びながら、大丸氏に嘆くのだつた。今いろ〳〵仰しやる眼の前のお金持の大丸氏を今夜から俄に父と思ふ心を起すよりは、やつぱり今まで手塩にかけて育てられた、お静を母と思つてしまつた心が強かつた――それに、あのお母さんが他人でありながら、あんなによく私を可愛がつて下すつたと思ふと、百倍も二百倍も有難く思ひたかつた。

（一九三五・八「二つの少女の心臓」）

本当の、しかも裕福な父を前にして、しのぶはそれを簡単に喜ぶことはできない。むしろ血の繋がらない自分に愛情をかけて育ててくれたお静の方にこそ、深い愛情を新たにするのである。

そしてこの物語は、〈生まれ〉と〈育ち〉の価値を対抗させつつ、最終的にはどちらも肯定するような結論を出そうとする。しかしそこには奇妙な屈折が刻まれることになるのである。

4　理想化される〈生まれ〉

しのぶは「自分が、たとへ、大丸家の、ほんたうの娘としても、あの海辺の家で、つい昨夜まで、まことのお母さんと思つてゐたお静や、親身の弟とばかり信じてゐた宗吉とは別れがたく、また、あの千鶴子さんの、今までの幸福を破ることは、痛ましくて、出来得な[19]」いと、〈生まれ〉も〈育ち〉もいずれかを選択することはできない。そこで彼女はいっそ「誰も、一人も不幸になることなく、みんなが、今までのやうに、平和に幸福のまゝに、しのぶは、ほんとの、お父さんの大丸氏にも、お優しい則子夫人にも、しとやかな娘として仕へられ、またあのお静と宗吉とも、今まで通りに、親子、姉弟のやうに、したかった[20]」という変則的な家族の形態を夢想したりもする。

これこそが全ての問題を解決しうるハッピー・エンドであるかもしれないが、しのぶが夢見るような家族の形態は当然そのまま実現することはできない。そこでまず起こるのは千鶴子の家出である。大丸氏としのぶの会話を盗み聞きした千鶴子は次のような書き置きを残して消える。

千鶴子は、昨夜まで、あの恐しい秘密の身の上を、少しも知らなかつた哀れな子でございました。／昨夜、千鶴子は、貴女が奥へいらつした時、卑しい立聞で皆知りました。／あ、、それを知つた以上、どうして、一日もこのお家にゐられませう。／このお家で、（お嬢様）として、育てられる権利は、もう千鶴子にはなくなつたので、ございます。／しのぶ様、今まで私のした失礼は、どうぞ、お許し下さいませ。千鶴子が悪うございました。／今、どんなに、はずかしく、後悔してゐるでせう。（一九三五・九「千鶴子の書置」）

ここで千鶴子は、怒りや悲しみ以上に、これまでの自分のふるまいについて「はずかしく、後悔」していると謝罪する。大丸氏の実の娘でなかったこと自体は、千鶴子が反省すべき過失ではないはずだが、彼女は過剰に自分の〈生まれ〉を引き受けようとしている。そしてその〈生まれ〉とは、立ち聞きをする自分を「卑しい」と意識させるような、徹底した劣位に位置づけられるものである。

何も知らなかったとは言え、これまでお嬢様然として、しのぶたちに傍若無人にふるまっていた千鶴子には、〈罰〉を受けて、自らを省みることが望まれる。[21] 千鶴子にとって〈生まれ〉とは、豊かな暮らしを追われ、貧しい生家に戻ることであり、それは驕っていた自分への〈罰〉に他ならない。こうした〈罰〉を受けて、反省することなしに千鶴子が幸せになることは許されないのである。〈罰〉を受けた千鶴子はお静のもとで改心する。ここでようやく千鶴子にも救われる資格が与えられるだろう。[22]

また〈生まれ〉の位置に戻ることが、しのぶにとっては〈幸福〉を保証するものであったのに対して、千鶴子にとってはそれが〈不幸〉に耐えることでしかないということも、この小説が単に〈生まれ〉と〈育ち〉の対立だけで決定されているものではないことを明らかにしているだろう。ここには何よりも〈貧富〉の差が前提とされている。結局、〈富〉を手に入れなければ〈幸福〉になれないのであれば、〈生まれ〉の価値もそこに付随するものでしかないだろう。

そのため、改心した千鶴子を救済するためには、〈貧〉しさが克服されねばならない。そこで犠牲になるのはお静である。千鶴子は一生をお静のもとで暮らす決意をしたが、しかしお静は死んでしまうのである。そこで大丸家が千鶴子を引き受けることが可能になる。お静の死の直前に駆けつけた則子はこう告げる。

『お静さん、よくわかつてゐます、いつぞやこの和尚さんから委しいお話は承りました。千鶴子はいかにも、貴女のお子さんでせうが、深い神様の思召で縁あつて、大丸家の私たちに授かつた子でございます、又このしのぶはもとより大丸家の子でございますが、この子は、貴女の手許で、心のやさしい美しい子にして戴けたのです。そして二人とも今では大丸家になくてはならない貴い宝物でございます、この宝物の二人の娘を、これから私は一生大切にお育てするのです——お静さんなにも心配せず安心して下さいよ。』（一九三五・一〇「この少年少女たち」）

ここにおいて価値を示されるのは血縁によって結ばれた〈生まれ〉の関係と、〈育ち〉によって形成されたしのぶの性格である。ここでの問題設定は、これまでの展開とは微妙にずらされていることに注目できるだろう。これまで性格や資質は〈生まれ〉に還元され、情愛は〈育ち〉が優先されてきた。しかしここでは〈生まれ〉持った情愛関係が信じられ、これまで〈生まれ〉によって説明されてきたしのぶの性格が〈育ち〉によって形成されたものとして称揚されているのである。ただし、そこで同じく〈育ち〉によって千鶴子の欠点が形成された可能性は除外されている。〈生まれ〉と〈育ち〉を双方肯定しようとするために、そこにあり得るネガティブな可能性はあらかじめ排除されているのだといえるだろう。

またここで〈生まれ〉の意味は、遺伝的資質の面だけでなく、情愛の面でも価値あるものと認められたかのようであるが、そのためにはいくつかの操作が必要とされている。

しのぶが大丸家に戻り、千鶴子がお静のもとに戻ることは、〈生まれ〉の位置に戻ることであるが、この〈生まれ〉を直接に繋ぐ血縁母子関係は結局どちらも成立しないのである。

> 育ての母に、かくて遂に別れし、しのぶ——まことの母に別れて孤児となりし幼き宗吉。／だが、その二人にも増して心苦しく切なかりしは千鶴子ではあるまいか——彼女は、生みの母に会いしも束の間、母よ娘よと名乗り合ひて涙に濡れし、ひとときの後、かくて生みの母、まことの子は永遠に別れねばならなかったのだ——
>
> （一九三五・一〇「この少年少女たち」）

しのぶの実母である慶子は既に亡く、ここで千鶴子の実母であるお静も死ぬ。「まことの母」と「まことの子」はその位置を回復しながらも、現実的にはその繫がりは失われるのである。ここには結局〈生まれ〉の関係の不成立があるともいえるだろう。

しかし、こうして現実的には成立しないものであるからこそ、〈生まれ〉の価値は想像的に理想化されうるものとなる。しのぶが、真実を知って迷った時、彼女は「私を生むと、すぐ、天へお昇りになつてしまつた、しのぶの、ほんとのお母様！　どうぞ、しのぶが、今どうすればいいか、教へて下さいませ……」[23]と呟いていた。「ほんとのお母さま」は、彼女にとってまったく馴染みのないものであるにも関わらず、自分を導く審級として呼び出されている。だが、こうして想像的に存在するものである限り、「ほんとのお母さま」の価値は損なわれることがない。

そして、もし千鶴子とお静の暮らしが実現されていたら、そこには〈生まれ〉の関係で結ばれた「まこと」の家族であってもトラブルが生じる可能性がある。しかし現実の血縁母子関係を消去しつつ、想像的に「まことの母」を思えるのであれば、その価値は理想的に保ち続けることができるだろう。こうして見れば、もはや〈生まれ〉の価値も本当に信じられているようには思えないのである。

〈生まれ〉と〈育ち〉の功罪は、都合良く混同され、そのネガティブな可能性を消去したかたちで双方肯定される。この時、やはりこの物語が依拠するものはやはり別のところにあると言えるだろう。

〈少女〉たちの〈幸福〉と〈不幸〉を決定するのは、〈生まれ〉や〈育ち〉による決定以上に、〈貧富〉の問題である。それが高貴な〈富〉につながるものであるならば肯定され、卑しく〈貧〉しいものであるならば否定すべきものとして描かれるのである。そして何よりも問題なのは、〈少女〉たちの〈幸福〉と〈不幸〉が、〈生まれ〉にしろ〈育ち〉にしろ、家族への再編としてしか問題にならないということだろう。この物語に併行して描かれる〈少年〉の物語と比較してみれば、その違いは歴然としている。

5　〈少年〉の物語

この小説には、しのぶの幼馴染みとして、新太郎という少年が登場する。「新太郎の家は昔この村でも指折の地主で金持だつたが、新太郎の父がこの村にも温泉を掘出したいと数年前から山のあちこちに大仕掛で温泉を掘る工事を始めたが、生憎温泉は少しも出ず空しく財産を使ひ果すばかり(24)」であった。その後新太郎の母は死に、狂気のようになって温泉を掘っていた父も、村人からの嘲笑の中で死んでいった。

『新太郎、俺はもう、医者も薬も要らん、只、欲しいものは、温泉の湯だ、自分で掘つた温泉の湯煙を一目見て死にたかつたが、残念だ――新太郎、お父さんのこの志を継いで、お前の手で、立派に温泉を掘り上げてくれ、お父さんは、たとへ、今宵死すとも、魂は、この山に残つて、お前の温泉を掘り当てるのを守つている。新太郎、頼む、頼む！』（一九三四・一二「父の遺言」）

温泉を掘り当てたいという父の遺志を継いで、新太郎はたった一人で温泉を掘り続ける。この無謀な計画に、村人たちはやはり嘲笑的だが、彼はひたむきに努力し続けて、しのぶをはじめ、彼の級友などの援助を受ける。一時は諦めかけもするが、しかし彼は遂に温泉を掘り当てることに成功する。村人は、手のひらをかえしたように新太郎をもてはやすが、新太郎はそんな彼らに対しても「僕は亡なつた父の遺言通りを守つて働いたのですから、亡なつた父は、単に私利私欲の為でなく、この村の為に、日本の為に、土の下から、人間の身体の病気をなほす効能のある自然のお湯を掘り当てて、世の為に尽くす決心だつたのです。それが幸ひ成功しましたから、僕は喜んで村の人だちに利用して貰ひ、温泉の権利もあげませうし、どんどん温泉宿も建てるのをお許しするつもりです[25]」と返す。

彼もまた死せる「まこと」の父を理想化して、それに囚われた少年であったかもしれないが、彼の場合は、父の遺志を継ぐだけでなく、父の限界を超えてそれを実現している。新太郎は、自らの力で村を興し、国家にも貢献するような立身出世を遂げたのであり、しのぶや千鶴子が大丸家に再編されることで〈幸福〉を手にしたあり方とははっきり異なっている。

このことは、それまで新太郎の温泉掘りを応援し続けてきたしのぶが、肝腎の温泉発見の場面には立ち会わないことにも、象徴的に現われている。努力によって獲得される〈少年〉の成功を、〈少女〉は応援することはできるが、それを共有することはできないのである。〈少女〉には自力で自らの未来を切り開いていくことは提示されない。この〈少年〉と〈少女〉の幸福獲得のあり方の落差の前では、もはや〈生まれ〉や〈育ち〉を云々することも空しくなるだろう。

注

（1）吉屋信子「作者の言葉」（『三つの花』一九二七〔昭和二〕年八月三〇日、大日本雄弁会講談社）

（2）遠藤寛子「解説」（『少年小説大系　少女小説名作集』一九九三年七月、三一書房）

（3）藤本恵・菅聡子「〈少女小説〉の歴史をふりかえる」（菅聡子編『〈少女小説〉ワンダーランド』二〇〇八年七月、明治書院）

（4）『少女倶楽部』発表のものは「三つの花」（一九二六〔大正一五〕年）、「白鸚鵡」（一九二八〔昭和三〕年）、「七本椿」（一九二九〔昭和四〕年）、「あの道この道」（一九三四〔昭和九〕年）、「毬子」（一九三六〔昭和一一〕年）など。『少女の友』発表のものは、「暁の聖歌」（一九二八〔昭和三〕年）、「紅雀」（一九三〇〔昭和五〕年）、「桜貝」（一九三一〔昭和六〕年）、「わすれなぐさ」（一九三二〔昭和七〕年）、「からたちの花」（一九三三〔昭和八〕年）、「街の子だち」（一九三四〔昭和九〕年）、「小さき花々」（一九三五〔昭和一〇〕年）、「司馬家の子供部屋」（一九三六〔昭和一一〕年）、「伴先生」（一九三八〔昭和一三〕年）、「乙女手帖」（一九三九〔昭和一四〕年）、「小さき花々」（第二期、一九四〇〔昭和一五〕年）、「少女期」（一九四一〔昭和一六〕年）などがある。

（5）本作は少女たちをはじめ、その父兄に歓迎されただけでなく、少年読者も楽しませるものであった。たとえば一九三五〔昭和一〇〕年四月の読者欄には「僕は男ですが、少倶が非常に面白いので、一月号から毎月愛読してをります。『あの道この道』はステキです。僕たちも新太郎君のやうにやさしい中にもしつかりした少年になりたいと思ひます」というものがある。また、同年年三月には、「文部大臣令嬢松田栄子の感想」なども掲載されている。

（6）『少女倶楽部』一九三四〔昭和九〕年五月

（7）『少女倶楽部』一九三四〔昭和九〕年七月

（8）『少女倶楽部』一九三四〔昭和九〕年一〇月

（9）一九三四・四「一」

（10）一九三五・六「かくとも知らず…」

（11）一九三四・五「母の涙」

（12）一九三四・六「その父と母」

（13）一九三四・六「その父と母」

（14）一九三四・六「その父と母」

（15）一九三四・九「訪問」

（16）一九三五・三「和尚出京」

（17）一九三五・七「『忍』の生活」

（18）一九三五・七「『忍』の生活」

（19）一九三五・九「ひと夜明くれば」

（20）一九三五・九「ひと夜明くれば」

（21）たとえば一九三四〔昭和九〕年一〇月には、「千鶴子は皆に悪く言はれます。私もときぐ本当ににくらしいと思ふことがあります」というような千鶴子を「憎らしい」とするコメントは多く寄せられている。読者層を考慮すれば、ここには富裕層に対する羨望や嫉妬も入り交じっていると思われる。貧しくとも誠実なしのぶが大丸家に迎え入れられ、同時に金持ちのわがまま娘である千鶴子が大丸家を追い出されるという展開が、彼らのファミリー・ロマンスを満足させるためには必要であっただろう。ただし、誌上のコメントでは「一日も早くしのぶさんが大丸家の令嬢となつて澄夫さんと共に幸福になるやう祈つてをります」(一九三四〔昭和九〕年四月)、「私は千鶴子が早く、本当のお母さんのお静さんのやうなやさしいよい心がけの人になつてくれるやうに祈つております」(一九三四〔昭和九〕年一〇月)というような発言が多い。

(22) 千鶴子が真実を知ってからは、千鶴子に対する同情的な発言が増加する。「千鶴子さんは、自分の身の上を知つて、どんなに悲しかつたことでせう。私すつかり千鶴子さんに同情してしまひましたわ。千鶴子さん、どうぞ悲しまないで下さい。しのぶさんどうぞ千鶴子さんを幸福にして上げて下さいね、お願ひいたします」(一九三五〔昭和一〇〕年九月)、「ほんとに不思議な運命にもてあそばれた千鶴子さんにしのぶさん、今迄千鶴子さんが憎らしくて堪りませんでしたが、やつぱり千鶴子さんもいい少女だつたのですね。どうぞこれからは二人の少女が仲よく幸福に過ごして行けますやうに」(一九三五〔昭和一〇〕年一〇月)など。

(23) 一九三五・九「ひと夜明くれば」

(24) 一九三四・五「母の涙」

(25) 一九三五・一二「欲と恥」

附記 「あの道この道」本文引用は、初出『少女倶楽部』(一九三四四月~一九三五一二月)に拠る。旧漢字は新漢字に改め、ルビ・傍点は適宜省略した。引用末尾には掲載年月とサブタイトルを付した。

第八章　三人の娘と六人の母――「ステラ・ダラス」と「母の曲」

1 〈母もの〉の古典

吉屋信子が一九三六（昭和一一）年三月から『婦人倶楽部』に連載した「母の曲」は、今日までほとんど顧みられることのなかった小説である。朝日新聞社版全集にも収録がない本作は、テクストへのアクセスの困難に加えて、原作ありきの翻案であるという事情も手伝って、現在ではほぼ忘れられた小説となっている。しかし、本作発表の頃といえば、吉屋は主要な雑誌・新聞に何本もの連載を抱え、対談や取材記事も絶えなかった全盛期ともいうべき時代である。吉屋信子という作家への注目度は自ずと高く、誌面からは本作への反響の大きさが伺えるし、これを基にした映画（一九三七（昭和一二）年一二月公開）は「富士山よりもヒマラヤよりも高い母の愛！」の名キャッチコピーとともに、大ヒットしたという(1)。

特に、映画「母の曲」は、日本における〈母もの〉と呼ばれる〈母性愛〉を主題とした映画群のなかで重要な位置にある。一般に〈母もの〉といえば、戦後、大映が量産した三益愛子主演のシリーズが有名であるが、その系譜は戦前に起源を持ち、アメリカ映画の強い影響のもとに発展していったという。なかでも重要な原型を提供したのがヘンリー・キング監督による一九二五年のアメリカ映画「ステラ・ダラス」である(2)。〝無教養な母が、娘を強く思いながらも、その将来の幸福のために敢えて別れる〟という母の自己犠牲の物語は、日本において最も支持される定型となって類似の作品を多数生んでいくこととなる。そして吉屋の「母の曲」とは、この「ステラ・ダラス」の原作を翻案したものであり、映画「母の曲」は日本版「ステラ・ダラス」の代表作と目されているのである。

〈母もの〉映画が生まれていく背景には、〈母〉をめぐる意識の変化がある(3)。明治二〇年代以降、日本では新しい家族像が説かれ、家庭における妻・母の役割が重視されるようになっていった。それまで一般的であった母親以外の者（祖母・子守など）が子どもを育てる風潮が批判され始め、誰よりも子どもを愛し、導く存在としての〈母〉が強調されるようになっていったのである。昭和期には、絶対的で本能的なものとしての〈母性〉や〈母性愛〉という考え方も定着した。〈母もの〉映画は、伝統的な日本固有の産物と見なされることも多いが、近代西洋の価値観を経由して〈母〉の価値が発見され、求められる理想の〈母〉像をめぐってさかんな議論のあった時期だからこそ誕生したものと言えよう。

〈母もの〉への要求が高まる状況の中で、後に〈母性愛〉の表現の典型となっていく物語について、吉屋信子はどのように関わっているのか。当然、原作と翻案は、〝無教養な母が、娘の幸福のために敢えて別れる〟という基本的な物語を共有しているが、両者の間には、単純にアメリカから日本に置き換えるという以上の大幅な変更もある。特に、娘・桂子の設定には、かなり吉屋のオリジナリティが打ち出されているが、それはこの物語の型にどう納められていくのだろうか。さらに、吉屋の翻案に基づいて作られた映画「母の曲」もまた独自の内容を持っている。映画研究の分野では、米版と日本版の比較は散見されるものの、吉屋の翻案との差異はあまり意識されていない[4]。原作、翻案、そして映画版のなかの、母と娘たちは、この物語のなかでそれぞれどのような葛藤をみせているのか。本論では、まずは原作「ステラ・ダラス」と翻案「母の曲」の差異を確認した上で、映画版「母の曲」との比較を行う。これらの連続する「ステラ・ダラス」―「母の曲」の三つのバリエーション、三人の娘と六人の母たちの物語を比較してみたとき、その偏差のなかに、吉屋信子の特異性も浮かび上がってくるのではないだろうか[5]。

2　翻案の成立

どのようにして吉屋が「ステラ・ダラス」を翻案するに至ったかは明らかでない。オリーブ・ヒギンス・プローティによる原作は、一九二三年に発表され、一九二八〔昭和三〕年には日本でも翻訳が発行されている。[6] だが「ステラ・ダラス」については、やはり映画の評価が高く〔日本公開は一九二六〔大正一五〕年五月、同年の『キネマ旬報』ベストテン三位にも選ばれている〕、それによって記憶されていただろう。

しかし、吉屋本人は映画については言及しておらず、『婦人倶楽部』の連載前の予告では、以下のように説明している。

作中の女主人公の母なる人は、けつして良妻でも賢母でもなく、むしろ札付きの悪妻であり恐るべき愚母でした。日本の女子教育の良妻賢母主義からは当然落第する女性でした。〔中略〕／お、、それにもかゝはらず、神はその正しき審判に於て、此の母に、万人の母にも、まさり輝く母性の冠を彼女に贈り給ふ——と心ある人は泣いて信ぜずには居られなかつたといふ物語こそ、この一篇の家庭小説でございます。／あまり日本の型にはまつた良妻賢母主義に、いさゝか反感を抱き続けて居る私は、かねて、かうした主題で一度作品を描くつもりで居ました。ところが——お、早くも亜米利加の女流作家プラウテイ女史が一足お先にかういふ主題の家庭小説を、あちらの大衆雑誌アメリカン・マガヂンに発表してしまつたのです。〔中略〕／だが、さすがにプラウテイさんの、そのお作品は立派なものでした。シヤツポを脱いでお辞儀をせずには居られません。あゝ、かくなる上は致し方なし、いさぎよく、へりくだつて、プラウテイさんの原作を、私の主観で翻案させて頂き、日本の社会と家庭と、日本女性の感情に依つて描き代へて、これをひろく世に御紹介したいと思ひ立ちました。[7]

これによれば、吉屋があらかじめ持っていた発想と一致した小説に偶然出会っての翻案、という経緯のようである。しかし一九三九〔昭和一四〕年刊行の新潮社選集の「作者の感想」のなかでは、「これは、最初、東宝映画の森氏から、映画の為に、その御依頼を受けて居りましたところ、婦人倶楽部から、長篇のお頼みを受け、御相談の結果、ステラダラスより得たテーマで、これを日本の母性愛に移して、ひとつ書くことにいたし、その旨を明記して書き始めました[8]」と説明している。この説明は、「ステラ・ダラス」の翻訳者であり後の東宝プロデューサーである森岩雄の回想と一致する。森は、「良人の貞操」の映画化に際して吉屋に初対面し、以来親交を深め、「私が訳した『ステラ・ダラス』を持参して、これを日本の世界に翻案して新しい小説を書いていただき、それを映画化したいとお願いしたところ、吉屋さんは面倒がらずに引き受けて下さって、「母の曲」というものにまとめられた。これは英百合子と原節子で映画化し、大成功を納めた[9]」と述べている。

ただし、この説明は時期の面で若干の疑問がある。「良人の貞操」の連載は、一九三六〔昭和一一〕年十月六日に始まり、映画は前後篇で一九三七〔昭和一二〕年四月の公開である。しかし「母の曲」連載は一九三六〔昭和一一〕年三月号からであり、「良人の貞操」よりも開始が早いのである。「良人の貞操」の映画企画が「母の曲」発表の前から進行していたのか、あるいは森に記憶違いがあるのか、定かではない。また、両者の説明を合わせてみたとき、これが吉屋の自発的な企画であるのか、依頼に応えたものであるのか、翻案の動機についてもやや疑問が残る。だが、吉屋の小説と森の翻訳とを比較してみれば、一部の場面においてかなり似た表現もあり、吉屋が森の翻訳を参照して書いたことはほぼ間違いないだろう。

ただし、連載誌面において「Stella Dallas より」のサブタイトルが付されるのは初回のみで、以降は翻案であることには触れられず、純粋に吉屋信子オリジナルの小説として享受したものも少なくないだろう。読者欄でも最後の結末をめぐって読者の声が二分〔娘がどちらの母につくべきか〕されていた様子があり、原作や映画の内容はそれほど一般には浸透していなかったと思われる。

3　原作との比較

［1］ステラとお稲

まず、共通するあらすじを確認しておこう。上流階級出身の父（スチイヴン／純爾）と、下層階級出身の母（ステラ／お稲）の間に一人の娘（ロオレル／桂子）が生まれるが、次第に夫婦間のギャップが強まって夫とは別居状態になる。その後、父は過去の恋人（ヘレン／薫）と再会し、娘もまたその女性に好感を持つ。娘は母のせいで周囲から差別を受け、母はそんな娘の将来を危惧し、別の男（マン／龍作）との再婚を装って娘の元を去る。そして母が娘の結婚式での晴れ姿を遠くから見つめている、というのが最後の場面である。

この物語を支えているのは、強固な階級構造と、その再生産制度としての結婚である。結婚による上流階級の獲得が幸福を保証するという価値観が、差別的構造を維持しつつ、家族制度にもよく合致するものであることは間違いない。そこでの〈娘〉とは、親の管理下に置かれ、階級維持のために交換される存在に他ならない。そしてそれゆえに重視されているのは、娘の〈教育者〉としての〈母〉の役割である。

日本においても、明治三〇年代以降、家庭教育において子どもの〈教育者〉としての役割は母親に中心化され、子どもに最も強く影響を与える存在である母親への教育が問題化されていった。家庭教育には道徳性が求められ、児童心理学から栄養学などの専門的知識に基づいた科学的合理性も必要とされた。小山静子は、こうした家庭教育論が第一次大戦後に広く定着するようになっていったことを指摘しており、この物語の問題設定が、当時の日本においても大きな関心事であったことが推察される[10]。

この物語では、最終的に〈賢母〉としては不適格者である母親が、自己犠牲的なかたちで娘への愛情を示すことで、その〈母〉としての価値を復権することになる。吉屋がその意図として示しているように、これを理想的〈母〉像についての問題提起として捉えることはできるだろう。

しかし、この基本的なストーリーを踏まえながらも、吉屋は自身の独自性を強く打ち出して、積極的に原作をアレンジしている。細やかな舞台設定やプロット構成だけでなく、特に人物造形に関して大幅に施された変更は、この物語を全く別なものとしてしまう可能性に至っている。

まず母の人物像の違いは注目すべきだろう。どちらも趣味や教養が低いということは共通しているが、ステラには積極的な階級上昇の野心が明確である。ステラは昔から出身の村の友人たちとは「全然違つた種類の者になる」ことを目指し、そのために流行のファッションをいち早く取り入れ、また上流階級の男性との出会いを求めて「師範学校」にも進学している。スチイヴンとの結婚後も、上流階級の趣味を取り入れようと研究にも余念がない（ただし常にその限界が示されるのであるが）。彼女の野心の背景には、醜く恥ずかしく思っていた自らの母のようにはなるまいという意識がある。娘だけでなく、ステラの世代においても、既に結婚による階級上昇が図られているのであり、ステラの娘への想いは、自身の結婚＝階級上昇の失敗を踏まえた、自己投影の側面があることは見逃せないだろう。

一方お稲は、夫のような上流階級へは進んで参入しようとはしない。翻案版での上流階級性は、ホテル（雲仙や軽井沢への避暑旅行）やピアノ、洋食などのような、西洋文化によって体現されているが、お稲はこれらに対して「異人さんのたくさん行くホテルなんか、恐ろしくつて真平だよ、洋食は大嫌ひだしね」[11]などと、苦手意識を露わにしている。ただし、娘にだけは上流の暮らしを積極的に勧めており、娘に必要がある限りでは、自分もそれらしく振る舞おうとする様子が伺える。

また原作では、ステラとスチイヴンの間には一時期ははっきりとした恋愛感情があったことが描かれているが、翻案では、実家の破産と父の自殺に絶望した純爾が、「この九州の片隅の村に百姓して一生世の中から逃れて暮らしたい[12]」との思いから、旅先で自分を看病したお稲との結婚を決めている。そこでお稲の側の心情はほとんど説明されておらず、純爾とお稲の感情的つながりは弱い。また、原作ではステラの性的放胆が問題になっているが、翻案ではその要素も薄い。つまり、お稲の意識はただ娘のことだけに集中して示されており、自分自身についての理想や志向はかなり希薄なのである。

そのため、原作の語りが多くステラに焦点化して進行するのに対し、お稲は物語を推進する存在とはならない。そのかわりに、吉屋翻案において大きな比重を占めているのは、娘・桂子の存在である。

[2] 桂子の突出

お稲と違って、桂子は知的で、美しい娘として造形されている。原作のステラが娘・ロオレルの身なりや行動に関して主導権をもち、幼時のローレルからは「自分のそばかすだらけの顔、ごつくして、柔味のない、日に焼けた頸と手、無恰好な黒い髪、それらのものと、母親の桃色や純白の姿とが、自づと対照されて、母親は天使のやうな美しさに思はれました」などと、一定の憧れすら示されているのに対して、桂子がお稲の影響を受けることはない。むしろ桂子は、「お母さん低級だから、いやだわ」「もう少し趣味を向上させて頂戴よ[13]」などと、お稲を批判し、指導する立場を担っている。

原作では、ステラは「金持の娘さん」を模範としてロオレルを管理している。しかしどれほど努力しても上流を理解しえないステラが、ロオレルの成長に及ぼす悪影響が心配され、ステラとロオレルを別れさせる必要が生じている。

しかし翻案では、桂子の趣味や知識は、お稲とは無関係に、おそらく父親や学校教育を中心として確立されている。この桂子の設定が、原作の問題設定を崩しかねないバランスにまでなっていることは極めて重要である。すでに確固たる趣味や知識を保持し、むしろ母を啓蒙する立場にある桂子には、母による教育以前に、その悪影響すら及ぶ余地がない。つまり、良くも悪くも娘の〈教育者〉としての〈母〉の実質的な役割は損なわれているのであり、このことによってお稲と桂子を別れさせることの必然性が弱められるばかりか、そもそもこの桂子にとって〈母〉など不要なのではないかという疑いを生じさせもするのである。

また、別の点からも桂子の存在は突出している。父と薫の密会場面を桂子が目撃してしまうのは翻案オリジナルの展開である。これによって桂子は父と母、父と薫との関係の全てを一人で把握する立場になる。原作でも、ロオレルは両親たちに気を遣う娘としての苦悩は見せているが、桂子の負担の過剰には及ばないだろう。ロオレルが両親たちに対して従属的な位置にあり、語りが彼女の心情にまで詳しく立ち入ることは少ないのに対して、桂子はお稲以上に悩み、彼女を中心に物語は進行するのである。

また桂子は、ステラが有していた積極性や自己主張を、お稲の代わりに担っているところがある。弁護士から離婚の話が持ち込まれる場面では、原作ではステラ本人が「妾は戦ひます。妾の採るべき道はそれより他にあるものですか。根性曲りの人達が妾を陥れようとしたことに、妾が罪があるかないか、はつきりそれを見せてやります」として、これを退けているが、翻案では桂子がその間に入り、おろおろするばかりのお稲に代わって、「もし、どうしても父がそんな残酷な仕打ちを母に致しますなら、私は戸籍の上などは、どうでも——たゞ母に付いて一緒に父の許を出て参ります」(14)と述べて、弁護士を追い返す役割を果たしている。

自己卑下的なお稲に代わって、お稲を擁護するのはいつも桂子である。母の欠点を誰よりも意識しながらも、桂子は何とか母を肯定しようとする。そうしたとき、桂子が母を肯定する根拠は、彼女が〈母〉であるという一点に懸かっている。

〔翻案〕さういふ無智な母を、でも桂子はうとましくは出来なかつた。良人は妻に愛想をつかし、心離るゝ心理が起きても、子供は母を諦めたり、心を離したりは出来なかつた。男女の間柄は離合さだまらずとも、血と肉の絆もつ母と子の関係は男女の愛より、もつと切実なものだつたから――（一九三六・三「過まてる結婚」）

父には、仕事や名誉がある、薫には芸術がある、しかも地位の愛を、心では薫は得てゐるに相違ない、だのに、母のお稲には、何があるだらう、父の心も、既に去つて冷たくなつてゐるとしたら、後には、只、桂子一人があるだけではないか！　あゝ、その桂子さへも、薫の魅力を感じてゐるとは――／何といふ、母は不幸な女！　さう思ふと、桂子は、薫を慕ふことさへも、母への裏切りのやうな気がするのだつた。（一九三六・一二「薫と桂子」）

〈教育者〉としての役割を満たせず、仕事や芸術などの付加価値も見出されないお稲と、桂子をつなぐ必然性はただ〈血縁〉関係のみに還元されていく。自分以外にはなにもない母、しかし自分にとってかけがえのない〈母〉であることが、お稲の絶対的な価値なのである。

ここには、当時の家族国家観の影響が濃厚である。家族国家観とは、日本全体をひとつの〈血縁〉に結ばれた家族と捉えるものである。そこで、個別の家族から天皇にまで繋がるものとしての〈血縁〉は、重大な意味を持って守られるものとなる。また、牟田和恵は、家族国家観の基本にある家族主義について、祖先崇拝や儒教的な孝の精神だけでなく、そこに「情緒的結合」を強調した新しい家族イメージが利用されていることを重視している。[15]なかでも、〈血縁〉によって結びついた母子の情愛関係は、特権化されて長く近代日本を支配する心性であっただろう。

しかし、この〈血縁〉だけによって〈母〉の価値を確保するということは、〈母〉の価値を単に〈産んだ〉ということにまで削減してしまうことと表裏一体のことである。肯定できる要素が皆無でありながら、しかし〈血縁〉によって結ばれた生みの母であるという一点において守られるお稲から、この家族国家観的な〈血縁〉信仰を取り去ってしまえば、むしろ〈母〉の価値の無根拠性が浮かび上がってくる。そしてまたしても、やはり桂子にとって〈母〉は不要なのではないかという疑いにたどり着くのである。

[3] 桂子の無力化

こうした桂子の存在は、この物語を破壊してしまいかねないものである。翻案独自の要素として盛り込まれた桂子の確固たる意思表示や、ピアノの才能は、〈母〉の存在価値を無効にするばかりでなく、さらには桂子がこのまま結婚をせずに職業をもち、無力なお稲を守って生きて行くような可能性すら感じさせるものになっている。そこでは、この物語の前提であった階級の再生産制度としての結婚や、ひいては家族制度までもが否定されてしまう恐れがある。

しかし、桂子が〈娘〉の位置を逸脱することはやはり許されないのである。翻案後半では、桂子の恋愛が描かれ、その過程で桂子のそれまでの主張はゆらいでいく。恋愛―結婚という家族制度の順路に置かれた桂子は、徐々に物語の型に回収されていってしまう。

桂子が健五と出会う軽井沢のホテルの場面では、「下品」なお稲の失態がことさら強調され、桂子は、自分の好きになった青年の前で、「愛してゐる生みの母を、何故こんなに、此の青年の前に恥ぢるのだらう[16]」と、初めてお稲を否認することになる。お稲を桂子の結婚の障害として位置づけることで、お稲の〈悪影響〉を浮上させ、お稲が身を退くべき理由とするのである。

そこで、桂子に相応しい、もう一人の〈母〉となるのが薫である。この〈代母〉のモチーフは、安妮が論じているように一九三〇～四〇年代の映画にもよく描かれていたものである[17]。何らかの事情によって養育困難となった実母に代わって、さまざまな女性が母親の役割を引き継ぐことについて、安妮は「不運な女性であれ幸運な女性であれ、職業女性であれ、家庭主婦であれ、すべての女性に母親のイメージが投影されており、既成の家族制度に異議を唱えた擬似的母親像も含め、結果として家族制度の土台を補強することになっている」と指摘し、こうした映画は女性全体を〈母〉として国家に動員していくことに貢献したと述べている。

しかもこの〈代母〉への継承が、お稲と桂子の〈血縁〉の重要性を否定することなく可能になっているのだとすれば、ここにもまた日本人全体を〈血縁〉で結ばれたひとつの家族であると想像して、〈血縁〉の意味を拡大する家族国家観の論理が機能しているといえよう。

そして、ここで薫に〈母〉としての実質があてがわれていくことで、〈母〉の価値の無根拠性が隠蔽され、家族制度への疑義に至る危険は回避される。桂子がピアニストであることは翻案オリジナルの要素であるが、同じくピアニストであるという点において、薫は桂子にとって必然性のある人物となる。上品で洗練された薫は、桂子の憧れと尊敬の対象であり、確かに桂子を教え導くべき〈母〉として相応しい実質を備えているのである。

さらに、それにともなって、桂子はむしろ普通の〈娘〉に退行していく。後半、お稲が龍作のもとに去り、桂子を捨てるという出来事を境に、小説上では桂子への焦点化が極端に消えていく。桂子がここで茫然自失の状態に陥っているのは、単に母に捨てられたショックを示すのではない。桂子が中心になって擁護してきたお稲を否定することは、これまでの桂子自身を否定することでもある。このとき桂子は、それまで保持していた全てを把握する聡明さも、強い自己主張も失って、無力化される。お稲の真意を理解することもできず、ただ薫に頼るほかないと嘆く桂子は、物語が要請する〈娘〉の位置に戻されていくのである。

翻案後半部の描写や台詞は、原作の表現とかなり近い部分が多いが、微細に変更が加えられており、その差異にはより重要な意味が認められるだろう。まず、原作では悲しむロオレルを前に、ヘレンはステラの決心の尊さを感じている。

〔原作〕口惜しくて、口惜しくて、ロオレルは、自分の手に傷がつくまで、その若々しい歯で噛みしめました。／「母の愛ほど、偉大な愛が又とあらうか。」かう、ヘレンはその時呟きました。／ロオレルにはそんなことは聞えません。「奥様、妾はほんたうに不仕合せです。」と、物憂げに言ひました。（中略）／「奥様！　奥様！」抱きしめられると、耐へ切れなくなつたロオレルは急に泣き出しました。突然の暴風のやうに烈しいものがありました。併し、ヘレンの手は固く彼女を押へ、しつかりと抱きしめて、「それがい、の、お泣きなさい。心持がよくなります。お泣きになつて了つた方がよくつてよ」

ここでヘレンは「母の愛」の前に感嘆しているのであり、その認識の上では、あくまでロオレルの〈母〉の位置はステラの側に維持されている。対して、翻案の薫の台詞は以下のように変えられている。

〔翻案〕桂子は、無念さうに唇を噛みしめた、そして寝台の端に崩れるやうに泣き沈んで身をもみながら、とぎれとぎれの声で、／『私……私は、ほんとうに不幸な娘です。』（中略）／桂子はいきなり、その薫の手に縋つて烈しく泣き出した。／薫は赤ん坊を抱きしめる様にしつかりと抱きしめて、／『い、の、お泣きなさい、私は今日からあなたのお母様の代りよ……』（一九三七・五「女の眼」）

翻案では薫は自分が「お母様の代わり」であることをはっきり宣言し、桂子はその「赤ん坊」となっている。この後、薫は桂子に対して、常に彼女以上のことを把握し、教え導く存在として、母娘の適切な上下関係を維持していく。代りの母に頼り、お稲を忘却することで、葛藤することもなくなった桂子は良家の子女として、望ましい家族形態へ再編されていくのである。

［4］お稲の価値

一方、お稲は最終的にどう位置づけられるのであろうか。桂子が後退すると同時に、お稲を擁護する役割は薫に移っていくが、それまでお稲が薫に対する批判をあらわしていたことを考えると、両者の相互理解はかなり唐突な印象も与える。あらゆる面で落差の大きい二人の共感を決定するのは、やはり〈母〉であることである。薫からお稲にかけられる言葉には、原作にはない「あなたのその尊いお母様のお心が」などの、〈母〉としての評価の強調が見受けられる。

また、原作においては、ステラとロオレルが文通するなどの提案がなされ、その別れが決して絶対的なものとされてはいないのに対して、お稲はかたくなに桂子との関係の断絶を誓っている。お稲は自己を消去することによって、逆に桂子への影響力を示すことができるのであり、それでこそようやく〈母〉としての資格を得るのである。〈愚母〉であっても娘を思う〈母性〉によってお稲を復権することは、一面的には従来の〈賢母〉観に対する批判としても読めるが、これもまたどのような女性であっても〈母〉へと収斂していこうとする国家の女性動員に対応しているといえるだろう。

しかし一方で〈母〉の無根拠性がほのめかされるこの翻案において、〈母〉以外の価値を認められないお稲を肯定することには、最後まで困難がうかがえる。娘の晴れ姿を遠くで見つめる母という有名な最後の場面は、一見同じ構図のようだが、原作と翻案の母には大きな違いがある。

〔翻案〕依然として、顔を赤らめたまゝ、ロオレルは花束を置くところを探し求めてゐましたが、窓際にそれを置かうとして、ステラの立つてゐる方へ、ツカ〳〵と二三歩、近づいて来ました。そして花を下に置きました。まるでステラの肩の上に置いたやうにも見えるのでした。そして、立止つて、眼を上げました。窓硝子一枚で親娘の者が向き合つてゐるのです。ロオレルは長い間窓硝子に向つて立つてゐました。外が暗く、内が明るいので、その硝子は恰度ロオレルには鏡のやうな役を務めることが出来たのです。一間ばかり離れて、ステラはまぢ〳〵とロオレルを見ることが出来たのです。こんなに美しい、眼が眩むやうなものを、ステラは生れて一度だつて見たことはありませんでした。それはもうステラのものではありません。誰のものでもありません。きらめく星です。光る天国です。この世の人間の如何ともすることの出来ない美しさです。

実は原作ではこの場面は結婚式ではなく、社交会デビューのパーティなのであるが、ここではロオレルを見る窓ガラスが、ステラにとっては鏡のような役割を果たし、ロオレルの上流階級への参入が、ステラの自己実現と重ねられているのである。それに対して翻案では、お稲も同じく桂子の姿に喜びを感じてはいるものの、そこではお稲の悲壮さが際立っている。

〔翻案〕　お稲は胸がどきりと鳴つた。傘を横ざまにばさりと倒して彼女はその車の後を追ふやうに駆け出した。直ぐその後に続いた三四台の車が、途中を横切る彼女の姿に、警笛を激しく鳴らした。／その間に花嫁を乗せた車は、東京会館の玄関に着いた、お稲は、警笛を耳にしながら、殆んど生命懸けで、自動車の間をくゞつて、玄関に近づいた。そこには空色の服に、金釦のボーイが二三人待ち受けている。（中略）そして、もう一度、あの灯の明るい会館の玄関の方を、濡れた眼で振り返つた、その時、一台の自動車が彼女の姿の前に急停車したのが、間に合はないで、斜かひに、彼女の袂をかすめて、『こらツ！』と焦ら立つた運転手の叫び声と一緒に、お稲はばつたりと舗道に横に倒された。傘はひしやげて、車の下にぺしやんこになつた。／あちこちに人の声がした、警官の剣が、雨の中に濡れて光つて見えた。お稲ははつとして、飛び上らうとした、腰も脚も随分痛かつた。（一九三七・六「消ゆる母」）

ステラも警官に咎められはするものの、お稲は二度にわたって車に轢かれそうになり、これは一瞬死を思わせる描写ですらある。このお稲への虐待描写は、ただ悲劇的効果を強調する以上に、お稲を強力に排除しようとする痕跡であるように思われる。彼女を〈母〉として立派な存在に見せるためには、その被虐性を強調することが必要となっている。この場面には、そこまでしなければお稲のような人物の価値を認められないという、吉屋の階級的な無意識が露呈しているのではないか。お稲の「下品」さを捉え直すような観点は、最後まであらわれることはないのである。

4　映画版との比較

最後に、映画版との差異を確認していこう。

映画広告においても「吉屋信子原作」であることが大きく謳われ、「ステラ・ダラス」との関わりを示すものは見当たらない。映画誌の批評の中には「ステラ・ダラス」に言及するものもあるが、多くの観衆には「吉屋信子原作」映画として受け止められただろう。当時の吉屋のネームバリューを考えれば、名作の翻案であることをアピールするよりも、あくまで日本独自の、吉屋信子作品として宣伝することに利があったことが伺える。

映画版は、基本的には吉屋翻案のプロットを踏襲している。そしてもちろんここにも、階級構造と、結婚による再生産の物語が通底していることは変わりがない。

しかし、それぞれの登場人物の描き方には大きな改変がある。まず、お稲は下層階級出身で教養が低いという設定は共通であるものの、お稲は周囲の差別を受けて、それを克服すべくさまざまな努力をする人物となっている。お稲は、語学や、生け花などの勉強に励み、またそのことによって桂子に認められているだけでなく、父・純爾からも愛情と理解を示されている。さらに、英百合子の演技と、周囲の母親たちの露悪的描写のせいもあって、お稲の「下品」さはやや希薄である。また、お稲はひかえめで、つねに周囲に対して萎縮してはいるものの、離婚の申し出の場面（これも純爾でなく、純爾の上司の依頼でなされたものになっている）では、自分ではっきりとそれを断るような芯の強さ、自己決定能力を持った人物となっている。

それにともなって、桂子はやや従属的な存在となっている。いくつかの場面で、母親に指導を与えることも描かれているが、龍作と親しくするお稲に対して「お母様には桂子しかないのよ」などと非難して、母親に頼る傾向が見受けられる。

映画版においては、桂子の友人の母親グループの存在が強調されているのが最大の特徴だろう。「女工上がり」であるお稲への、母親たちからの差別意識は、桂子と友人との関係にもそのまま反映され、お稲と桂子の世間からの孤立が強調して描かれている。

薫もまた世間との関係において位置づけられる。映画版では、軽井沢のホテルの場面が大きくアレンジされ、母親グループや薫もそこに滞在する設定になっている。その中で、母親グループが、表面上では有名ピアニストである薫に媚びながらも、「藤波先生が波多野博士の若い時の恋人だったと申すことでございますよ」、「あんな奥様をお持ちじゃ今だってどんなご関係だかわかったもんじゃございませんよ」と噂し、薫はお稲と共に批判の対象になっている。そこでは疎外された者同士の友情のかたちで、お稲と薫の関係が成立することになる。

また最後の結婚式の場面では、純爾や弁護士・井出などによって、お稲の心がけが褒められており、彼女が敢えて身を引いたことが、薫以外の人たちにも一定の共通認識となっており、薫だけがお稲の心を理解していた翻案とは大きく異なっている。薫からの「桂子さん、今日のあなたの幸福はきっとお母様に通じているわ。一生忘れることの出来ない深いご恩よ」という言葉に対して、桂子も「ええ」と頷き返しており、桂子もまたお稲の真意を理解しているように描かれている。

つまり、映画版では家族（及びその近親の者）と、世間との対立が中心となっている。特に、揶揄的に描かれる上流階級への批判が濃厚であり、周囲の母親たちの卑劣さに対して、お稲のひたむきで抑制的な〈母〉の美徳が称揚されるかたちになっているのである。ここではお稲の〈母〉としての価値は、家族にゆるぎなく共有されており、翻案に垣間見えたような〈母〉や家族制度への懐疑があらわれる余地はない。

ただし、この上流階級批判は映画版の特徴的な要素ではあるが、階級構造の再生産を前提とする物語全体の方向性を変えるものではない。翻案にもないオリジナルの場面として、母娘が別れた後、桂子のピアノ演奏がラジオで流れ、それをお稲が街角のラジオで聞くという場面がある。お稲はそこで演奏に陶酔し、冷やかす酔っぱらいを「お前たちにわかってたまるもんか」と撥ねつけている。ここでは、世間からは認められないが、下世話なだけの母親たちとは区別されるような、真の上流の存在が確保されている。そして、やはり娘は上流階級に送り出されていくのであり、映画版には上流に対する批判と憧れのアンビバレンツがあるといえるだろう。

5　おわりに

以上見てきたように、類型として語られてきた「ステラ・ダラス」――「母の曲」の間には、さまざまな差異がある。原作は、階級上昇の欲望を持った女性が、その欲望のゆえに排除され、しかし娘に仮託して自己実現を遂げるという物語であった。映画版では、こうした葛藤を生み出す階級構造を批判しつつも、上流への憧れを温存し、また家族や結婚、〈母〉の価値を強調して称揚する姿勢が見られた。

「ステラ・ダラス」—「母の曲」が示すのは、母と娘という二世代にわたる結婚と階級移動の問題である。いずれにとっても結婚が重要な契機となっており、階級の再生産であると同時に、その転換のチャンスでもある。どの母も自らの不幸が娘の世代に繰り返されないことを望んでいる。しかし母と娘の関係にはさまざまな分断線が引かれ、両者は引き裂かれていくのである。無学な生みの母と、教養のある代母のどちらが〈母〉としてふさわしいかといった問題以前に、結婚というかたちでしか〈娘〉の幸福が獲得できないということにこそこの物語の最大の困難がある。

それを吉屋信子は、〈娘〉の側の苦悩として描こうとしたのである。翻案で吉屋が示した桂子の突出は、適用範囲を拡大されていく〈母性〉の賛美の裏で、結婚と家族制度そのものへの疑義にたどり着く可能性を見せていた。桂子には、結婚が保証する幸福という物語の呪縛を絶ち切り得る強さが垣間見えたが、しかしそれはいまだ実現することのできない可能性であったのだろう。多くを負った桂子は、最後にはお稲を肯定することができずに、上流の安定を得ながら無力な〈娘〉に後退したのである。

その後、この物語は日本で定番化し、戦後にも児童読み物のかたちで書き換えられたものが流布している。[18] また、「母もの」ブームのなか、一九五五〔昭和三〇〕年に小石栄一監督で、主演に三益愛子を迎えてリメイクもされている。[19] この物語が求められる背景には、結婚によって決定される〈娘〉の幸福という問題の継続がうかがえよう。別の時代の別の「ステラ・ダラス」—「母の曲」がどのように変奏されていったのか、さらに検討していく必要があるだろう。

注

（1）たとえば、『婦人倶楽部』連載に併設された読者欄には以下のような声が寄せられている。「『母の曲』は家内中での愛読小説でございます。祖母も父も母も妹も、毎月婦倶での待遠しいもの、一つです。発売日の晩女学校二年の妹と私が、朗読して聞かせることになつて居ります。厳格な父も『これはよい小説だ』と喜んで居ります。」（一九三六〔昭和一一〕年一〇月）、「私の隣近所も『母の曲』が評判です。書店から十月号が届いた日も、近所の人々から『桂子はどうなりました。』『お稲は別れましたか。』と聞かれる程でした。吉屋先生のお作はみんなみんな大好きです。」（一九三六〔昭和一一〕年一一月）。また、映画の盛況については、監督・山本薩夫が以下のように回想している。「『母の曲』は、日劇で上映され、予想外にヒットした。（中略）見ているうちに観客が日劇を取り巻きはじめ、その輪が三重になっていった。あの情景には、さすがに私も驚いてしまったものである。／この映画のヒットだけが原因ではないだろうが、これを契機に日劇は東宝のものとなっていった。この映画は、総計すれば一千万ぐらいの観客を動員しているのではなかろうか。」（山本薩夫『私の映画人生』、一九八四年二月、新日本出版社）

（2）山本喜久男『日本映画における外国映画の影響』（一九八三年三月、早稲田大学出版部）、坂本佳鶴恵『〈家族〉イメージの誕生』（一九九七年一月、新曜社）などを参照。

（3）沢山美果子「近代的母親像の形成についての一考察」（『歴史評論』、一九八七年三月）などを参照。

（4）水口紀勢子『映画の母性——三益愛子を巡る母親像の日米比較（改訂増補版）』（二〇〇九年四月、彩流社）、前掲、坂本『〈家族〉イメージの誕生』などを参照。

（5）本来ならば、一九二五年の米映画版の影響も考慮すべきであるが、この映画は現在確認することが難しい。また、一九三七〔昭和一二〕年の映画「母の曲」についても、本来は前後篇で公開されていたが、これも現在では総集篇のかたちで編集されたものしか見ることができない（二〇一一年三月のフィルムセンター特集などでも取り上げられたが、総集篇での上映だった）。映画「母の曲」は、一九四六〔昭和二一〕年にも上映記録があり、おそらく総集篇はそのときに作られたものと思われる。これらの事情により、比較は不充分なものとならざるをえないが、いくつかの観点に絞って考察していきたい。また、「ステラ・ダラス」は一九三七年にキング・ヴィダー監督によってリメイクされているが、日本での公開は翌年一二月であるので、本論ではこれもさしあたり比較の対象としない。なお、一九九〇年にも再々映画化されている。

（6）森岩雄訳『ステラ・ダラス／ラ・ボエーム』が、世界大衆文学全集、第二〇巻として改造社から発行されている。

（7）『婦人倶楽部』一九三六〈昭和一一〉年二月

（8）『吉屋信子選集』第一一巻（一九三九〈昭和一四〉年、新潮社）

（9）森岩雄『私の芸界遍歴』（一九七五年二月二七日、青蛙房）

（10）小山静子『良妻賢母という規範』（一九九一年一〇月、勁草書房）

（11）一九三六・五「少女のあこがれ」

（12）一九三六・三「過まてる結婚」

（13）一九三六・三「母と娘の生活」

（14）一九三六・九「父への抗議」

（15）牟田和恵『戦略としての家族――近代日本の国民国家形成と女性』（一九九六年七月、新曜社）

（16）一九三七・一「二人の母」

（17）安妮「母である女、父である母　戦時中の日本映画における母親像」（『日本映画史叢書⑥　映画と身体／性』二〇〇六年一〇月、森話社）

（18）例えば、大庭さち子著『世界名作文庫　母の悲曲：ステラ・ダラス』（一九五四〈昭和二九〉年、偕成社）、村岡花子著『世界名作全集　母の曲』（一九五五〈昭和三〇〉年、講談社）、城夏子著「ステラ・ダラス」（『ジュニアそれいゆ』一九五六〈昭和三一〉年、九号）山本藤枝編著『世界少女名作全集　母のいのり』（一九五九〈昭和三四〉年、偕成社）、宮内寒弥訳『少女世界文学全集　母の曲』（一九六一〈昭和三六〉年、偕成社）などがこの系譜にある。

(19) 戦後版は戦前版よりも吉屋の翻案がそのまま踏襲されているところが多い。しかし、より母の愚かさや失敗が露骨に描かれ、桂子と別れてからの職業放浪や、周囲からの虐待描写など、よりマゾヒスティックな母親像になっている。また娘の側の母親嫌悪が増しており、〈母〉をめぐる意識の変化が伺える。

附記 「ステラ・ダラス」本文引用は、森岩雄訳世界大衆文学全集第二〇巻(一九二八〔昭和三〕年、改造社)、吉屋信子「母の曲」本文引用は、初出『婦人倶楽部』(一九三六〔昭和一一〕年三月~翌年六月)に拠る。旧漢字は適宜新字に変更し、ルビは省略した。「母の曲」引用末尾には掲載年月とサブタイトルを付した。

第九章　吉屋信子の〈戦争〉——「女の教室」

1　吉屋の戦争協力批判

「良人の貞操」の成功によって、吉屋信子のネームバリューは絶大なものになった。小説執筆のみならず、講演や取材などの依頼も殺到し、多忙を極めて胆石を患った吉屋は仕事を抑えることを決意するようになる。そこで、一九三七（昭和一二）年に雑誌は『主婦之友』と、翌年に新聞は『東京日日・大阪毎日新聞』と専属の契約を結ぶ。節筆を意図しての契約だったが、吉屋というスター作家を得た『主婦之友』は、小説連載の他にもルポルタージュなどの仕事を積極的に担わせるようになった。そこに日中戦争が勃発し、『主婦之友』は同誌の目玉企画としてすぐさま吉屋を特派員として大陸へ派遣した。

八月二五日から九月三日までの北支滞在ののち発表された「戦禍の北支現地を行く」（『主婦之友』一九三七（昭和一二）年一〇月号）、続いて九月二〇日から一〇月三日まで上海を取材したものが「戦火の上海決死行」（同、一一月号）として発表される。これらは、その後直ちに単行本（同年一一月一八日、新潮社）として刊行されている。[1] また、一九三八（昭和一三）年九月にはペン部隊が結成されて海軍班として漢口へ、この後も吉屋は満州、インドネシア、ベトナム、タイなどを行き来して『主婦之友』に取材記事を発表し続けている。[2]

女性読者からの絶大な支持を誇った吉屋が著した従軍ルポルタージュが、銃後の女性動員に果たした意味は小さくないだろう。それゆえに、これら一連のルポルタージュはこれまで多くの批判を呼んできた。亀山利子、高崎隆二の論を筆頭に、渡邊澄子などの論の他、二〇〇二年のゆまに書房のアンソロジー「〈戦時下〉の女性文学」では、全集未収録であった『戦禍の北支上海を行く』『月から来た男』の二冊が復刻されて、さらに注目されるところとなった。[3]

吉屋のルポルタージュについては、総じて「あまりにも見事な時局追随、単純明快な勧善懲悪主義」であり、「他国の領土への侵略なのではないかという疑問はひとかけらもない」と断ぜられる。実際に戦地の破壊の跡を眼前にしながらも、「抑制のない詠嘆と叫び(4)」によって思考停止し、日本の絶対的な正当化の外に出ることはない。さらに、その思考の限界は「まさに女学生的思考としかいいようがないが、非現実的な少女小説ばかり書いて夢の世界にのめりこんでいるとそういうことになるのかもしれない(5)」という少女―女性の作家ゆえの甘さとして糾弾されてもいるのである。

こうした吉屋の戦争協力の問題は〈少女小説〉系統の研究では言及されることはなかった。しかし〈少女小説〉の可能性を復権する動きの反対では、同時に〈少女小説〉的な想像力が批判されていたのである。ただし近年では、むしろ〈少女小説〉的なものとルポルタージュの関係こそが問われるようになっている。久米依子は、両者に共通する二重化された表現手法を指摘して、「反転をくり返すようなこのねじれた文のなかに、表層では捉えきれない折り畳まれた意味を読みとるべき(6)」と、吉屋のルポルタージュが持つ問題を厳しく認識しつつも、その語りえなかったものを捉えようとしている。あるいは菅聡子は、〈少女小説〉から続く読者との感情的な親和性を重視し、銃後の女性を戦争に参与させる「物語の力(7)」を問題視している。戦時下の仕事を切り離して、〈少女文化〉論の安全圏でだけ吉屋を評価することはできない。だが吉屋を典型的な戦争協力者として単純化することもまた不当である。その問題性と意義の双方を見据えて分析していくことが必要だろう。

確かに、吉屋のルポルタージュの言辞は、日本軍による破壊の跡にわずかな動揺を感じさせるところはあるものの、基本的には「端的にコロニアル」な「他者の征服の正当化(8)」であるに違いない。しかしこの時期に、求められてものを書き続けなければならなかった作家個人にその責任を問うことは難しい。また、これだけを以て、どこまでが本音で、どこまでが建前かを分別しようとすることも不可能であるだろう。もちろん、平時の吉屋の男性批判の口吻と比べれば、ルポルタージュの軍人描写は明らかにコントロールされたものであるように思われる。軍人の発言として示された部分に改稿のあることからも、これらのルポルタージュがリアルなドキュメントでないことは明らかでもある。だが、これが単に時局に応じて装われた格好だけのものであるとは考えにくい。ここには確かに女性代表として戦地の現実を捉え、またそれによって女性を啓蒙していこうとする自負がある。おそらく吉屋は、ある程度は戦争を嫌悪し、しかしまた同時にある程度は〈聖戦〉を信じてもいたのだろう。

そこで注目したいのは、ルポルタージュと並行して書かれていた連載小説である。日中戦争開始以後も、基本的には女性の生活が中心に描かれることに変わりはない。設定は様々であっても、多くは友情や、恋愛・結婚が題材とされ、それまでの小説群と大きく雰囲気の違うものではない。だからといって、小説がルポルタージュを相対化しうるものとしてあるという訳ではない。渡邊澄子はこの時期の連載小説の内容を概観した上でやはり「吉屋は疑問も後ろめたさもなく」、「文字通り最初から聖戦と信じて是認したその戦争に彼女を尊敬し憧れる女性大衆を誘導・先導する役割を果たしきった[9]」のだという。ルポルタージュほど直接的でないとはいえ、小説にもまた素朴な時局追随、戦争賛美があることは否めない。

だが本論では、その戦争が何故肯定されるのかということを、時代の圧力だけに還元するのではなく、小説のなかの論理で捉えてみたいのである。一見それまでと大きな変化のないようにも思われるモチーフ—女性の職業の問題、恋愛・結婚の問題に、〈戦争〉の軸が加えられることによって、ある変化が生じているのではないだろうか。そして、そこにこそ吉屋信子にとっての〈戦争〉の、重大な問題があるのではないだろうか。

2　「女の教室」の成立について

本章では、一九三九〔昭和一四〕年から一月一日から八月二日までは『東京日日・大阪毎日新聞』に連載された「女の教室」について考察していく。これは繰り返し批判の俎上に挙げられた一九三七〔昭和一二〕年の北支・上海視察、翌年のペン部隊従軍を経て発表された小説であり、小説内で戦争が大きく扱われるようになる最初の作という点で重要な位置にある。また七人のバラエティ豊かな女性を主人公に揃えて、それまでの新聞連載小説のなかでも最長のものとなった本作は、いわばこれまでの作品の集大成のようなところがある。

「女の教室」は、「学校の巻」、「人生の巻」、「戦争の巻」の三部で構成され、一九三六〔昭和一一〕年春から一九三七〔昭和一二〕年の南京陥落までの時代を背景に、女子医科専門学校の同窓生である七人の女性医師たちが、それぞれに職業や恋愛などの悩みを乗り越えて成長していく姿が描かれる。

この連載を依頼したのは、当時学芸部長であった久米正雄である。この頃、朝日では同じく女性従軍作家であった林芙美子の「波濤」が連載されており、東日大毎はその対抗馬として吉屋を擁立したのだった。単行本あとがきによれば、依頼は一二月二日であったというが、早くも本連載についての予告が一七日に発表されている。そこでは「いはゆる戦争小説ではありませんが、聖戦の鼓動脈うつ新戦場を一つの背景とし、女主人公はこの新東亜の大舞台に『科学者の道』を歩む一人の若き女医、事変の激動の中に科学者の知性と女性の情操が如何に運命を彩るか、いかに明けゆくアジアの黎明を身をもつて認識してゆくかといふ新しき『日本女性の道』が描かれていきます[10]」とうたわれている。また、吉屋も次のように抱負を述べている。

この度の作品は、私の海軍従軍の後に、始めて世に問ふ最初の作でございます。私は従軍中も、大砲の音に呼吸も止り、毎日の機雷爆破の水煙に眼もくらみ、望遠鏡に浮かぶ敵兵の姿に身をすくませ、支那難民の女の姿に胸痛みつ（われら女性は、何をなすべきか）を考へ、ひいては（敵国支那の女性にも、またわれら何を望むべきか）をも、考へ至りました。／その戦場の砲煙の間に、女の心と眼を通じて、感じ得たる祖国と、憐れな敗残敵国への認識と観念とを底に秘めていさゝか心に期するところありて、敢然とこの作品に立ち向ひます。／願はくば、朝げの後のひとゝきをおん眼を給はらば、筆者の喜びこれに過ぎません。(11)

また、連載開始前の一二月二三日には、予告への反響を受けて再び記事（「新小説〝女の教室〟元旦紙上から」）が出ている。そこでは、小説のモデルとされる二人の女性が紹介されている。一人はかつて吉屋家の仲働きとして働いていた人物であり、小学校から専検を経て女子医専に挑戦したというエピソードは、登場人物の一人・蠟山操の原型となったものだろう。また、もう一人のモデルとされるのは、「支那のインテリ女性(12)」である。以前日本に留学していた頃に宣教師を通じて吉屋に知遇を得たという彼女は、その後上海で教職に就いており、ペン部隊で上海にあった吉屋と再会している。吉屋はそこで彼女について、「久しぶりにあへた嬉しさ、しかも心の底からうちあけ手を握れない悲しさ。その複雑な気持をどうにかして現はさうと思つてゐます」と語る。彼女への思いは、中国からの留学生として登場する陳鳳英に投影されているだろう。これらの予告では、あらかじめ「聖戦」や「新東亜」などの同時代の政治的な枠組みがはっきりと打ち出されている。同時に、「敵国支那の女性」についての微妙な表現にも注目される。「日本女性の道」とともに、「憐れな敗残敵国」の女性たちをいかに表象するのかも問題となるだろう。

本文の分析に入る前に、本作の異同について確認しなければならない。「女の教室」は新聞紙上での連載終了後、中央公論社から一九三九〔昭和一四〕年に単行本が刊行されている。その後終戦を経て、一九四七〔昭和二二〕年に「長篇名作文庫」の第五巻として矢貴書店より再刊されている。しかし、この矢貴書店版では全面的な本文改稿と合わせて、後半の「戦争の巻」が削除されている。これはおそらくGHQのプレスコードに配慮したものだと推測され、中国批判や軍国主義宣伝にあたる部分が削除改稿されている。

これが、のちに一九五九〔昭和三四〕年に東方社から再刊の際に、「戦争の巻」を戻したかたちで収録される。現在定本となっている朝日新聞社版は、この東方社版を踏襲しているが、しかしこのテクストには注意が必要である。

藤田篤子は東方社＝朝日新聞社版のテクストが、戦後に大幅に改稿された矢貴書房版の「学校の巻」「人生の巻」に、戦前の初出版「戦争の巻」が接ぎ木されたものであることを指摘している。[13] 朝日新聞社版の全集は、この他にも書誌上の問題を多く抱えた不完全なものであるが、藤田は、説明を欠いたまま二つの異なる歴史性を帯びたテクストが一つのものとして流布している現状に疑問を呈している。よって、本論では、初出の新聞連載時のテクストを使用して、分析を行っていく。

3 中国・満州表象

まずは前節で見てきたルポルタージュと強く関わる日中戦争に関わる記述から確認していく。その勃発は、連載の中頃、ちょうど彼女たちが医専を卒業して、それぞれ新たな生活に入った頃に訪れる。轟有為子と同居する仁村藤穂、また轟家のばあやの清の間で、通州事件が話題になっている。この部分は、初出からの改稿の多いところであるので、やや長くなるが全体を引用する。

藤穂が、桔梗を持つて入ると、その茶の間では、朝餉の卓を控へて、有為子が新聞をひろげて、眼鏡の奥の眉を顰めて、／「あゝ、たまらないわ、通州の残虐事件――なんてひどい残忍性が支那人にあるんでせう！」／新聞のその報道記事から、眼を覆ひたくなるほどの、烈しい衝撃を受けてゐた。／「なんで、又その鬼みたいな奴等を、こちらでまる〳〵信用してたもんてございますかねえ」／清も口惜しがる。／「――なんとかして、こんな惨事を、未然にふせげなかつたかしら？」／有為子が嘆じる。／「ほんとにねえ、で、これから支那と何うなるんでせう？」／と藤穂も、花を片手に、新聞をのぞき込む。／「もう、かうなりや、不拡大もへちまもございますまい、こんな支那の兵隊は一人残らずやつつけて仇をとつて戴かないことにや、承知出来ませんよ」／清が力む。／「そんな無茶、言つたつて駄目だけど――つまり、この悲惨な事件を通じて、日本も反省しなければならないんだわ。／ナシヨナリズムが、宿命的なものだといふこと、治安維持の為に置かれた保安隊がいざとなると、日本人にこんなひどい事をするという事実は、これから、亜細亜の盟主となる大理想を持つ日本が支那とのほんたうの融合平和をうはつらだけでなく、根底から築かなければ駄目だつてことね――その為には、戦争も仕方がないかも知れない。／いつそ、いまゝでの、支那との何もかもを、清算して、新しい支那をつくつてしまふ為にね――私さう思ふわ――どう？　藤穂さん」／この七月の初め北支の盧溝橋で日本駐屯部隊の夜間演習中に、支那軍隊の不法射撃を受けてから生じた、北支事変は、この頃ます〳〵拡大して、はては、その月末には通州で保安隊反乱の惨事が勃発したのだつた。／花鋏を鳴らして、壺に桔梗を挿しかけながら藤穂が、／「どうかして、戦争せずに、うまく支那とやつてゆける外交官がゐないのねえ」／「ほんとにねえ」（一九三九・五・一〇「一九三七年の夏（一）」）

ここで、中国の卑劣に怒り、好戦的な態度を示しているのは清である。また有為子も戦争を「仕方がない」と是認する。ただし、ここで強調されているのは、感情的に中国への反発を高めて戦意を昂揚することではなく、「亜細亜の盟主となる大理想を持つ日本が支那とのほんたうの融合平和をうはつらだけでなく、根底から築かなければ駄目だつてこと」である。「新しい支那をつくつてしまふ」ためには、「日本も反省しなければならない」のである。

中国や満州の描写においては、その後進性や迷妄、反日感情が指摘される。しかし同時にそうした認識をもたらしたのは過去の日本の責任でもある。蒙を啓き、新しい中国、新しい満州—新しいアジア世界を建設するために、指導者たる日本もまた新しくなる必要がある。本作でくり返されるのは、この構図である。

たとえば、羽生与志が卒業後に職を求めて向かった満州では、彼女が唯一の医師である。同地で働く牧師の鮎川哲の妻は朝鮮人の桂玉である。「迷信的に医師を嫌ふ[14]」、「環境上からも無教養で無知で——その上、少し魯鈍な生れ付き[15]」でもある彼女によって、朝鮮女性の後進性が代表されており、これ自体は差別的な視線というほかない。しかし一方でかつて当地には「半島で、濡れ手で粟のつかみどりの一儲を志ざして渡つた無考へな日本人——所謂内地の喰ひ詰め者」、「朝鮮の人に対して、まるで横暴な征服者のやうな考え方」の者、「日本の男のなかには真面目に結婚の意志もなく、半島の女性をたぶらかして平然としている」者があり、彼女が十年前にその被害に遭った女性であることが明かされる。そして鮎川は「日本の男の罪の償ひを自分で負ふつもりで[16]」彼女と結婚したのだという。彼はデュガルド・クリスティを引用して[17]、次のように言う。

それは、戦後の平和と共に、日本国民中の最も低級な、最も望ましくない部分の群衆がこの土地へ続々と、入つて来て、日本は世界の一等国だ、ロシアを負かした、いはんや支那人なんか征服して無視すべしといふ乱暴な態度の行動で、不正や搾取を平然と行なひ、折角日本軍によつて生じた彼ら満州人の日本への信頼と救ひ主として縋る心のすべてを、もの、みごとに幻滅と失望で破り、日本人に対する不幸なる嫌悪の感情を深く植満州の日本人についての暴虐を批判するこの箇所は、日中戦争下の侵略行為への批判ともなりかねないところがあるが、繰り返し「日本軍隊の正義と仁義がいかに奉天の民衆を救ひ安心させて、信頼されたか」を強調して、あくまで日本軍の正当性は守っている。その上で、彼は「いまこそ過去のおろかな日本人の過失の償ひに、こゝで働く使命を帯びてゐる(18)」と語り、だからこそ与志の働きに期待する。満州の人々が、迷信や無知を払い、医療や教育を受けて進歩すること、そして日本人の慈愛を知って、「あの注射を受けたこどもたちが、優しい日本の女医から施された医療によつて、それが貴い絆になつて、日本へ心をつなぎつゝ成長してゆく未来(19)」を育てていく必要があるというのである。

七人のグルッペの内の一人、中国人の陳鳳英はこうした日本からの理想を内面化した理想的中国人として造形されている。彼女は入学式では「日本の学校のみなさまに、愛される生徒であるやうに、祈つて居ります(20)」と挨拶し、その日記に「把新酒装入旧的酒革者《あたらしきさけをふるきかわぶくろにいるるは》、這是我中国的現状《これわがちゅうごくのげんじょうなり》、真是可悲《かなしむべし》。把新酒装入新的酒革者《あたらしきさけをあたらしきかわぶくろにいれしは》、這是造成日本明治維新後的隆盛之因《これにほんのめいじいしんごのりゅうせいのいんなり》、真是可羨的呢《まことにうらやましいかな》(21)」と記す。中国の医師の少なさを恥じながら、しかし「私の国もだん〳〵よくなりませう。私ども、若い学問をした者が、よくしてゆかなければなりません！(22)」と語る彼女は、遅れた古い中国を恨み、日本に習って新しい中国の生まれることを望む中国人なのである。

卒業後に始まった日中戦争によって、同じグルッペであった陳鳳英との交流は不可能になる。「いくさつて、せつないわねえ…(23)」と藤穂は嘆く。そして最も親しかった与志は折に触れて鳳英を思い出す。南京陥落直前、与志は中国の雑誌のなかに鳳英を見い出して、胸の塞がる思いをする。彼女たちにとって、鳳英は敵なのではない。「東亜の新しき平和は、いつ新しい支那に入れられるのであらう――？」という思いを彼女たちは共有し、その苦しみを抱えながらも「自国の敗軍の傷兵を守」[24]らなければならない立場にある鳳英の悲劇を思うのである。

中国をただ憎むべき敵として描かないことに、従軍ルポルタージュとの差異はあるかもしれないが、こうした構図は、また端的に当時の「東亜新秩序」の思想に合致するものだろう。一九三八〔昭和一三〕年に近衛内閣が発表した「東亜新秩序」声明は、それまでの強硬路線を修正して、日中提携を打ちだすものであった。そこでは西洋帝国主義からのアジア地域の独立のために日本が指導的立場を担って「東亜新秩序」を建設することが主張される。これはあくまで日本を盟主とする東アジア統合の構想であるという点で、後の「大東亜共栄圏」構想に繋がるものであるが、そのなかで帝国主義的政策を転換して、日中の和解と連帯が試みられていたことに注目される。[25]そこでは、日中双方が社会改革を通じて古い体質を克服することで、新たな東アジア共同体を形成することが目指される。本作の鳳英は、日中戦争勃発後は、中国と日本のあいだで分裂的な立場を強いられるが、彼女たちは「新秩序」の構想を共有することで、鳳英と再び一体化することを祈るのである。この小説が、一九三九年の時点において、一九三七年の南京陥落までを描きだすことは、実際には泥沼化していた日中戦争について、日中提携を掲げる声明に沿うように改めてその正当性を定義し直すことであり、さらにそこに積極的な意義を与えようとすることでもあったといえるだろう。

また、この声明の前後から、近衛内閣のブレーンでもあった昭和研究会などを中心に「戦時変革」の議論が活発化していることも重要であるだろう。これは「東亜共同体」のような日本を中心としたアジア共同体の建設を提唱するとともに、日本国内の思想や社会・経済構造などに関する「変革」を企図するものであり、一方では帝国主義政策の一環でありながら、同時にその自己批判を内包するものでもあった。ただし、これらの議論は前述のように一九四〇年代には「大東亜共栄圏」構想に拡大されて、批判的契機を失っていくことになるのであるが、米谷匡史は、このとき三木清ら革新左派知識人が積極的に時局に介入しつつへゲモニー抗争を行っていたこと、そこで東アジアの連帯を導き出す「可能性」が模索されていたことを重要視している[26]。そしてこのとき目指された「戦時変革」という構図は、この小説にも見出すことができるのではないか。もちろん、小説にこれらの「戦時変革」論が直接的に参照されているという訳ではない。昭和研究会などが検討していた「変革」とは、具体的には、既成政党や財閥を打破するための新党運動や計画経済の導入の検討などとして展開されたのであり、本作の内容とそのまま対応するのではない。しかし、このときさまざまな論者が投企的に試みていた、日本への自己批判による「戦時変革」に「希望」[27]を見出すという構想は、この小説にも共有されているのではないか。「女の教室」は、卒業後のグルッペたちのそれぞれの進路のなかに、日本の「変革」をさまざまに描出している。それは一方では国策に連動しつつも、同時に旧来の社会通念を乗り越えようとするものともなっている。そしてこれは主に戦時下における女性の地位向上に関わるものとして展開されるのだが、この小説における「変革」は、単に地位向上という以上の過激な「希望」を描いていくことになるのである。

4 新しい日本

満州の描写においても、医療の浸透が重要視されていたが、日本国内においてもそれは重要な課題であった。このことは、蠍山操が向かった農村の描写によく表されている。操は母の急病から、研究の道を諦めて「東北の無医村診療所[28]」に就職することを選ぶ。それは「いまゝでの村医が、軍医で応召したので[29]」それを補うためであると説明される。実際、当時は男性の徴用によって、女性医師の需要が急上昇した時代でもあった。

研究への希望を引きずりながら、はじめての診療の現場で操が直面したのは、農村の貧しさと、根深い迷信である。すでに絶命した嬰児を背負って病院を訪れた老婆に早期治療の重要性を伝え、狐憑きを祓うための折檻に衰弱した女児に適切な治療を施しながら、操は次第に「この村に、今日のやうな古い一つの迷信を追い払つただけでも、医師として居ることは世の為に役に立つのだ[30]」と感じるようになる。

こうした農村医療の拡充は、この当時の医療界の大きな課題であった。山本起世子[31]に拠れば、一九三〇年代後半から、医師の都市集中が問題視され、自由開業制度やその営利的性格が、医療の不平等を生じさせていることが非難されるようになったという。そのような状況を受けて、医薬制度調査会が「医療制度改善方策」を提出するのは一九四〇〔昭和一五〕年のことである。ここでは現行医療制度の根本的改革として、医師の勤務地の指定や、無医地域に対しての公営医療機関の設置が訴えられた。しかし、それは同時に「戦時期体制における人的資源の確保という国家目標の下で、全国民が医療化の対象とされた[32]」ということにほかならない。日本全体が健康な国民によって構成されること、これはまた一方では病める者の排除・隔離の動きと連動する。この問題に関わる本作でのハンセン病の扱いは見逃すことができない。

伊吹万千子は、もともと大病院の院長の令嬢として育ち、出産の見学では気絶し、癩院の見学においても「私は駄目。絶対に——とても——弱虫なんですもの[33]」と弱音を吐くような女性であった。しかし、結婚を約束していた宇都木恵之助が、伊吹家の調査によって「あの分家すなわち恵之助君の父親の方は、確かにレプラで夭死した[34]」ということが明らかになって、彼女の人生は激変する。自身に症状はないにもかかわらず、それを知った恵之助は服毒自殺する。以来、万千子は「もう万千子は死んだものと思つて……万千子の生涯は恵之助さんに捧げさせて下さい[35]」と、救癩事業に殉ずることになる。

菅聡子[36]が指摘するように、前年のベストセラーである小川正子「小島の春[37]」をそのまま持ちこんだかのような万千子のエピソードでは、やはり「小島の春」と同じく、「隔離療法」の重要性が説かれている。本作におけるハンセン病は、「遺伝」ではなく「伝染」病であることが強調され、またそうであればこそ、過去の迷信によって対処

を誤ったがために「日本にどれだけ、あの恐るべき病菌が播かれて新しい不幸な罹病者をつくつたか知れない」[38]と
いうことが、繰り返し批判されている。

「(前略)何より先に、まづこの病気だけは、絶対に隔離療法が必要でせう、その為にこの島の療養所は無くてはならぬ処なの。/日本では天刑病といふ迷信から、家を追はれてさまよつて流浪のうちに、黴菌を撒き散らして、こんなに国中にふやしてしまったわけですわね――現在、日本の癩患者の数は、世界第三位よ！相当な癩病国よ、国の恥ね、そして国家の責任ね。(中略)/欧州諸国文明国は、いまこの病気は、ほとんど根絶しているのに――日本は本土、台湾、朝鮮を入れると、政府の統計以上に、実際は約四万の罹病者よ――おそろしいのね――棄ててはおけないわ」(一九三九・七・二二「白十字(二)」)

「どうしても、国民協力して、この療養所をたくさん建設して、十ヶ年後には、療養所以外には一人の癩者なしといふ、ほんとの文化の国にしたいのが、私たちの一生の望みですの。/国を愛すことは、戦争の時ばかりでなく、平和の時も、国の文化を押し進める国民総動員の気持がなくてはね――」(一九三九・七・二三「白十字(三)」)

ハンセン病への「隔離療法」は、今日では批判されているところのものであるが、本作では当時の新しい科学の言説として、古い迷信にこれが対置されている。万千子の台詞として長々とこれが説明されるのは、当然読者にもその知識を広める目的があったからだろう。物語の内外で、正しい知識を持って、古い日本を克服していくことが目指されているのである。

また、操の農村医療も、万千子の救癩事業も、いずれも国家事業としての矜持が示されている点で共通する。操は、有為子の死後、彼女の遺言から、研究の道に戻ることになるが、これもまた「科学の研究もやはり国家の為に大きな貢献となる[39]」という意味で、新しい日本の進化を担う事業と捉えることができるだろう。

万千子の父は、救癩事業に身を投じたいという娘に、「肉親の情として、個人的には忍びがたいものがあるが」、「かうして一族医業に携さはつてゐる家庭として——この万千子の国家保健上重大な癩院への奉仕を、さまたげる事はいさゝか恥じ入る[40]」と言って彼女を送り出す。そして操と万千子の新たな出発の際には、いずれも出征兵が登場する。見送られる彼らを横に見ながら「個人の運命より、もつと大きな国家の運命を護る為に！」、「私も単にパンの為のみでなく、無医村で、国家の民衆保健の為に尽さねばならない[41]！」と決意する彼女たちの出発は、明らかに女版の出征として描かれている。

「戦争は弾丸を撃ち合ふそればかりでなく、人生には眼に見えない戦争が、幾つもあると思ふの、そして人間はいつもそれに従軍して行くやうなものね[42]」と万千子は語る。こうした困難かつ価値ある仕事への参入こそが、女にとっての〈戦争〉なのである。

これは満州に渡った与志にとっても同様である。彼女は満州で暮らすことの心細さを感じるが、「医師的成功は、彼女のついさつきまでの激しい孤独感や寂寥を忘れさせて、生き甲斐ある喜びを脈打たせ[43]」るようになる。そして満州に医療をもたらす彼女について、鮎川は「十年離れてゐる間に、自分の祖国の文化が、いかに高まつたかを知る、一つの生きた証拠を確に此の眼で見たといふ気持[44]」になる。厳しい環境に身を投じ、尊い仕事に従事する女性たちは、憧憬のまなざしで捉えられ、藤穂は万千子に「なにか、このひとが——自分などより、はるかに高い処に位置する人に思へて——へりくだらずには、ゐられなかつた[45]」と、自身もそれに啓発されるようになる。こうして女性たちは、新しい日本を担う存在として期待されていくのである。

日本における女性医師は、大正末には全国で千人程度だったものが、一九四〇〔昭和一五〕年には三千人ほどに増加している。前掲の山本起世子は、戦時下において、女性医師の社会的評価が高まったことを指摘している[46]。一九三九〔昭和一四〕年の『医事公論』記事では、「目覚ましい女医の進出振りは日本医学史始つて以来の新現象」として、その一因を「事変による男医不足の間隙を衝いて一斉に進出した」ことと説明している[47]。こうした状況の中で、それまで男性医師に比べて差別的な扱いを受けることも多かった女性医師たちは、その重要性を認められ、賞賛を受ける存在となった。一方この頃、男性医師をめぐる言説は、開業医制度の危機や志望者の激減などの苦悩に満ちていたという。これまで女性医師たちは、根強く続く「女医否定論」に対して、あくまで男性領域の侵犯性は否定する言説戦略をとることで自らの立場を守ろうとしていたが、ここに至って男性医師を凌駕するような勢いを見せていた。一九三九〔昭和一四〕年に、日本女医会理事であり女子医専校長であった吉岡弥生らが「国民精神総動員中央聯盟」理事に任命されたことは、女性医師の地位の向上と、また、彼女たちが国家的使命を担う存在であることが示された象徴的な出来事であるだろう。これに際して、ある女医は『日本女医会雑誌』上で「急に楽しい世の中が眼の前に開けてくるようなよろこびを味はわされた。婦人が国の高位にある男子に伍して特定の地位につくといふやうなことは全くすばらしい事実なのである[48]」という感激をあらわしている。〈戦争〉という契機こそが、女性医師たちの地位向上をもたらしたのであり、「女の教室」の彼女たちもまた、まさにそうした機運のなかにあったといえるだろう。

5　結婚問題

与志や操、万千子の仕事への邁進は、彼女たちを社会的に高次の存在として押し上げる。〈戦争〉が女性にとっては社会進出のチャンスであったことは、しばしば指摘されるところである。しかし、彼女たちはある意味で、その仕事があるがために一般的に女性に求められる役割——〈良妻賢母〉たることを免除された特殊な存在であったともいえる。このことは、もう一方で女性に要請される恋愛や結婚を、この小説がどう描いているのかを対置してみると、また別の欲望として見えてくるのではないだろうか。

まず、七人のグルッペのなかで結婚をしたのは、陳鳳英と細谷和子の二人である。和子には学生の頃から士郎という許嫁があり、卒業後すぐに結婚している。ここで専ら悩みの種となるのは、仕事と結婚を両立しうるか、という問題である。この問題も、前述の山本によれば[49]、実際に当時の女性医師たちの抱える大きな困難であったという。士郎は、和子の理解ある伴侶ではあるが、「奥さんが朝から晩まで家を明けて、病院で働らくのは、良人として降参だ[50]」と言う。和子はこれを「男の我儘な、利己主義《エゴイスム》[51]」と不満に思い、鳳英の夫が結婚後の就業にも賛成であるという話を聞いて「わが未来の良人の士郎が、結婚後女医の職を許さぬのは、これ。いさゝか日本男性の度量、ならびに社会文化への考え方の足りぬやうで——支那のひとに、はづかしい[52]」とも感じている。

こうした問題は現在にもいまだ継続するものであるが、本作では基本的には妻の仕事が重んじられていることが特徴であろう。もちろん〈女医〉という職業故のもの、という留保は必要であるとしても、女性にとっての仕事は、必ずしも結婚までの一時的なものとばかりは考えられていない。むしろ、女性の職業を認めないことは、中国よりもさらに遅れた考え方であり、改善すべき日本の後進性ともされているのである。

のちに和子は、士郎が彼女の就業を嫌がるのは、彼が少年時代に働く母を持っていたがために寂しさを感じていたことが理由だと知って、「貴方のお母さまに代つて[53]」家庭に入ることを納得する。その後、和子は士郎の計らいで一時的に就業もするが、妊娠が判明して、最終的に彼女は家庭の妻となっている。女性にとっての仕事の価値を重視しつつ、その仕事と代替しうるものは、〈母〉であると位置づけることで、さらに〈母〉の意味を高めることになっているとは言えるだろう。

しかし、この小説がやや不穏な印象を与えるのは、これらの夫婦のどちらにも、夫の〈戦死〉（もしくは〈戦死〉の可能性）が描かれることである。もちろん、実際に日中戦争開始以来、夫の〈戦死〉は現実的なものとなり、まさにこれから拡大していく問題でもあった。吉屋もこの連載と並行して『主婦之友』では「未亡人」[54]のタイトルで連載を持っており、この展開もまた未亡人問題への関心として捉えることはできる。だが、さらにもう一人の出征者である藤穂の義兄・大野栄吉の〈戦死〉もここに加えてみたとき、この小説における男の〈戦死〉には特殊な意味付けがあるように思われるのである。

そこで注目したいのは、仁村藤穂のエピソードである。彼女は、七人のグルッペのうちでも最も登場頻度が高く、物語の中心的存在であるが、彼女をめぐっては複雑な展開が用意されている。

藤穂は産婦人科院長であった父の妾宅で生まれた娘である。その後、父が死去し、母のおふじは函館湯川の温泉旅館主人の大野浦五郎と再婚しているが、藤穂は大野の籍には入ることなく、母方の家に戸籍を残したままであり、また母たちとも離れて東京の寄宿舎で暮らしていた。

藤穂に最初に生じたトラブルは、学生時代に、おふじから栄吉との結婚を打診されたことである。栄吉は、浦五郎の先妻の息子である。おふじは、栄吉と結婚するかたちで、藤穂を大野の籍に入れることを考えたのである。栄吉は藤穂に思いを寄せており、藤穂もまた必ずしも栄吉に好意を持たない訳ではなかったが、女には結婚が必要と説くおふじに反発する。結局、藤穂の抵抗によってこの結婚は実現しなかったが、藤穂にはこの後も繰り返し結婚の問題が浮上する。

藤穂については、医師としての自立の道と同時に、恋愛―結婚を期待される女性という二つの方向性が示されているのである。

彼女が医師を目指したのは、医師であった実父への憧れも背景にあるが、母の再婚相手である大野家から独立するためである。また、卒業後に京都で医者として働くようになった彼女が、女性差別的な意識を持つ男性の考えを変えるエピソードも描かれ、彼女の仕事が、ただ医療行為としてだけあるのではなく、人々の旧弊な意識を変革するものとしての意義を持っていることが示されている。

しかし、彼女は、親友の有為子のように仕事だけに邁進しようとする人物ではない。彼女には家庭的なところがあり、家事にも積極的である。しかも彼女は「家庭的であると同時にまた消費性をも兼ねて[55]」いる「おしゃれ本能[56]」の強い女性であり、学生時代も、寄宿舎でも禁止されている化粧品を使用していた。あるいは、気に入った家具を揃えるためには自分の収入を度外視した買い物をする。ここには医者としての意識や自活への意識は薄い。周囲から見ても、彼女は「お綺麗で、とても女医さんには、見え」ないような人物であり、「お若くつておきれいで、そして江戸ツ子肌で、さつぱりして親切で、女医さんだつてのにお台所は手伝つて下さる、お針はなさる、いまどき珍しうござんすよ[57]」という、職業婦人らしからぬ性質を盛り込まれているのである。

彼女自身が、自分の進路をどう考えているのかは、よくわからないところがある。彼女は結婚についてはむしろ「一生にたつた一度、女が異性に感じ得る、大事な刺戟と感激とは、たゞ（結婚）の機会にのみ、許される喜びなのだと、思つてゐる[58]」という理想を持っており、栄吉との結婚については「なんの感激も喜びも驚きもなく、たゞ、いまゝで浸つてゐた、ぬるま湯のなかに、またも、じつとして居続けるやうな生ぬるい結婚生活——と思ふと、ただいちづに、つまんなくつて、情なくて、たまらなかつた[59]」と想像する。

その一方で、卒業後に有為子たちと共同生活を始めたときには、「結婚なんて、けつしてしないわ、貴女と麟ちやんと、そしてお清さんと、ああして暮すのが、一番楽しいんですもの[60]」、「だって、私なにも結婚しないだつて、ちやんと自活できるんですもの——だから、私じぶんの好きなこのまゝの生活一生つゞけるつもりよ！[61]」と語る。

従姉妹の幾代は、藤穂を「女学生気質」[62]と評したが、藤穂の主張はまさにそのモラトリアムの色合いが強い。藤穂は、結婚を夢見る気持ちはありながらも、それはあくまで理想のレベルでしか語られず、むしろ彼女にその準備ができていないことを示している。彼女は新しい段階に進むことには積極的ではなく、むしろ学生の頃の気分を維持したまま、有為子たちと生活することに留まろうとするようである。このとき、医師の仕事は結婚を留保させるものとして機能しているといえよう。

しかし、藤穂との生活は、有為子にとってはやや違う意味を持っている。有為子は、学内でも一二を争う秀才であり、元勧銀の総裁の父を持つ令嬢であったが、父母に先立たれてその遺産で暮らしている。卒業後は弟とともに京都に移り、研究の道に進んでいる。有為子と藤穂は学生時代から特に仲が良く、藤穂の結婚問題に際しても有為子が援助してこれを回避したのだった。ゆえに、有為子は卒業後の京都移住に、藤穂を誘うのであるが、実は有為子は、藤穂に特別な愛情を抱いているのである。有為子と藤穂の生活は「勉強家の旦那様を持った奥さんみたい」[63]な擬似的な結婚生活でもある。有為子はそれを喜びながらも、「いつまで――かうして、私たち仲よく一緒に生活出来るかしら?」、「貴女にも、今に好きな異性が出来ればやはり結婚したくなる――あゝ、その時は、私すこし参るな――きつとさびしがるわ――だけど仕がない、それが貴女の幸福の為なら」[64]という不安を抱えているのである。

6　女性たちの目覚め

そして有為子の不安は、身近なところから現実となる。美しく魅力的な藤穂は、多くの人を惹きつけるが、先の栄吉だけでなく、有為子の盲目の弟・麟也もまた、藤穂に秘かに恋し、ばあやのお清が藤穂と麟也の結婚を願うようになる。またその一方では、留学していた有為子の兄・龍一が帰国して、既に妻のある身でありながら、藤穂を誘惑し始めるのである。

龍一はドイツ人である妻・エルマを伴って帰国したが、そこで「日本的に繊細で、もの優しい藤穂」[65]、「彼の過去に接した、女たちと類を異にして、知性備はつて、感情豊に、教養あり独立性ある美しい日本の処女」[66]に惹かれていく。龍一の巧みな誘惑を、藤穂は知的にはね除け続けていたが、一時を境に「私、もう、自分が怖くつて――駄目になりさうなの」[67]と陥落する。

――学窓時代から、内部に抑へられていた〈青春〉の息吹の成熟した〈女〉の魂が、いま、異性の内に自己を見出さんとする――自然の誘導の恐ろしさに、藤穂は、おの〻いて眼をつぶつた。（中略）／藤穂はその囚はれの《恋》ゆゑに、死にもの狂ひで、理智の虚勢と煙幕を龍一に張ってゐたのであつたか！（一九三九・六・二八「密輸入者（二）」）

ここに至って、それまでの藤穂の態度は、龍一に惹かれていたがための虚勢であり、まさにこれこそが彼女の夢見ていた「一生にたった一度、女が異性に感じる大事な刺戟と感激」[68]であるかのように意味づけられるのである。有為子にとって、兄と藤穂の関係は驚くべきものだった。彼女はこれを「お妾の生活もあつた母の血を受けて育つた、このひとが、兄のやうな有閑階級のデレッタントの瀟洒な美青年に魅かれたのも、持つて生まれた〈女〉の約束のやうな気がした」[69]と理解しようとしており、藤穂への愛情に亀裂が生じている。有為子は、道義にもとるこの関係を認めることはできず、藤穂に友情の終わりを告げる。ただし有為子と藤穂の別れは、兄だけでなく、弟からも藤穂を遠ざけるためのものでもあり、「異性の強さ」で藤穂を奪おうとする力から愛する「同性の友」[70]を守りたいという願望でもある。彼女は、そのために自分の愛情をも断念しようとするのである。

藤穂自身も、自分の龍一への気持ちに葛藤を覚える。妻ある男性を愛すること、さらにはそれが自分の親友の兄であることは彼女を苦しめる。一度、彼女にその清算を決意させたのは、自身が診療した女児の死である。「ついさつき小さい生命の終りを見守つた神聖な医師の意識」と「あの時の清浄だつた人の子の母にも代るこゝろ」が、「刹那の、恋に囚はれの女の心[71]」を凌駕しかける。また、その決意を決定的にするのは、出征した義兄・栄吉の〈戦死〉の報である。藤穂は意を決して龍一に別れの手紙を送る。

万里の波濤を超えて、日本の男を信頼して、いらつしたエルマ様のお気持ちを裏切ることを、貴方の為に、かつ日本の為に、お考えになつて下さい。／エルマ様が、貴方に失望して盟邦独逸へ、もしお帰りになるとしたら、あの方は、故国に於て、日本を、日本人を、なんと批判なさるか――その責任は誰が負ふべきでせう。／私どもは、今こそ、単なる私的生活の行為に於ても、常に国を思はねばなりません。／はるばる渡つていらつした異国の女性を、この国の女性が、不幸にしてすみませうか？／いま、私は《恋愛》以上の、高い精神を知りました。それは戦死した兄の霊が、無言のうちに、妹を導き教へたのでございます。（一九三九・七・七「戦争と恋愛（四）」）

藤穂は龍一との恋愛は「一番低い卑しいもの[72]」であったと自己批判する。藤穂は「その身内の〈女〉に打ち克ち、叩き伏せ、自分を立て直さうと」する。そこで彼女が〈私〉的な恋愛感情に対して打ち出すのは、仕事であり、「人の母にも代わるこゝろ」であり、「盟邦独逸」の女性への配慮である。藤穂は、あらゆる〈公〉性を動員して「《恋愛》以上の高い精神」を示すのである。

だが、何故栄吉の〈戦死〉が藤穂の覚醒につながるのだろうか。このことには、和子の夫・士郎の手紙を参照することができるだろう。出征した士郎は砲弾飛び交うなかで和子に手紙を書いている。士郎がこの後〈戦死〉したかどうかは定かでないのだが、生存の可能性は低いといえるだろう[73]。

…今や、我々はこの戦争の中に、新しい清い人間生活の理想の未来を認めることに、希望を置いてゐる。／人間のあらゆる本能的の卑しい利己心から完全に解放されて国家民族への忠実と名誉を負ひ美しく偉大な崇高な日本への信仰と愛の為にこそ、僕らは戦ひ、かつは、死をも辞さないのだ。（一九三九・七・一七「人類生死」）

「本能的の卑しい利己心」を克服して、「新しい清い人間生活の理想の未来」、「美しく偉大な崇高な日本」を実現するためには、死を辞さないという姿勢は、「本能」による恋愛に囚われていた彼女を反省させ、〈公〉への新しい意識をもたらす。

この論理は、満州の地で鮎川と不倫関係に陥っていた与志にも同じものが指摘できる。与志と鮎川との関係は、職業的な尊敬に始まって、次第に「この人の前で、ふたりだけのときは、もう女医でなく、ただの（女）になる[74]」というものになっていた。しかし、それを知った妻・桂玉の自殺未遂が、彼女と鮎川を反省させる。与志は「幸い、仕事を持つ女は、なにもかも、すべてを、それに打ち込んで、心の傷手さへ忘れられる」、「個人的のすべては、公の職場にあつて、打ち棄てられねばならない。そして今、それは彼女にとつて救ひでもあるのだ[75]」と、失恋の悲しみを仕事に振り替えていくのである。

しかし、ここで重要なのは、女が男に惹かれることが〈女〉としての「自然」、「本能」的なものであり、またそれゆえに「低い」ものとして位置づけられていることである。このとき、この論理は、〈異性愛〉秩序の否定の意味を持つ。だからこそ、〈女〉の「本能」を乗り越えた藤穂は、有為子の元に戻って、再び友情を回復することができる。「兄の戦死は——有為子との友情を、必ず戻して貫へるほど、自分の心を清め——人をそこなふ《恋愛》を、いさぎよく精算させた[76]」のであり、〈異性愛〉の前で一度分断された〈同性愛〉が、ここで取り戻されたのだといっていいだろう。

ただし、この〈同性愛〉は迂回路を通らなければ成立することができない。この時、有為子は「細菌学の標本製作の仕事中の原因か、どうか、細菌が、傷ついた扁桃腺を敗血竈として血液に侵入した[77]」ために死の淵にあった。藤尾との絆の回復を確認することは叶ったが、結局有為子は死んでいく。この後、藤穂は突如、麟也との結婚を宣言する。これは藤穂が再び〈異性愛〉の規範のもとに戻ったことを示すようでもあるが、盲目であることで応召もされない麟也は、当時の基準から言えば、男性としては欠損のある人物である。藤尾の母はそんな麟也の元に嫁がせることをためらうが、浦五郎は麟也を「栄吉がいくさで眼をつぶして、帰って来てくれたと思つて、英の身代りの新しい伜[78]」と思うことで受け入れる。麟也は死者によって補完されてようやく男性として認められる存在なのである。むしろ麟也は、死んだ有為子の代理としての意味を強く担っている。菅聡子は、有為子の死を「同性愛の欲望」の「抹殺[79]」であると捉えたが、麟也の変則性、またこの他の〈異性愛〉関係がことごとく分断されていることも考え合わせるならば、藤穂と麟也の結婚は、一見〈異性愛〉の関係であるかのように見せながら、〈同性愛〉の欲望を生き延びさせる方法であったのではないか。ここには藤穂と有為子の〈同性愛〉の実現が託されているのである。

また、これまで家族の関係からは逸脱的な位置にありつづけていた藤穂は、結婚を機に浦五郎の籍に入り、正式に「お義父さんの娘、お兄さんの妹として改め[80]」てもらうことになる。関係を再編成して、安定的な家族を形成するように見えるこの措置は、一面では彼女を〈国民〉として正しく位置づけるものであるだろう。だが、角度を変えてみれば、不完全な男性たる麟也と、公共性の高い仕事に従事する女性である藤穂の夫婦は、従来の男女関係を逆転するものともなっているのである。

女性たちが私的存在から公的存在へと目覚めていくという展開は、典型的な総力戦体制下の女性動員の物語にほかならない。しかし、この小説において特異なのは、〈異性愛〉を否定しつつそれを行っているということである。銃後の女性の動員にはさまざまな形態があり得るが、労働などによる国家への奉仕のほかに、女性には〈母〉として家族の再生産を担うことが強く求められている。そのとき〈異性愛〉秩序とは、その家族を維持するために欠くことのできないものである。だが、本作が示す〈異性愛〉や家族関係には、必ず分断や変則的なずれが生じている。〈母〉の役割は重視されてはいるものの、それはつねに職業との代替、置換可能なものとして捉えられる。むしろここで職業に邁進することは、〈母〉役割を回避するためのものとして機能しているとも言えるだろう。このように〈妻〉・〈母〉役割を免除された女性の職業的な国家への貢献の側だけを強く打ちだすことは、銃後の女性に求められる規範や秩序を裏切るような不穏さを秘めたものになっているのではないだろうか。

7　男のいない世界を望む

「女の教室」という小説が示すのは、総力戦下における女性の公的役割の重要性である。そして小説内の認識の枠組みは当時の「東亜新秩序」声明が示したような〈聖戦〉イデオロギーに則ったものであることも間違いない。古い中国、古い満州、そして古い日本を打破して、新しいアジアの秩序を実現しようという志向は、一面では日本の自己批判を含んでいるものであるが、「東亜共同体」論が結果的に植民地主義的なジレンマを克服できなかったように、この小説もまた日本の中国、満州への侵略や支配を相対化するような強度はなかったと言わざるをえない。むしろその〈聖戦〉イデオロギーを甘美な物語にして、銃後の読者に届けたことの意味はやはり問われなければならないだろう。

しかし、この小説はそうしたイデオロギーを忠実に実行しながら、同時にもっと過激な欲望を、「変革」のヴィジョンを夢見てしまっていたのではないだろうか。

新しい、より良い世界を作り出そうとするとき、その担い手として期待されたのが女性たちである。特にこの小説では、女性への偏見を払拭し、また女性が誇りを持って働くことが何よりも奨励されていることは間違いない。ただし、女性たちが自覚を持って尊い仕事に邁進していくことの裏に張り付いている隠された欲望とは、男たちが消えていくことである。本作の〈女医〉の仕事は、銃後の代替労働力というレベルをはるかに越えてその役割を肥大させ、それまで男性が担ってきた領域を奪取し、彼らを無力化し、さらには排除すら行おうとするものである。

改めてこの物語を整理してみれば、藤尾の覚醒の契機として、栄吉の〈戦死〉があったように、万千子の救癩事業の発端も、恵之助の〈死〉であった。鳳英も夫の〈戦死〉を乗り越えて苦難の道を歩んでいる。そして士郎の〈戦死〉は、和子にも新たな自覚を与えるだろう。また藤尾の前から龍一が去っていったように、与志から鮎川が去って、彼女は決意を新たにしている。女たちの進化には、男の〈死〉が必要とされる。藤尾と麟也以外の、男と女の恋愛関係はいずれも分断される。そして男の消えて行く世界で、女たちは男の担っていた仕事に進出できるようになり、それによって自立することもできる。女の「本能」を惑わされることもなくなって、〈女同士の絆〉も維持される。続く太平洋戦争下において散華や英霊のイデオロギーによって男たちを強く結び付けることになる〈戦死〉が、ここでは逆に〈女同士の絆〉の形成に利用されるかたちになっているといえよう。そしてそこに残ることが許されているのは、死んだ男の遺した子どもたちと、男性性を挫かれた男くらいなのである。

この小説にとって、乗り越えるべき古い世界とは、〈男の世界〉に他ならない。そして〈戦争〉は本当に男たちを消すことを実現してしまったのである。新しい〈女の世界〉を実現するチャンスとして、この〈戦争〉は歓迎されている。

これはあまりにも不穏な「変革」の「希望」である。しかし、これまで吉屋が描いてきたものを思い起こしてみれば、それを短絡的な男性嫌悪として断じてしまうこともできないだろう。これまで吉屋は、その小説やエッセイにおいて、性別役割、性的指向や性自認などをめぐる違和を持ちながらも、規範的価値観との間でそれを抑圧し、葛藤するさまをくりかえしあらわしていた。そこに〈戦争〉によって、〈男のいない世界〉という仮説がもたらされたとき、〈戦争〉がこれまでの葛藤を一挙に解決するような「希望」のように見えてしまったということではなかったのか。

その時代のさなかにあって、〈戦争〉を肯定したことを、単なる無知や認識不足だけに還元することはできない。もちろんその根本にある問題性は拭いがたいとしても、「東亜共同体」の議論のなかに、それまでの日本のあり方を乗り越えようとする理想が込められていたように、吉屋信子が描いたこの小説にも、「変革」への「希望」が託されていたことを見落としてはいけないだろう。マイノリティとしての抑圧が〈戦争〉の肯定に結び付いてしまうことは悲劇というほかない。だが、むしろ問題とすべきは、そのようなかたちでしかこの苦しみを解除し得なかったこと、強力な時代の動向のなかにあって、個人の苦悩や欲望がたやすくそこに掬い取られてしまうことの危うさの方ではないだろうか。

注

（1）雑誌初出と単行本には、いくつか字句の改稿がある他、雑誌掲載時の写真・挿絵等は巻頭の一部を除いて収録されていない。また、雑誌初出では次回予告となっていた「戦火の上海決死行」末尾部分が変更され、「さらば、戦徒よ！」と「戦場より書斎に戻りて」の二信が加筆されている。改稿のなかでやや大きなものとしては、「戦火の上海決死行」中の以下二点がある。
①「戦徒の宿」
初出：卓上に早速上海地図を拡げると、なるほど、今上陸した日本郵船の波止場に近い共同租界黄浦路には、日本、米国、独逸、露国、四ヶ国の領事館が、ずらり並んで、その向うにアスター・ハウスが立ち、私の部屋の露台が、丁度露国領事館と向ひ合せだつた。」
単行本：〔上記の後に追加〕あゝ、かくも上海戦は、国際的檜舞台の戦場にて正々堂々たる戦ひを日本軍が続けてゐるのだつた。
②初出：「海の守護神、○○」→単行本：「海の守護神、出雲」
初出：「さあ、どうも、それは――まあ、要するに戦は大いに我々がやります。我々は戦争には、大いに戦つて、勝つのが軍人の職務だから、あくまでやります。その点は決して、心配なさらんでよろしい。まあ、こんな事より外に別に――」
単行本：我々は、大いに戦つて必ず勝つのが軍人の職務だから、あくまでやります。その点は、決して、心配なさらんでもよろしい。いくさといふものをして勝つには、計算が大事だが、例えば、どれだけ戦かへば、いくら弾丸がいるとか――さういふ成算は万事わが軍には、出来てゐる、大丈夫です」

（2）そのうち、『主婦之友』発表のものは以下の通り。
「軍医と従軍看護婦決死の働きを聴く」（一九三七〔昭和一二〕年一二月）
「海の荒鷲と生活するの記」（一九三八〔昭和一三〕年九月）
「問題の満ソ国境　戦火の張鼓峰一番乗り」（一九三八〔昭和一三〕年一〇月）
「海軍従軍日記」（一九三八年〔昭和一三〕一一月号）
「海軍殊勲部隊長の感激座談会」（一九三九〔昭和一四〕年一月）
「若き海の勇者と生活する記――枝島海軍兵学校を訪ねて」（一九三九〔昭和一四〕年五月）

「汪兆銘に会つて来ました」（一九三九〈昭和一四〉年一一月）
「満州大陸の土に生くる人々」（一九四〇〈昭和一五〉年一一月号）
「波騒ぐ太平洋を語る——海軍将校の座談会」（一九四〇〈昭和一五〉年一二月）
「蘭印」（一九四一〈昭和一六〉年四月）
「蘭印の日本婦人の純情哀話　驟雨」（一九四一〈昭和一六〉年五月）
「仏印に来たりて」（一九四二〈昭和一七〉年一月）
「仏印・泰国従軍記」（一九四二〈昭和一七〉年二月）
「南方基地仏印現地報告」（一九四二〈昭和一七〉年六月）など。

なお、それらをまとめた『最近私の見て来た蘭印』（一九四一〈昭和一六〉年、主婦の友社）が刊行されている。

他誌発表のものとしては、「従軍作家観戦記」（『日の出』一九三八〈昭和一三〉年一二月）、「長江を遡る」（『近代女性』一九三八〈昭和一三〉年一二月）、「甦正する東印度」（『大洋』一九四二〈昭和一七〉年六月）などがある。

（3）関連の論文は以下の通り。亀山利子「吉屋信子と林芙美子の従軍記を読む——ペン部隊の紅二点」（『銃後史ノート』復刊二号、一九八一年）、高崎隆二『戦場の女流作家たち』（一九九五年八月、論創社）、渡邊澄子「戦争と女性——太平洋戦争前半期の吉屋信子を視座として」（『文学史を読みかえる4　戦時下の文学』二〇〇〇年二月、インパクト出版会）、渡邊澄子「戦争と女性——吉屋信子を視座として」（『大東文化大学紀要』第三八号、二〇〇〇年）、神谷忠孝「従軍女性作家——吉屋信子を中心に」（『社会文学』第一五号、二〇〇一年六月三月）、北田幸恵「解説」（『〈戦時下〉の女性文学1　吉屋信子　戦禍の北支上海を行く』二〇〇二年五月、ゆまに書房）、北田幸恵「女性解放の夢と陥穽——吉屋信子の報告文学」（岡野幸江他編『女たちの戦争責任』所収、二〇〇四年九月、東京堂出版）、金井景子「報告が報国になるとき——林芙美子『戦線』、『北岸部隊』が教えてくれること」（『国文学解釈と鑑賞別冊　女性作家《現在》』二〇〇四年三月、至文堂）、飯田祐子「従軍記を読む——林芙美子『戦線』『北岸部隊』」（島村輝他編『文学年報2　ポストコロニアルの地平』所収、二〇〇四年、世織書房。のちに『彼女たちの文学——語りにくさと読まれること』二〇一六年三月、名古屋大学出版会に所収）、久米依子「少女小説から従軍記へ——総力戦下の吉屋信子の報告文」（飯田祐子他編『少女少年のポリティクス』二〇〇九年二月、青弓社、のちに『「少女小説」の生成——ジェンダー・ポリティクスの世紀』二〇一三年六月、青弓社に所収）。菅聡子「〈女の友情〉のゆくえ——吉屋信子『女の教室』における皇民化教育」（『人文科学研究』二〇一〇年三月、のちに『女が国家を裏切るとき——女学生、一葉、吉屋信子』二〇一一年一月、岩波書店に所収）など。

（4）前掲、亀山論。また、この詠嘆調の「甘い文体」については、既に同時代に板垣直子（「戦争文学批判」、『新潮』一九三九年三月）が「婦人雑誌の読者を相手に家庭の悲劇を展開してゆくふてぶてしさが、それにも一貫して出ている」と批判しており、これによって「体験の表現が浅くくだけて終る危険」があることを指摘している。

（5）前掲、高崎論

（6）前掲、久米論

（7）前掲、菅論

（8）前掲、飯田論

（9）前掲、渡邊論（「戦争と女性」）

（10）「次の朝刊小説」『東京日日新聞』一九三八（昭和一三）年一二月一七日

（11）「作者の言葉」『東京日日新聞』一九三八（昭和一三）年一二月一七日

（12）この女性は「王英さん」として、「漢口攻略戦従軍記　海軍従軍日記」（『主婦之友』一九三八年一一月）にも登場している。

（13）藤田篤子「占領期における再刊小説の本文改変——吉屋信子の作品を例に」（『Intelligence』第一四号、二〇一四年三月）

（14）一九三九・四・一七「大陸の星（二）」

（15）一九三九・四・二五「大陸の星（十）」

(16) 一九三九・四・二五「大陸の星(十)」
(17) クリスティー著、矢内原忠雄訳『奉天三十年』(一九三八〔昭和一三〕年九月、岩波書店)
(18) 一九三九・五・二三「かげの心(二)」
(19) 一九三九・五・二二「かげの心(一)」
(20) 一九三九・一・一五「鉄の心臓(二)」
(21) 一九三九・一・一六「留学日誌」
(22) 一九三九・三・一三「隣邦の友(四)」
(23) 一九三九・六・一「夏の蝶(五)」
(24) 一九三九・八・二「沙漠の灯(四)」
(25) 米谷匡史「戦時期日本の社会思想――現代化と戦時変革」(『思想』八八二号、一九九七年一二月)、同『アジア／日本』(二〇〇六年一一月、岩波書店)などを参照。
(26) 同前
(27) 大澤聡「複製装置としての「東亜共同体」論――三木清と船山信一」(石井知章・小林英夫・米谷匡史編『一九三〇年代のアジア社会論――「東亜共同体」論を中心とする言説空間の諸相』、二〇一〇年二月、社会評論社)などを参照。
(28) 一九三九・六・六「われもいでたつ(一)」
(29) 一九三九・六・八「われもいでたつ(三)」
(30) 一九三九・七・一四「狐憑き」
(31) 山本起世子「女医と戦争――一九四〇～一九四四年――」(『園田学園女子大学論文集』三二号、一九九七年一二月)
(32) 同前

(33) 一九三九・一一・一八「松の花粉ちる日」
(34) 一九三九・四・一「白き手の猟人(六)」
(35) 一九三九・六・一八「家族会議」
(36) 前掲、菅論
(37) 本作と小川正子「小島の春」との関係および、当時の救癩事業の問題については、前掲の菅聡子論に指摘がある。また、荒井裕樹「御歌と〈救癩〉――貞明皇后神格化と御歌の社会的機能を巡って――」(『文学』七巻六号、二〇〇六年一一月、岩波書店)、および同「「病友」なる支配――小川正子『小島の春』試論」(『昭和文学研究』五五集、二〇〇七年九月)を参照した。(のちに『隔離の文学――ハンセン病療養所の自己表象史』二〇一一年一一月、書肆アルスに所収。)
(38) 一九三九・四・二「白き手の猟人(七)」
(39) 一九三九・五・一三「科学者の道(二)」
(40) 一九三九・六・一八「家族会議」
(41) 一九三九・六・七「われもいでたつ(二)」
(42) 一九三九・七・二二「白十字(二)」
(43) 一九三九・四・二〇「大陸の星(五)」
(44) 一九三九・四・二〇「大陸の星(五)」
(45) 一九三九・七・二三「白十字(三)」
(46) 山本起世子「近代「女医」をめぐる言説戦略」(『園田学園女子大学論文集』三〇号、一九九五年一二月)
(47) 「解剖台」(『医事公論』一三八〇号、一九三九(昭和一四)年五月)
(48) 山本杉「婦人の動向」(『日本女医会雑誌』九〇号、一九三九(昭和一四)年五月)
(49) 前掲、山本起世子「近代「女医」をめぐる言説戦略」

(50) 一九三九・一・一一「職業と結婚（一）」
(51) 一九三九・一・一二「職業と結婚（二）」
(52) 一九三九・三・一三「隣邦の友（四）」
(53) 一九三九・四・九「最初の患者（二）」
(54) 「未亡人」（『主婦之友』一九三九〔昭和一四〕年七月〜翌年一二月）
(55) 一九三九・四・三「青春の書（一）」
(56) 一九三九・六・一六「兄帰る（三）」
(57) 一九三九・五・九「友の弟（三）」
(58) 一九三九・一・二七「無垢の(ママ)男（一）」
(59) 一九三九・一・二七「無垢の(ママ)男（一）」
(60) 一九三九・四・六「青春の書（三）」
(61) 一九三九・四・七「青春の書（四）」
(62) 一九三九・一・三一「無垢な男（五）」
(63) 一九三九・四・五「青春の書（二）」
(64) 一九三九・四・六「青春の書（三）」
(65) 一九三九・六・二三「国際結婚（四）」
(66) 一九三九・六・二五「国際結婚（六）」
(67) 一九三九・六・二八「密輸入者（二）」
(68) 一九三九・一・二七「無垢の(ママ)男（一）」
(69) 一九三九・七・三「友情の終り（三）」
(70) 一九三九・七・三「友情の終り（三）」

(71) 一九三九・六・二八「密輸入者（二）」
(72) 一九三九・七・一三「より高きもの（六）」
(73) 和子の夫・士郎については、はっきりと〈戦死〉が描かれているわけではないが、前掲の菅聡子論では「物語時間内に示された数々の伏線が形作る文脈が示唆するのは、物語時間の外部、すなわち未来の時間において、和子が戦争未亡人となるだろうことである」と指摘されている。
(74) 一九三九・五・二四「かげの心（三）」
(75) 一九三九・八・一「沙漠の灯（三）」
(76) 一九三九・七・八「より高きもの（一）」
(77) 一九三九・七・九「より高きもの（二）」
(78) 一九三九・七・二八「ますらをの父（四）」
(79) 前掲、菅論
(80) 一九三九・七・二八「ますらをの父（四）」

附記　「女の教室」本文引用は、初出『東京日日・大阪毎日新聞』（一九三九〔昭和一四〕年から一月一日から八月二日）に拠る。旧漢字は適宜新字に変更し、ルビも適宜省略した。引用末尾には掲載年月日とサブタイトルを付した。

終　章　展望として

本論では、これまで仔細に検討されてこなかった長篇連載小説を改めて読み直すことで、吉屋信子という作家を再考してきた。その小説は、同時代の支配的言説に取り込まれながらも、いくつものゆらぎや綻びを生じさせていた。そこには、女性をめぐる問題、ジェンダーとセクシュアリティのあり方、結婚と家族の制度について、当時の価値観とのあいだでの葛藤がさまざまなかたちで現れている。物語上の矛盾や飛躍した結論は、そうしたゆらぎを繕おうとするものであるが、むしろその破綻にこそ、支配的言説を相対化する可能性があることを明らかにしてきたつもりである。

ここまで大正期から戦中期にかけての小説について論じてきたが、戦後にも吉屋の活躍は長く続いている。当然、戦後にも考察されるべき論点は多いが、しかし『自伝的女流文壇史』（一九六二〔昭和三七〕年一〇月、中央公論社）の執筆や、歴史小説への転換など、新たな展開を多く見せる戦後の仕事については、また稿を改めて論じる必要があるだろう。本節では、戦後の問題を概観して、今後の展望としたい。

戦後の吉屋については、伝記的作家論を除けば、一部の小説についての単発的な論があるのみで、いまだ研究というべき蓄積はないというのが現状であるだろう。ただし、作家論としては、戦後において吉屋の〈文学〉的な価値が正しく評価されることになったというのが通説である。(1) 特に第四回女流文学会賞を受賞した「鬼火」（『婦人公論』一九五一〔昭和二六〕年二月）をはじめとした、戦後に発表された短篇諸作は、それまで〈通俗小説〉を書き続けてきた彼女の〈純文学〉的達成として位置づけられている。ただし、こうした〈純文学〉と〈通俗小説〉を区別しつつ、〈純文学〉への成長を見出す評価の政治性には意識的であるべきだろう。たしかに「鬼火」や「鶴」（『中央公論』一九五〇〔昭和二五〕年七月）などの作の、幻想性や怪談的雰囲気には、戦前の諸作とはまた異なる展開を認めることができるが、これを〈純文学〉として評価しようとすることは、やはり再び彼女の大衆向けの小説の価値を減じ続けることに通じるだろう。(2)

また、一方で戦後の吉屋評価において重要な位置を占めるのは、「安宅家の人々」（『毎日新聞』一九五一〔昭和二六〕年八月二〇日〜翌年二月二三日）であるだろう。本作は知的障害を持つ男性を描いて高い評価を得たものだが、菅聡子が指摘しているように、これは戦前から続く「弱い男」[3]の系譜に通じるだろう。安宅宗一は、たとえば「地の果まで」の麟一や、「女の教室」の麟也、「月から来た男」（『主婦之友』一九四二〔昭和一七〕年五月〜翌年七月）の瀧川健のように、〈男性性〉を欠損した人物である。あるいは、戦後の短篇諸作にも、こうした男性像を見出すことができるだろう。[4]「吉屋作品の理想の男性像の究極の姿」[5]であり、さらには「普通の男性、健常者といわれる男性には、理想の男性はいない」[6]とも評される男性表象は、本論で扱った〈男性的女性〉の逆像としても興味深い。「弱い男」を介して、結び合う二人の女性の連帯は「女の教室」の有為子と藤穂にも似ているだろう。そして、こうした男性表象は、戦前と戦後に連続するものでありながら、「戦時下においては「神兵とも思ほゆる皇軍の精鋭」と同義であった「月から来た男」は、戦後においては全き〈無垢〉の表象として現れる」[7]という菅の指摘は極めて重要である。これこそが吉屋信子の〈戦後〉を考えるための前提となるだろう。

あるいは、同型の問題は、戦中に連載され、戦後に全面改稿されて再度発表された「未亡人」[8]についても指摘できるだろう。六人の未亡人を中心に置いて、さまざまな理由で夫を亡くした女性たちのその後の人生の選択を描いていくという展開は同一であるものの、物語内の時間は、掲載時に合わせて変更されている。そして、最も重要な変更として、初出において重要な働きを担った海軍大尉が、その存在を消されていることが挙げられるだろう。同一のモチーフを、異なる歴史的状況下に再配置して表現しようとするとき、そこにはさまざまな操作が必要とされている。ここには〈戦後〉の吉屋が、あの〈戦争〉をどう対象化したのかという問題[9]が提示されているだろう。

あるいは、吉屋が戦後手がけて大きな成功を収めた歴史小説の系統もここに接続することができるかもしれない。たとえば『徳川の夫人たち』（『朝日新聞』一九六六年一月四日〜一〇月二四日）は、女同士の争いの場としての大奥イメージを大きく転換させ、大奥女中たちを現代的なワーキング・ウーマンとして捉えつつ、そのなかで彼女たちの連帯を描いたものとして評価されたが、歴史に材を取りつつ、現代的視点でそれを描く手法は、現代の位置から〈歴史〉を再構築しようとする試みでもある。女流文学者の文学史を紡ぐ仕事も含めて、〈戦後〉の吉屋には、〈歴史〉との対峙の問題が浮上していると言えるだろう。

本論では、まずは代表的小説、話題となった小説を優先することで取り落とした小説も多い。吉屋信子の長い作家人生のなかで書かれた膨大な著作を網羅することはやはり難しく、本論はその端緒についたに過ぎない。特に、吉屋信子については、全集にも未収録作が多く、書誌的整理もいまだ充分ではない。改版や改稿がどのように行われていたのかも全く明らかになっておらず、研究における課題は山積している。

また本論では、吉屋信子の可能性を精査するために、その限界も明らかにすることを目指したが、結果的にその限界の方が強調されているきらいがあるかもしれない。このことは、近年の吉屋信子評価において、小説自体が読まれないまま、「女が女に優しくあり合わなくては[10]」といったフレーズや、女性を生涯のパートナーとして添い遂げたという実生活の逸話が先行していることへの危惧から発している。確かにこれらの事実はそれだけでも重大な意義あるものであることは確かだが、吉屋の小説には必ずしもこうした評価にそぐわないような瑕疵もある。そこに女たちの間の分断や排除があることから目を背けてはいけないだろう。

しかしその上でなお、吉屋の描いた〈女の友情〉の諸相はやはり重要であると思われる。そこで何が目指され、どのように阻まれたのか、時代の力学のなかで何が可能で、何が不可能であったのか、その結果何が描かれてしまったのか。かつて吉屋信子が創った、あるいは創ろうとしてできなかった、創りたかった〈女の友情〉のためにも、その問題点を明らかにしていくことが必要であると思うのである。

小説のなかの彼女たちが繰り返した挫折や失敗は、いまだに、そしてより隠微なかたちで差別や抑圧が強められている今日においても必ず意味のあるものであるだろう。本論が、吉屋信子研究の活性化に貢献できることを願っている。

注

(1) 板垣直子『明治・大正・昭和の女流文学』(一九六七年六月、桜楓社)、辻橋三郎「近代女流作家の肖像　吉屋信子」(『国文学　解釈と鑑賞』一九七二年三月)、村松定孝『近代女流作家の肖像』(一九八〇年五月一五日、東京書籍)など。

(2) 戦後の短篇に注目したセレクションとしては『鬼火・底のぬけた柄杓　吉屋信子作品集』(二〇〇三年三月、講談社文芸文庫)、東雅夫編『文豪怪談傑作選　吉屋信子集　生霊』(二〇〇六年九月、ちくま文庫)がある。ここでの編集方針は、板垣らの「純文学」としての評価とは一線を画されており、吉屋の異なる一面を明らかにしようとするものである。これまでの〈少女小説〉に偏った吉屋信子市場においても重要な意味を持つ編集であるだろう。

(3) 菅聡子「帝国の〈非国民〉たち」(『女が国家を裏切るとき――女学生、一葉、吉屋信子』(二〇一一年一月、岩波書店)

(4) 前掲、東雅夫編『文豪怪談傑作選　吉屋信子集　生き霊』収録の「解説」にも同様の指摘がある。

(5) 前掲、菅論

(6) 駒尺喜美『吉屋信子――隠れフェミニスト』(一九九四年一二月、リブロポート)

(7) 前掲、菅論

(8) 「未亡人」初出は、『主婦之友』(一九三九〔昭和一四〕年七月～翌年一二月)。戦後に「新篇　未亡人」として『ラッキー』(一九四八〔昭和二三〕年一月～七月)に再発表された。

(9) これに関しては、吉屋には、「舌禍事件」といわれる一件もある。『婦人公論』一九五三〔昭和二八〕年三月の座談会「吉田首相を囲んでの午後」において、彼女は「自分の息子を国に捧げることに誇りを感じなければ」と発言して物議を醸している。この発言への反発には、〈戦争〉に対する考え方と同時に、自身は〈母〉でない吉屋がこうした発言をしたということに対する疑義も含まれており、吉屋のジェンダー／セクシュアリティの意識までもが問われてしまうような事件であったといえるだろう。

（10） 吉武輝子『女人　吉屋信子』（一九八二年一二月、文藝春秋）

参考文献一覧

青木デボラ『日本の寡婦・やもめ・後家・未亡人——ジェンダーの文化人類学』（二〇〇九年一一月、明石書店）
赤枝香奈子『近代日本における女同士の親密な関係』二〇一一年二月、角川学芸出版）
赤枝香奈子「解説」（『戦前期同性愛関連文献集成』第三巻、二〇〇六年九月、不二出版）
赤川学『セクシュアリティの歴史社会学』（一九九九年四月、勁草書房）
東雅夫「解説」（東雅夫編『文豪怪談傑作選　吉屋信子集　生霊』（二〇〇六年九月、ちくま文庫）
アドリエンヌ・リッチ『血、パン、詩』原著：一九八六年、邦訳：大島かおり訳、一九八九年一一月、晶文社）
天野正子「婚姻における女性の学歴と社会階層——戦前期日本の場合——」（『教育社会学研究』四二集、一九八七年九月）
荒井裕樹『隔離の文学——ハンセン病療養所の自己表象史』二〇一一年、書肆アルス）
安妮「母である女、父である母　戦時中の日本映画における母親像」（『日本映画史叢書⑥　映画と身体／性』二〇〇六年、森話社）
飯田祐子『彼らの物語——日本近代文学とジェンダー』（一九九八年六月、名古屋大学出版会）
飯田祐子『彼女たちの文学——語りにくさと読まれること』（二〇一六年三月、名古屋大学出版会）
E・H・キンモンス『立身出世の社会史——サムライからサラリーマンへ』（一九九五年一月、玉川大学出版部）
イヴ・セジウィック『男同士の絆』原著：一九八五年、訳書：上原早苗・亀沢美由紀訳、二〇〇一年二月、名古屋大学出版局）
板垣直子『明治・大正・昭和の女流文学』（一九六七年六月、桜楓社）
今田絵里香『「少女」の社会史』（二〇〇七年二月、勁草書房）
巖谷大四『物語女流文壇史』（一九七七年六月、中央公論社）
巖谷大四「吉屋信子略伝」（『吉屋信子全集』月報、一九七五年〜一九七六年、朝日新聞社）

遠藤寛子「解説」(『少年小説大系　少女小説名作集』(一九九三年七月、三一書房)
大澤聡「複製装置としての「東亜共同体」論――三木清と船山信一」(石井知章・小林英夫・米谷匡史編『一九三〇年代のアジア社会論――「東亜共同体」論を中心とする言説空間の諸相』、二〇一〇年二月、社会評論社)
大塚英志『少女民俗学』(一九八九年五月、光文社)
大塚英志編『少女雑誌論』(一九九一年一〇月、東京書籍)
小平麻衣子『女が女を演じる――文学・欲望・消費』(二〇〇八年二月、新曜社)
小平麻衣子『夢見る教養――文系女性のための知的生き方史』(二〇一六年九月、河出書房新社)
加藤幹郎『愛と偶然の修辞学』(一九九〇年五月、勁草書房)
加藤幹郎『映画のメロドラマ的想像力』(一九八八年一月、フィルムアート社)
金井景子「報告が報国になるとき――林芙美子『戦線』、『北岸部隊』が教えてくれること」(『国文学　解釈と鑑賞　別冊　女性作家《現在》』二〇〇四年三月、至文堂)
金子明雄「「家庭小説」と読むことの帝国――『己が罪』という問題領域」(『メディア・表象・イデオロギー』一九九七年五月、小澤書店)
鹿野政直『戦前・「家」の思想』(一九八三年一月、創文社)
加納実紀代『女たちの〈銃後〉』(一九八七年一月、筑摩書房)
上笙一郎「現代日本における〈花物語〉の系譜――女流児童文学の一側面」(『児童文学研究』第五号、一九七五年秋季)
神谷忠孝「従軍女性作家――吉屋信子を中心に」(『社会文学』第一五号、二〇〇一年六月)
亀山利子「吉屋信子と林芙美子の従軍記を読む――ペン部隊の紅二点」(『銃後史ノート』復刊二号、一九八一年)
唐木順三『現代史への試み』(一九四九年三月、筑摩書房)
川口恵美子『戦争未亡人――被害と加害のはざまで』(二〇〇三年四月、ドメス出版)
川崎賢子『少女日和』(一九九〇年四月、青弓社)

川村邦光『オトメの祈り――近代女性イメージの誕生』（一九九三年一二月、紀伊國屋書店）
川村邦光『オトメの行方――近代女生の表象と闘い』（二〇〇三年一二月、紀伊國屋書店）
川村邦光『オトメの身体――女の近代とセクシュアリティ』（一九九四年五月、紀伊國屋書店）
菅聡子『女が国家を裏切るとき――女学生、一葉、吉屋信子』二〇一一年一月、岩波書店）
北田幸恵「解説」（『〈戦時下〉の女性文学1　吉屋信子　戦禍の北支上海を行く』二〇〇二年五月、ゆまに書房）
北田幸恵「女性解放の夢と陥穽――吉屋信子の報告文学」（岡野幸江他編『女たちの戦争責任』所収、二〇〇四年九月、東京堂出版）
鬼頭七美『「家庭小説」と読者たち――ジャンル形成・メディア・ジェンダー』（二〇一三年三月、翰林書房）
木村涼子『学校文化とジェンダー』（一九九九年一〇月、勁草書房）
木村涼子『〈主婦〉の誕生――婦人雑誌と女性たちの近代』（二〇一〇年九月、吉川弘文館）
久米依子『「少女小説」の生成――ジェンダーポリティクスの世紀』二〇一三年六月、青弓社）
黒澤亜里子「恋愛の政治学――「屋根裏の少女たち」――」（『変貌する家族2　セクシュアリティと家族』一九九一年八月、岩波書店）
黒澤亜里子「大正期少女小説から通俗小説への一系譜――吉屋信子の「女の友情」をめぐって――」（『沖縄国際大学文学部紀要（国文学篇）』一九巻一号、一九九〇年八月）
黒澤亜里子編著『往復書簡　宮本百合子と湯浅芳子』（二〇〇八年三月、翰林書房）
小林恵美子「吉屋信子『屋根裏の二処女』――「屋根裏を出る〈異端児〉たち」（新・フェミニズム批評の会編『大正女性文学論』二〇一〇年一二月、翰林書房）
駒尺喜美「吉屋信子――女たちへのまなざし」（『思想の科学』一九七五年九月。のちに『魔女の論理』一九八四年六月、不二出版に所収）
駒尺喜美『吉屋信子――隠れフェミニスト』（一九九四年一二月、リブロポート）

小谷野敦『恋愛の昭和史』（二〇〇五年三月、文藝春秋）
小山静子『良妻賢母という規範』（一九九一年一〇月、勁草書房）
小山静子『家庭の生成と女性の国民化』（一九九九年一〇月、勁草書房）
斉藤美奈子『モダンガール論――女の子には出世の道が二つある』（二〇〇〇年一二月、マガジンハウス）
坂本佳鶴恵『〈家族〉イメージの誕生』（一九九七年一月、新曜社）
佐多稲子「『良人の貞操』という題名」（『吉屋信子全集　5』月報、一九七五年二月、朝日新聞社）
佐藤通雅『日本児童文学の成立・序説』（一九八五年一一月、大和書房）
沢山美果子「近代的母親像の形成についての一考察」（『歴史評論』、一九八七年三月）
J・P・トムキンズ「感傷の力――『トムおじさんの小屋』と文学史の政治学」（原著：一九八五年、邦訳：エレイン・ショーウォーター編『新フェミニズム批評』、青山誠子訳、一九九〇年一月、岩波書店）
ジェフリー・ウェルー・スミス「メロドラマとは何か？」（初出：一九八五年、邦訳：『イマーゴ』、米塚真治訳、一九九二年一一月）
澁澤龍彦『少女コレクション序説』（初出は『芸術生活』一九七二年九月、のちに一九八〇年、中公文庫）
清水美知子『〈女中〉イメージの家庭文化史』（二〇〇四年六月、世界思想社）
ジュディス・ハルバーシュタム「女の男性性――歴史と現在」（竹村和子編著『欲望・暴力のレジーム　揺らぐ表象／格闘する理論』二〇〇八年二月、作品社）
十返肇「解説」（『現代国民文学全集　吉屋信子・林芙美子集』三一巻、一九五八年八月、角川書店）
ジョージ・L・モッセ『ナショナリズムとセクシュアリティ』（原著：一九八五年、邦訳：佐藤卓己・佐藤八寿子訳、一九九六年一一月、柏書房）
ジョン・マーサー、マーティン・シグラー『メロドラマ映画を学ぶ――ジャンル・スタイル・感性』（原著：二〇〇四年、邦訳：中村秀之・河野真理江訳、二〇一三年一二月、フィルムアート社）

鈴木裕子『フェミニズムと戦争』（一九八六年八月、マルジュ社）
関川夏央「大正という時代の作品としての吉屋信子」（『小説ｔｒｉｐｐｅｒ』一九九九年三月）
高崎隆二『戦場の女流作家たち』（一九九五年八月、論創社）
高島智世「貞操をめぐる言説と女性のセクシュアリティ――大正期の女性メディアの言説を中心に――」（『名古屋大学社会学論集』一六号、一九九五年三月）
高橋重美「夢の主体化――吉屋信子『花物語』初期作の〈抒情〉を再考する――」（『日本文学』二〇〇七年二月）
高田里惠子「人格主義と教養主義」（苅部直他編『日本思想史講座4　近代』二〇一三年六月、ぺりかん社）
竹内洋『学歴貴族の栄光と挫折』（一九九九年四月、中央公論社）
竹内洋『選抜社会』（一九八八年一月、リクルート出版）
田辺聖子『ゆめはるか　吉屋信子』（一九九九年九月、朝日新聞社）
田辺聖子「吉屋信子解説」（『日本児童文学大系』第六巻、一九七八年十一月、ほるぷ出版）
田辺聖子「淳一えがく少女」について」（『花物語（下）』一九八五年五月、国書刊行会）
千代田明子『戦争未亡人の世界――日清戦争から太平洋戦争へ』（二〇一〇年一二月、刀水書房）
辻橋三郎「近代女流作家の肖像　吉屋信子」（『国文学　解釈と鑑賞』一九七二年三月）
筒井清忠『日本型「教養」の運命――歴史社会学的考察』（一九九五年五月、岩波書店）
寺出浩司『生活文化論への招待』（一九九四年一二月、弘文堂）
トマス・エルセサー「響きと怒りの物語　ファミリー・メロドラマへの所見」（初出：一九七二年、邦訳：『「新」映画理論集成①歴史／人種／ジェンダー』、石田美紀・加藤幹郎訳、一九九八年、フィルムアート社）
鳥越信「児童文学史概説　大正」（『国文学　解釈と鑑賞』一九六二年一一月）
永井紀代子「誕生・少女たちの解放区――『少女世界』と「少女読書会」（『女と男の時空――日本女性史再考Ⅴ闘ぎ合う女と男――近代』所収、一九九五年一〇月、藤原書店）

中村哲也「〈少女小説〉を読む——吉屋信子『花物語』と〈少女美文〉の水脈」（日本児童文学学会編『研究＝日本の児童文学3　日本児童文学史を問い直す——表現史の視点から』一九九五年八月、東京書籍）
信岡朝子「『花物語』と語られる〈少女〉」（『比較文学・文化論集』、二〇〇〇年二月）
早瀬晋三「南方『移民』と『南進』」（『岩波講座　近代日本と植民地5　膨張する帝国の人流』一九九三年四月、岩波書店）
ピーター・ブルックス『メロドラマ的想像力』（原著：一九七六年、邦訳：四方田犬彦・木村慧子訳、二〇〇二年、産業図書）
藤田篤子「占領期における再刊小説の本文改変——吉屋信子の作品を例に」（『Intelligence』第一四号、二〇一四年三月）
藤本恵・菅聡子「〈少女小説〉の歴史をふりかえる」（菅聡子編『〈少女小説〉ワンダーランド』二〇〇八年七月、明治書院）
藤目ゆき『性の歴史学——公娼制度・堕胎罪体制から売春防止法・優生保護体制へ』（二〇一一年三月、不二出版）
古川誠「解説」（『戦前期同性愛関連文献集成』二〇〇六年九月、不二出版）
堀江有里『レズビアン・アイデンティティーズ』（二〇一五年七月、洛北出版）
本田和子『異文化としての子ども』（一九八二年六月、紀伊國屋書店）
本田和子『女学生の系譜——彩色される明治』（一九九〇年七月、青土社）
水口紀勢子『映画の母性——三益愛子を巡る母親像の日米比較（改訂増補版）』（二〇〇九年四月、彩流社）
御園生涼子『映画と国民国家——一九三〇年代松竹メロドラマ映画』（二〇一二年五月、東京大学出版会）
牟田和恵「セクシュアリティの編成と近代国家」（『岩波講座現代社会学　一〇　セクシュアリティの社会学』一九九六年二月、岩波書店）
牟田和恵『戦略としての家族——近代日本の国民国家形成と女性』（一九九六年七月、新曜社）
村松定孝『近代女流作家の肖像』（一九八〇年五月、東京書籍）
メアリ・アン・ドーン『欲望への欲望——一九四〇年代の女性映画』（原著：一九八七年、邦訳：松田英男訳、一九九四年一〇月、勁草書房）

森岩雄『私の芸界遍歴』(一九七五年二月、青蛙房)
森まゆみ『断髪のモダンガール　四二人の大正快女伝』(二〇〇八年四月、文藝春秋)
山本喜久男『日本映画における外国映画の影響』(一九八三年三月、早稲田大学出版部)
山本起世子「女医と戦争――一九四〇～一九四四年――」(『園田学園女子大学論文集』三二号、一九九七年一二月)
山本起世子「近代「女医」をめぐる言説戦略」(『園田学園女子大学論文集』三〇号、一九九五年一二月)
山本薩夫『私の映画人生』、一九八四年二月、新日本出版社)
横川寿美子『初潮という切札――〈少女〉批評序説』(一九九一年三月、JICC出版局)
横川寿美子「吉屋信子「花物語」の変容過程をさぐる――少女たちの共同体をめぐって――」(『美作女子大学美作女子短期大学部紀要』、二〇〇一年三月)
吉川豊子「研究動向　吉屋信子」(『昭和文学研究』一九九七年七月)
吉川豊子「『青鞜』から「大衆小説」作家への道――吉屋信子『屋根裏の二処女』」(岩淵宏子他編『フェミニズム批評への招待――近代女性文学を読む』一九九五年五月、學藝書林)
吉武輝子『女人　吉屋信子』(一九八二年一二月、文藝春秋)
吉屋えい子『風を見ていたひと――回想の吉屋信子』(一九九二年一〇月、朝日新聞社)
米谷匡史「戦時期日本の社会思想――現代化と戦時変革」(『思想』八八二号、一九九七年一二月)
米谷匡史『アジア／日本』(二〇〇六年一一月、岩波書店)
リリアン・フェダマン『レズビアンの歴史』(原著：一九九一年、邦訳：富岡明美・原実奈子訳、一九九六年一一月、筑摩書房)
レイチェル・ボウルビー『ちょっと見るだけ――世紀末消費文化と文化テクスト』(原著：一九八五年、邦訳：高山宏訳、一九八九年一〇月、ありな書房)
ローラ・マルヴィ「ファスビンダーとサーク」(初出：一九七四年、邦訳：斎藤綾子訳、『明治学院大学芸術学研究』一八号、

二〇〇八年三月）
ローラ・マルヴィ「サークとメロドラマについての覚書」（初出：一九七七年、邦訳：斎藤綾子訳、『明治学院大学芸術学研究』一八号、二〇〇八年三月）
鷲谷花「映画と文学――越境するメロドラマ的想像力」（白百合女子大学言語・文学研究センター編『アウリオン叢書一三 文学のグローカル研究』二〇一四年三月、弘学社）
渡部周子『〈少女〉像の誕生――近代日本における「少女」規範の形成』（二〇〇七年一二月、新泉社）
渡邊澄子「戦争と女性――太平洋戦争前半期の吉屋信子を視座として」（『文学史を読みかえる4　戦時下の文学』二〇〇〇年二月、インパクト出版会）
渡邊澄子「戦争と女性――吉屋信子を視座として」（『大東文化大学紀要』第三八号、二〇〇〇年三月）

初出一覧

序章　書きおろし

第一章「尾崎翠と少女小説――吉屋信子との比較から」
（『学習院大学大学院日本語日本文学』四号、二〇〇八年三月、学習院大学大学院日本語日本文学）

第二章「吉屋信子「地の果まで」論――〈大正教養主義〉との関係から」
（『日本文学』六二巻一一号、二〇一三年一一月、日本文学協会）

第三章「もう一つの方途――吉屋信子「屋根裏の二処女」再考」
（『学芸国語国文』四六号、二〇一四年三月、東京学芸大学国語国文学会）

第四章「困難な〈友情〉――吉屋信子「女の友情」論」
（『昭和文学研究』六五号、二〇一二年九月、昭和文学会）

第五章「良妻賢母の強迫――吉屋信子「良人の貞操」論」
（『学習院大学国語国文学会誌』五三号、二〇一〇年三月、学習院大学国語国文学会）

第六章　書きおろし

第七章　書きおろし

第八章「三人の娘と六人の母――「ステラ・ダラス」と「母の曲」――」
（『学習院大学大学院日本語日本文学』八号、二〇一二年三月、学習院大学大学院日本語日本文学）

第九章「吉屋信子の〈戦争〉――「女の教室」論」
（『人文』一四号、二〇一六年三月、学習院大学人文科学研究所）

終章　書きおろし

あとがき

本書は二〇一三年三月に学習院大学に提出し受理された博士学位論文『吉屋信子研究』に加筆修正を加えたものである。

本書の刊行までには多くの方々にお世話になった。まず学習院大学での指導教員である山本芳明先生、同じく中山昭彦先生に感謝を申し上げたい。研究に対するご助言のみならず、怠惰な上に迷いの多い私を、叱咤し応援して下さるお二人の存在がなければ、本書をまとめることはできなかった。修士、学部時代にお世話になった関谷一郎先生と菅本康之先生、そして博士論文の審査を担当して下さった久米依子先生にも深く御礼申し上げたい。本書の刊行を引き受けて下さった、翰林書房の今井肇氏、今井静江氏には一方ならぬお世話をいただいた。また、高校の美術部時代からずっと敬愛する先輩であったD[di:]さんに、本書の装画を手がけていただけたことは望外の喜びである。そしてこれまで私を辛抱強く支えてくれた両親にも、ここで改めて感謝を申し上げたい。

こうして吉屋信子の本をまとめることになったのは、我ながら驚きである。研究を志した当初の関心領域は全く違うものであったし、自分が研究としてフェミニズムやジェンダーの問題を扱うようになるとは、かつては思ってもみなかったことである。正直に言うと、私はフェミニズムに向きあうことをずっと恐れていたのである。そして私はいまだに間違ってばかりいる。その度に自分に深く深く内面化されたミソジニーに気づいては愕然とすることの繰り返しである。それでも今ようやくフェミニズムをやろうと思えているのは、吉屋信子というユニークな作家にめぐり会えたことと、これまで研究のなかで出会った〈女友達〉たちのおかげである。私は〈彼女〉たちのおかげでフェミニズムが楽しくもなったし、怒りと、戦うための強さも得ることができた。ここで一人ひとりのお名前を挙げることはできないが、この本は〈彼女〉たちとの〈女の友情〉によって書くことができたものである。

二〇一七年一二月

竹田志保

本研究中には、学習院大学人文化学研究所若手研究者助成を受けた。出版に際しても、学習院大学人文科学研究科博士論文刊行助成金の支給を受けている。

【著者略歴】

竹田志保（たけだ　しほ）

1979年、北海道生まれ。藤女子大学、東京学芸大学を経て、学習院大学人文科学研究科博士後期課程単位取得退学。博士（日本語日本文学）。現在、学習院大学他非常勤講師。主な論文に、「困難な〈友情〉――吉屋信子「女の友情」論」（『昭和文学研究』65号、2012年9月、昭和文学会）「吉屋信子「地の果まで」論――〈大正教養主義〉との関係から」（『日本文学』62巻11号、2013年11月、日本文学協会）など。

吉屋信子研究

発行日	2018年 3 月20日　初版第一刷
著　者	竹田志保
発行人	今井　肇
発行所	翰林書房
	〒151-0071 東京都渋谷区本町1-4-16
	電 話　(03) 6276-0633
	FAX　(03) 6276-0634
	http://www.kanrin.co.jp/
	Eメール●Kanrin@nifty.com
装釘・装画	D[di:]/www.deeth.net
印刷・製本	メデューム

落丁・乱丁本はお取替えいたします

Printed in Japan. © Shiho Takeda. 2018.
ISBN978-4-87737-423-5